Håkan Nesser
Kim Novak badete nie im See von Genezareth

Håkan Nesser

Kim Novak
badete nie im See
von Genezareth
Roman

Aus dem Schwedischen
von Christel Hildebrandt

btb

Die schwedische Originalausgabe erschien 1998
unter dem Titel »Kim Novak badade aldrig i Genesarets sjö«
bei Albert Bonniers Förlag, Stockholm

Umwelthinweis:
Dieses Buch und der Schutzumschlag wurden auf
chlorfrei gebleichtem Papier gedruckt.
Die Einschrumpffolie (zum Schutz vor Verschmutzung)
ist aus umweltschonender und recyclingfähiger PE-Folie.

btb Bücher erscheinen im Goldmann Verlag,
einem Unternehmen der Verlagsgruppe Random House

1. Auflage
Copyright © 1998 by Håkan Nesser
Copyright © der deutschsprachigen Ausgabe 2003
by Wilhelm Goldmann Verlag, München,
in der Verlagsgruppe Random House GmbH
Satz: IBV Satz- und Datentechnik GmbH, Berlin
Druck und Bindung: GGP Media, Pößneck
Printed in Germany
ISBN 3-442-75027-X
www.btb-verlag.de

ZUR ERINNERUNG AN GUNNAR

I

1

Das, was ich jetzt berichten will, soll von dem
SCHRECKLICHEN handeln, natürlich soll es davon handeln, aber auch von ein paar anderen Dingen. Schließlich hat das verhängnisvolle Geschehen dazu geführt,
dass ich mich an den Sommer von 1962 besser erinnere
als an alle anderen Sommer meiner Jugend. Es hat seinen
düsteren Schatten auf so vieles andere geworfen. Auf
mich selbst und auf Edmund. Auf meine armen Eltern
und meinen Bruder, einfach auf alles damals: den Ort
draußen auf dem flachen Land mit seinen Menschen, Ereignissen und Meinungen – das hätte ich vielleicht niemals vom Grunde des Vergessens wieder hervorziehen
können, wenn es nicht das Unheimliche gegeben hätte,
das damals geschah. Das SCHRECKLICHE.

Wo ich nun anfangen soll, was der ideale Ausgangspunkt wäre, das ist eine Frage, an der ich eine Weile zu
beißen hatte, es gibt so viele denkbare Möglichkeiten.
Schließlich war ich all diese losen Anfangsfäden so leid,
all die verschiedenen Einstiege in diesen Sommer, dass
ich mich dazu entschieden habe, einfach an einem ganz

normalen Tag daheim in unserer Küche in der Idrottsgatan zu beginnen. Nur mit meinem Vater und mir, an einem milden Maiabend 1962. Gesagt, getan.

* * *

»Das wird ein schwerer Sommer«, sagte mein Vater. »Am besten stellen wir uns gleich darauf ein.«

Er kippte die angebrannte Soße ins Spülbecken und hustete. Ich betrachtete seinen etwas krummen Rücken und überlegte. Es kam nicht oft vor, dass er mit bösen Prophezeiungen um sich warf, also konnte ich davon ausgehen, dass er es ernst meinte.

»Ich glaube, ich bin satt«, sagte ich und rollte die noch halb rohe Kartoffel auf die Fleischseite des Tellers, damit es so aussah, als hätte ich wenigstens die Hälfte gegessen. Er trat an den Küchentisch und betrachtete die Überreste ein paar Sekunden lang. Ein etwas betrübter Gesichtsausdruck zeigte sich, mir war klar, dass er mich durchschaut hatte, aber trotzdem nahm er den Teller und kratzte ihn über dem Mülleimer unter der Spüle kommentarlos ab.

»Wie gesagt, ein schwerer Sommer«, sagte er stattdessen, wieder seinen krummen Rücken mir zugewandt.

»Es kommt, wie es kommt«, antwortete ich.

Exakt diese Worte waren eines seiner Rezepte gegen alle möglichen Beschwernisse im Leben, und ich nahm sie in meinen Mund, damit er verstand, dass ich ihm eine Stütze sein wollte. Ihm zeigen wollte, dass wir das hier gemeinsam durchstehen würden und dass ich im Laufe des Jahres das eine oder andere wohl doch gelernt hatte.

»Das ist wahr gesprochen«, sagte er. »Der Mensch denkt, Gott lenkt.«

»Wie gesagt«, erwiderte ich.

* * *

Weil es ein richtig schöner Maiabend war, ging ich nach dem Essen zu Benny hinüber. Benny war wie immer auf der Toilette, deshalb saß ich zunächst einmal mit seiner schwermütigen Mutter in der Küche.

»Wie geht es deiner Mutter?«, fragte sie.

»Es wird ein schwerer Sommer«, antwortete ich.

Sie nickte. Holte ihr Taschentuch aus der Kitteltasche und putzte sich die Nase. Bennys Mutter war während des Sommerhalbjahrs immer mal wieder allergisch. Sie hatte Heuschnupfen, so hieß das. Wenn ich genauer darüber nachdenke, glaube ich, sie hatte das ganze Jahr über Heuschnupfen.

»Das hat mein Vater gesagt«, fügte ich hinzu.

»Ja, ja«, sagte sie. »Kommt Zeit, kommt Rat.«

Zu der Zeit lernte ich, dass die Erwachsenen so zu reden pflegten. Nicht nur mein Vater sprach so, man musste so sprechen, damit man überhaupt dazu gehörte, um zu zeigen, dass man schon trocken hinter den Ohren war. Seit meine Mutter ernsthaft krank geworden und ins Krankenhaus gekommen war, hatte ich mir die wichtigsten Floskeln eingeprägt, damit ich sie nach Bedarf anwenden konnte.

Es kommt, wie es kommt.

Jeder Tag bringt neue Sorgen.

Es könnte schlimmer sein.

Man weiß ja so wenig.

Oder: »Kopf hoch und mit beiden Beinen fest auf dem Boden bleiben«, wie der schielende Karlesson im Kiosk hundertmal am Tag konstatierte.

Oder: »Kommt Zeit, kommt Rat«, à la Frau Barkman.

Benny hieß nämlich auch noch Barkman. Benny Jesaias Conny Barkman. Viele gab es, die fanden, das wäre eine merkwürdige Namensaneinanderreihung, aber er selbst beklagte sich nie darüber.

Ein geliebtes Kind hat viele Namen, pflegte seine Mutter jedes Mal zu sagen und kicherte dabei, dass ihr leberpastetenfarbenes Zahnfleisch zu sehen war.

»Halt die Klappe«, sagte Benny dann immer.

Obwohl ich also schon mit einem halben Bein in der Erwachsenenwelt stand, konnte ich nicht umhin, ich musste mich immer wieder wundern, warum die Leute nicht einfach still waren, wenn sie doch ganz offensichtlich nichts zu sagen hatten. Wie Frau Barkman. Wie der Kiosk-Karlesson, der manchmal, wenn er viele Kunden hatte, sogar beim Luftholen weiterredete, was, um die Wahrheit zu sagen, fürchterlich klang.

»Wie geht es ihr?«, fragte Frau Barkman, als sie das Taschentuch von der Nase genommen hatte.

»Jeder Tag bringt neue Sorgen«, sagte ich und zuckte mit den Schultern. »Ich glaube, nicht so gut.«

Frau Barkman knetete ihre Hände im Schoß und hatte ganz feuchte Augen, aber das kam sicher nur vom Heuschnupfen. Sie war eine große Frau, die immer geblümte Kleider trug, und mein Vater behauptete, sie wäre ein bisschen debil. Ich hatte keine Ahnung, was das bedeu-

12

tete, und es interessierte mich auch nicht. Es war Benny, mit dem ich reden wollte, nicht seine Mutter mit ihren feuchten Augen.

»Er scheißt ja lange«, sagte ich, in erster Linie, um erwachsen zu wirken und die Konversation weiterzuführen.

»Er hat einen nervösen Magen«, sagte sie. »Den hat er von seinem Papa geerbt.«

Nervösen Magen? Das war das Dümmste, was ich an dem Tag gehört hatte. Ein Magen konnte doch nicht nervös sein? Ich nahm an, dass sie so etwas nur sagte, weil sie debil war, und dass es nichts war, worüber man sich weiter Gedanken machen musste.

»Ist sie noch im Krankenhaus?«

Ich nickte. War nicht der Meinung, dass es Sinn haben würde, weiter mit ihr darüber zu reden.

»Hast du sie besucht?«

Wieder nickte ich. Natürlich hatte ich das. Was dachte sie sich denn? Es war eine Woche her seit letztem Mal, aber so war es nun einmal. Mein Vater fuhr jeden Tag ins Krankenhaus, und das war doch irgendwie die Hauptsache. Das müsste doch sogar so eine wie Frau Barkman kapieren.

»Jaha ja«, sagte sie. »Jeder hat sein Päckchen zu tragen.«

Sie seufzte und putzte sich die Nase. Ich hörte die Toilettenspülung, und Benny kam herausgestürmt.

»Hallo, Erik«, sagte er. »Jetzt habe ich wie ein Pferd geschissen. Wollen wir rausgehen und Scheiße bauen?«

13

»Benny«, sagte seine Mutter resigniert. »Achte auf deine Sprache.«

»Ja, verdammt, ja«, erwiderte Benny.

Es gab niemanden, der so viel fluchte wie Benny. Niemanden in unserer Straße. Niemanden in unserer Schule. Vermutlich niemanden im ganzen Ort. Als ich in die dritte oder vielleicht in die vierte Klasse ging, kriegten wir eine neue Lehrerin, eine fürchterlich kleinliche mit Unterbiss. Auch noch aus Göteborg. Es hieß, sie hätte eine pädagogische Ader, und am liebsten unterrichtete sie Religion. Als sie sich ein paar Tage Bennys schwefelstinkende Tiraden hatte anhören müssen, beschloss sie, das Problem anzupacken. Mit Zustimmung des Rektors Stigmans und des Klassenlehrers Wermelin durfte sie Benny zwei Stunden die Woche Sprachunterricht geben. Es fing im September an, soweit ich mich erinnere, den ganzen Herbst über waren sie dabei, und zu Weihnachten hatte Benny so ein Stottern entwickelt, dass kein Mensch verstehen konnte, was er sagen wollte. Im Frühling wurde die Göteborgsche gefeuert, Benny fing wieder an zu fluchen, und zu den Sommerferien war der alte Zustand wiederhergestellt.

An diesem Maiabend, als mein Vater gesagt hatte, dass es ein schwerer Sommer werden würde, gingen wir raus und setzten uns in die Zementröhre, Benny und ich. Jedenfalls für den Anfang. Es war wie immer. Die Zementröhre war eine Art Ausgangspunkt für das, was uns im Laufe des Abends noch erwarten würde. Sie lag in einem ausgetrockneten Graben, fünfzig Meter in den Wald hinein, und Gott mag wissen, wie sie dahin ge-

14

kommen war. Sie hatte einen Durchmesser von ungefähr eineinhalb Metern, war genauso lang, und da sie auf die Seite gekippt war, war sie ein prima Versteck, wenn man in Ruhe und Frieden irgendwo sitzen wollte. Oder wenn man Schutz vor dem Regen haben wollte. Oder wenn man nur ein bisschen überlegen und heimlich einzelne John Silver rauchen wollte, die ein paar Gören gezwungenermaßen für uns in Karlessons Kiosk gekauft hatten. Oder die wir notfalls auch selbst gekauft hatten.

An diesem Abend hatten wir noch ein paar, in einer Dose unter einer Wurzel ganz in der Nähe vergraben. Benny grub sie aus. Wir rauchten andächtig, wie immer. Dann diskutierten wir, was am besten klang. Ziggi oder Lulle. Und wie man die Zigarette halten sollte. Daumen-Zeigefinger oder Zeigefinger-Mittelfinger. Auch an dem Tag kamen wir zu keiner endgültigen Entscheidung.

Dann fragte Benny nach meiner Mutter.

»Deine Mutter«, sagte er. »Oh Scheiße, wird sie ...«

Ich nickte. »Denke schon«, sagte ich. »Vater hat es gesagt. Die Ärzte haben es gesagt.«

Benny kramte in seinem Wortschatz.

»Verdammtes Pech«, sagte er schließlich.

Ich zuckte mit den Schultern. Benny hatte eine Tante, die gestorben war, deshalb wusste ich, dass er wusste, wovon er sprach. Ich selbst hatte keine Ahnung.

Tot?

Wenn ich daran dachte – und ich hatte während dieses kalten, trostlosen Frühlings ziemlich oft darüber nachgedacht –, dann kam ich meistens nur darauf, dass es wohl das sonderbarste Wort war, das es überhaupt gab.

Tot?

Unbegreiflich. Und das Schlimmste war, dass mein Vater genauso wenig Zugriff zu diesem Wort zu haben schien wie ich. Ich hatte es vor nicht allzu langer Zeit bemerkt, als ich ihn das einzige Mal fragte, was es eigentlich bedeutete. Was es beinhaltete, tot zu sein.

»Hmm ja«, hatte er gemurmelt und weiterhin auf den Fernseher gestarrt, der mit leise gestelltem Ton lief. »Das weiß man nicht. Die, die leben, werden sehen.«

»Ein schwerer Sommer«, wiederholte Benny nachdenklich. »Zum Teufel, Erik, du musst mir schreiben. Ich sitze da oben in Malmberg, bis die Schule wieder anfängt, aber wenn du einen guten Rat brauchst, dann weißt du, wo du mich finden kannst.«

Da ging ein Engel durch die Zementröhre. Er war ganz deutlich zu spüren, und ich weiß, dass auch Benny ihn fühlte, denn er räusperte sich und wiederholte sein Angebot mit feierlicher Stimme.

»Verfluchter Mist, Erik. Schreib mir, wie es dir geht.«

Wir teilten noch eine letzte zerknitterte Zigarette. Ich glaube, dass ich später Benny sogar einen Brief geschrieben habe, wahrscheinlich irgendwann im Juli, als es am allerschlimmsten war, aber ich bin mir dessen nicht sicher. Ich weiß jedenfalls, dass er mir nie einen Rat gegeben hat.

Er war nicht so gut mit Papier und Bleistift, der Benny Barkman. Absolut nicht.

* * *

In diesem Jahr Anfang der Sechziger arbeitete mein Vater im Gefängnis. Das war wahrscheinlich ein anstrengender Job, vor allem für eine Person mit seiner Empfindsamkeit, aber er sprach nie darüber; wie er sowieso nicht gern über unangenehme Dinge sprach.

Jeder Tag bringt neue Sorgen. Das ohnehin.

Er war Ende der dreißiger Jahre in den Ort gekommen, mitten in der Depression, hatte meine Mutter kennen gelernt und sie ungefähr zu der Zeit geschwängert, als die Welt verrückt wurde und sich selbst zum zweiten Mal in diesem Jahrhundert an die Gurgel sprang. Mein Bruder Henry wurde am ersten Juni 1940 geboren, mein Vater besuchte seine Ehefrau und seinen Sohn im Krankenhaus drei Tage später, er kam mit frisch gepflückten Maiglöckchen und vierzig Dosen Armeeleberpastete direkt von seinem Regiment oben in Lappland.

So wurde es zumindest immer erzählt.

Er kehrte nie wieder in den Norden zurück. Auf irgendeine Weise gelang es ihm, nachdem sein erster Sohn geboren worden war, sich für den Rest des Kriegs dem Militärdienst zu entziehen. Ich glaube, er gab irgendwie seinem Rücken die Schuld. Bekam dann stattdessen einen Job in einer der vielen Schuhfabriken des Ortes, hier stellte man Winterstiefel für die Armee her, und auf diese Art und Weise trug auch er noch sein Scherflein dazu bei. Ein paar Jahre nach Kriegsende zog die Familie dann in die Wohnung in der Idrottsgatan.

Was mich betrifft, so wurde ich ungefähr acht Jahre und acht Tage nach meinem Bruder geboren, und ich bin in dem Bewusstsein aufgewachsen, dass es einen be-

17

deutend größeren Altersabstand zwischen meinem Bruder und mir gab als zwischen ihm und unseren Eltern. Inzwischen, Anfang der Sechziger, wurde mir langsam klar, dass das ein Irrtum sein musste, vielleicht half mir auch die Krebserkrankung meiner Mutter dabei, mir bildhaft klar zu machen, wie es sich wirklich verhielt.

Denn sie waren schon ziemlich alt, meine Mutter und mein Vater. In dem Sommer, in dem meine Mutter sterben sollte, waren sie beide siebenundfünfzig. Zusammen einhundertvierzehn, eine fast Schwindel erregende Zahl. Henry wurde im Juni zweiundzwanzig. Oder war es dreiundzwanzig? Ich selbst wurde vierzehn. So war die Lage, und mein Vater arbeitete inzwischen im Gefängnis, seit man vor eineinhalb Jahren dessen Tore für die gefährlichsten Verbrecher des Landes geöffnet hatte.

Oder besser gesagt, sie hinter ihnen geschlossen hatte.

Er war ein Schließer; ein Wort, das niemand im Ort kannte, bevor der große graue Kasten draußen auf dem Freigelände errichtet worden war.

Wächter, nannte er es selbst. Alle anderen sagten Schließer. Schließer im großen grauen Kasten.

Vorher war er Ledernäher in verschiedenen Fabriken gewesen. Ledernäher war ein Wort, das zu dem Zeitpunkt verschwand, als die letzte Fabrik geschlossen wurde und an ihrer Statt die Schließer kamen. So ging es nun einmal in der Welt zu, das hatte ich inzwischen gelernt. Einige Dinge verschwinden, und andere tauchen stattdessen auf. Ereignisse und alle möglichen Erscheinungen. Und Menschen.

Allein im Kopf ist alles zu finden. Obwohl es manchmal auch den Anschein haben mag, als sei dort etwas verschwunden.

Eine Fabrik, die bis zu dem Jahr noch nicht dicht gemacht hatte, war Sylt & Saft, dort arbeitete meine Mutter. Jedenfalls bis sie krank wurde. Es bringt so einige Vorteile mit sich, wenn man einen Vater in der Schuhfabrik und eine Mutter in der Saftherstellung hat. Man hatte immer flotte Schuhe, und meistens gab es ein riesiges Lager Apfelsaft im Vorratskeller.

Aber in dem besagten Sommer waren diese Zeiten fast vorbei. Einen Vater zu haben, der Schließer war, hatte eigentlich keinerlei Vorteile.

* * *

Was meinen Bruder Henry betrifft, so war geplant, dass er studieren und sich dadurch eine Gesellschaftsschicht oder zwei nach oben arbeiten sollte, aber es lief nicht so wie geplant. Er begann zwar in der Oberschule der Provinzhauptstadt. Die hatte einen ehrwürdigen Ruf, nahm nur Jungen auf und lag in einem tausendjährigen Schloss mit einem Burggraben drum herum. So weit lief alles glatt. Er paukte und nahm jeden Tag den Zug hin und zurück.

Aber nach gut zwei Schulhalbjahren haute Henry ab. Es war im Herbst 1957, und es dauerte mehr als ein Jahr, bis er wieder daheim an der Tür in der Idrottsgatan anklopfte, mit einem Seesack und einem Sack Bananen auf dem Rücken. Er war um die ganze Welt gefahren, erklärte er, aber in erster Linie war er in Hamburg und

Rotterdam gewesen, und auf den Arm hatte er sich eine Rose tätowieren lassen. Allen war danach klar, dass er nicht viel Lust hatte, sich eine oder mehrere Stufen in der Gesellschaft nach oben zu arbeiten, jedenfalls nicht in der Art und Weise, wie es von ihm erwartet worden war. Meine Mutter weinte, als Henry zurückkam, ob jedoch aus Freude oder aus Kummer über die Tätowierung, die sie nicht mochte, das weiß ich nicht.

Nachdem er sich ein paar Monate ausgeruht hatte, zog Henry erneut los. Befuhr die sieben Meere bis 1960. Dann kam er wieder nach Hause – am gleichen Tag, an dem Dan Waern in Rom über eintausendfünfhundert Meter die Bronzemedaille verfehlt hatte – und sagte, er hätte genug von der Seefahrt. So fing er als Freelance, als freier Journalist, bei der Regionalzeitung Kurren an und verschaffte sich eine feste Freundin. Eine gewisse Emmy Kaskel, die bei Blidbergs Herrenausstatter arbeitete und den schönsten Busen der Stadt hatte.

Vermutlich der ganzen Welt.

Ungefähr zur gleichen Zeit besorgte er sich in der Provinzhauptstadt, die ungefähr zwanzig Kilometer entfernt lag, eine Wohnung, nicht weit von der Zentralredaktion des Kurren. Seine Einzimmerwohnung war ungefähr so groß wie zwei Tischtennisplatten, hatte weder Klo noch fließend Wasser, trotzdem ist anzunehmen, dass Emmy Kaskel ihm in diesem Verschlag ab und zu ihre herrlichen Brüste und auch mehr zeigte.

Jedenfalls nahmen Benny und ich das an.

Aber sie zog nicht mit ihm zusammen. Emmy war zwei Jahre jünger als Henry und wohnte immer noch bei ihren Eltern, diese waren Missionare und bekamen bei Blidberg Prozente. In irgendeiner Form hatte unser halber Ort etwas mit der Freikirche zu tun, deshalb war das kein Grund zur Beunruhigung, meinte Henry, mein Bruder.

Was sie haben wollen, das kriegen sie auch in der Freikirche, pflegte er mit einem schiefen Grinsen zu sagen.

* * *

»Ach, du bist das?«, fragte mein Vater, als ich an diesem warmen Maiabend nach Hause kam.

»Ja«, antwortete ich, »ich bin's nur.«

Es schien, als hätte er noch etwas auf dem Herzen, deshalb setzte ich mich an den Küchentisch mit Apfelsaft vom Vorjahr und etwas Knäckebrot. Ich blätterte in einem alten Reader's Digest, von denen wir immer fünf Kilo zu Weihnachten geschenkt bekamen von Onkel Wille, der Zwölfter in der schwedischen Schachmeisterschaft geworden war und eine Milchbar in Säflle hatte.

»Es ist schwer«, sagte mein Vater.

»Es ist, wie es ist«, erwiderte ich.

»Du wirst wohl den Sommer in Genezareth verbringen.«

»Von mir aus gern«, sagte ich.

»Das wird schön für dich sein. Ich habe mit Henry geredet. Emmy und er werden auch dort sein und sich um dich kümmern.«

»Ich komme schon zurecht«, sagte ich.

»Ich weiß«, nickte mein Vater. »Vielleicht kommt Edmund ja auch.«

21

»Edmund?«, fragte ich.

»Warum nicht?«, entgegnete mein Vater und kratzte sich angestrengt am Hals. »Dann hast du etwas Gesellschaft in deinem Alter.«

»Tja«, sagte ich. »Jeder Tag bringt neue Sorgen.«

2

Das Schulgebäude hatte drei Stockwerke. Es war rechteckig wie ein Schuhkarton und aus gelblichweißen Ziegeln gebaut, die im Laufe der Zeit bräunlich geworden waren. Auf der einen Längsseite gab es einen Kiesplatz, auf dem man in den Pausen Fußball spielen konnte – auf der anderen Seite einen Kiesplatz, auf dem man auch hätte Fußball spielen können, es aber nicht tat.

Auf dieser anderen Seite hielten sich die Antifußballer auf; wie die Mädchen, die sich in immer den gleichen Grüppchen zusammenstellten, verschiedene Sachen untereinander tauschten und kicherten. Genau genommen weiß ich gar nicht, ob sie wirklich etwas untereinander tauschten oder was sie da eigentlich taten, da ich mich immer in einem sicheren Abstand von ihnen befand.

Ansonsten gehörte ich nämlich zu dem Dutzend Jungs, die nicht Fußball spielten und sich nicht jede Pause einsauten. Die Antifußballer. Im Grunde meines Herzens war ich zweifellos ein Sporthasser. Ich konnte nie begreifen, wie all die Fußballspieler eigentlich in jeder Pause Platz auf dem Feld fanden, es muss sich um mindestens fünfzig Jungs gehandelt haben. Aber vielleicht war es ja auch nur die Elite, die wirklich spielte, während die anderen herumstanden, schrien und sich so gut es ging dreckig machten. Ich weiß es nicht. Ich war nie dabei und habe nie zugeguckt. Ich gehörte auf die Mädchenseite, wie gesagt, das war nichts besonders Ehrenwertes, aber ich versuchte mir einzureden, dass es auf der Welt andere Werte gab.

Und ich war keineswegs einsam. Benny war auch dort. Und Snukke. Balthazar Lindblom und Veikko und Arsch-Enok. Sowie noch ein paar.

Und Edmund.

* * *

Als ich über ihn nachdachte – nachdem mein Vater den Vorschlag gemacht hatte, dass wir doch den Sommer zusammen verbringen könnten –, fiel mir auf, dass ich eigentlich überhaupt nichts von ihm wusste.

Abgesehen von den üblichen Sachen natürlich. Dass sein Vater Pornoblätter las und dass er mit sechs Zehen an jedem Fuß geboren worden war.

Ansonsten war er ein unbeschriebenes Blatt, das wurde mir jetzt klar. Ziemlich groß und ziemlich kräftig – und mit einer Brille, der immer entweder ein Glas oder ein Bügel fehlte. Wir waren nur dieses letzte Jahr in einer Klasse zusammen gewesen, es kursierten irgendwelche Gerüchte, wonach er eine enorm große Modelleisenbahnanlage hatte und eine riesige Sammlung von Westerngroschenromanen, aber ich wusste nicht, wie viel an diesen Behauptungen dran war.

Sein Vater war Schließer, da fand sich das Bindeglied. Er hatte das ganze letzte Jahr mit meinem Vater zusammengearbeitet, und da hatten sie wohl über den Sommer gesprochen. Und über das eine und andere mehr.

Ich hatte eigentlich keine festeren Freundschaften – abgesehen von Benny möglicherweise, aber der fiel ja für den Sommer aus –, deshalb streckte ich meine Fühler aus, nachdem ich ein paar Pausen um ihn herumgeschlichen war.

»Hallo, Edmund«, sagte ich.

»Hallo«, sagte Edmund.

Wir standen an der Ecke des Fahrradständers mit dem Wellblechdach und traten ohne großen Ehrgeiz Kieselsteine gegen ein paar Mädchenräder.

»Mein Vater hat mir was gesagt«, sagte ich.

»Ich habe es gehört«, sagte Edmund.

»Aha, ja«, sagte ich.

»So ist es«, sagte Edmund.

Dann klingelte es zur Stunde, und mehrere Tage lang sprachen wir nicht mehr drüber. Aber ich fand, es war eine vielversprechende Einleitung gewesen.

* * *

Genezareth war kein See. Es war ein Haus, das an einem See lag, und der hieß Möckeln. So heißt er noch heute.

Fünfundzwanzig Kilometer außerhalb der Stadt. Gut zwei Stunden mit dem Fahrrad hin. Gut eineinhalb zurück. Der Zeitunterschied ergab sich durch den Klevabuckel, einem fürchterlichen Muskelfresser von ungefähr dreihundert Metern Länge genau auf halber Strecke.

Es lagen einige Häuser am Möckeln – einem relativ großen und fast kreisrunden See mit braunem Wasser –, aber meistens waren es bewaldete Strände. Genezareth lag auf einer Kiefernlandzunge in ziemlich einsamer, majestätischer Lage und kam von mütterlicher Seite in unsere Familie. Eine baufällige, zweigeschossige Holzhütte ohne jeden größeren Komfort außer einem Dach über dem Kopf und frischem Seewasser in zehn Metern Entfernung. Jeden Winter zerbrach das Eis den Steg, und für den Kahn gab es einen Außenbordmotor, der eigentlich seit meiner Geburt auseinander genommen in einem Schuppen lag.

Meiner sterbenden Mutter gehörte das Haus nicht allein. Es gab noch eine Tante Rigmor, ihr gehörte die Hälfte davon, aber sie war nicht zurechnungsfähig und konnte keine Ansprüche stellen.

Der Grund für Rigmors traurigen Zustand lag in einem traumatischen Unglück während einem der ersten Kriegssommer. Der ging in unsere Familiengeschichte mit der gleichen Selbstverständlichkeit ein wie der Sündenfall in die biblische – sie war mit einem Elch zusammengestoßen, und die Tatsache, dass sie mit einem Fahrrad gefahren war, warf einen starken, fast mythologischen Schein auf das Geschehen. Gemeinsam mit einer Freundin war sie in den Ferien mit dem Fahrrad unterwegs in Småland gewesen, und von irgendeinem Hügel im Hochland war sie zuerst direkt in einen prächtigen Zwölfender gerast und anschließend ins allgemein

26

bekannte Dingle-Irrenhaus an der Westküste gekommen.

Lebenslänglich, wie es schien. Ich hatte sie nur einmal kurz gesehen und fand, sie ähnelte meiner Mutter in keiner Weise. Eher erinnerte sie mich an einen Seehund. Mit Brille statt Schnauzbart, aber ich nahm an, dass man genau so aussehen sollte, wenn man im Dingle saß.

Es ist zwar nicht ganz sicher, dass meine Eltern versucht hätten, Genezareth zu verkaufen, wenn es nicht diese tragische Tante gegeben hätte, aber ich nehme es stark an. Ich hatte nie das Gefühl, dass sie sich dort draußen wirklich wohl fühlten.

Vielleicht, weil es so unbequem war. Vielleicht, weil meine Mutter nie schwimmen gelernt hatte. Es war ein tiefer See. Zumindest an bestimmten Stellen. Zumindest vor unserer Landzunge.

Wie es sich mit dem ein oder anderen nun auch verhielt, jedenfalls hatte ich an diesem Tag im Mai Probleme, mir vorzustellen, wie der Sommer sich wohl gestalten würde.

Mit Henry und Emmy. Ich konnte nicht an Emmy denken, ohne ihren Busen vor mir zu sehen. Vollkommen bedeckt, aber trotzdem. Und ich konnte ihren Busen nicht vor mir sehen, ohne einen Steifen zu kriegen. So war es nun mal.

Und der Gedanke daran, was mein Bruder wohl mit Emmy Kaskel vorhatte, war ebenfalls nicht so leicht zu bewältigen, oh nein. Genezareth war kein großes Haus.

Und dann noch das mit Edmund. Ich wusste ganz einfach nicht, wie es werden würde.

27

Obwohl, scheiß drauf, dachte ich. Kommt Zeit, kommt Rat.

* * *

Es war ein Donnerstag, als Ewa Kaludis ihre Stelle in der Stavaschule antrat. Wir hatten gerade eine Doppelstunde in der Holzwerkstatt gehabt, und ich hatte letztendlich den Zeitungsständer demoliert, an dem ich seit sieben Monaten gearbeitet hatte. Holz-Gustav war nicht begeistert gewesen, aber ich hatte ein gutes Gefühl. Ich mochte das Werken nicht, weder Nähen noch Holzarbeiten, irgendwie wurde es nie so, wie ich es mir gedacht hatte, und es dauerte immer so verdammt lange.

Wie üblich hing ich mit Benny und Arsch-Enok unter dem Fahrradständerdach herum, wir warteten darauf, dass die Pause zu Ende ging, da tauchte sie auf der Straße auf.

Ich würde ja behaupten, dass ich sie zuerst gesehen habe, aber Benny und Arsch-Enok waren sich genauso sicher, sie wären es jeweils gewesen. Eigentlich spielt das auch keine Rolle, die Hauptsache war, dass sie kam. Auf jeden Fall musste sie zuerst am Fußballplatz vorbeigekommen sein, denn innerhalb weniger Sekunden war die Mädchenseite proppevoll mit Leuten, die glotzend herumstanden. Schmutzige Fußballspieler massenweise.

»Ich glaube, ich bepiss mich«, sagte Benny und sperrte den Mund auf, als säße er beim Zahnarzt Slaktarsson und warte auf den Bohrer.

»Ja, ja, aber …«, stotterte Arsch-Enok. »Das ist Kim Novak.«

Ich selbst sagte nichts. Zum einen, weil ich normalerweise nicht unnötig den Mund aufmachte, zum anderen, weil es mir die Sprache verschlagen hatte. Es war wie in einem Film. Nur noch besser. Die Biene, die da auf ihrem Moped direkt auf den Schulhof geknattert kam, sah wirklich aus wie Kim Novak. Dickes, weizenblondes Haar, schick hochgesteckt mit einem roten Tuch. Eine dunkle, elegante Sonnenbrille und ein Mund, der so groß und atemberaubend war, dass mir die Knie weich wurden. Schwarze, enge Stretchhose und ein schwarz-rot-kariertes Hemd, das im Wind flatterte.

»Verflucht, ist die scharf«, sagte Balthazar Lindblom.

»Das ist ein Puch«, sagte Arsch-Enok. »Meine Fresse, Kim Novak fegt auf einem Puch auf unseren Schulhof. Küss mich da, wo ich schön bin.«

Dann wurde Arsch-Enok bewusstlos. Er hatte so eine Art leichte Epilepsie und fiel ab und zu um. Es wäre eher merkwürdig gewesen, wenn er dem hier gewachsen gewesen wäre, dachte ich.

Kim Novak stellte ihren Puch aus. Sie stand einen Augenblick breitbeinig über ihm, die Füße im Kies, während sie lächelnd die hundertacht erstarrten Figuren auf dem Schulhof betrachtete. Dann stieg sie ab, schob das Moped elegant auf den Ständer, zog die flache Aktentasche vom Gepäckträger und marschierte quer durch das Wachsfigurenkabinett ins Schulgebäude hinein.

Als sie verschwunden war, drehte ich den Kopf und stellte fest, dass Edmund neben mir stand. Fast Schulter an Schulter, obwohl er etwas größer war.

»Die da«, sagte er mit belegter Stimme. »Die würde ich eine reife Frau nennen.«

Ich nickte. Dachte an die Pornoblätter seines Vaters und nahm an, dass er wusste, wovon er sprach.

* * *

Innerhalb von zwei Stunden hatte sich alles aufgeklärt. Die Leute von der anderen Seite der Schule hatten schon lange gewusst, dass Berra Albertsson in die Stadt ziehen würde, vielleicht hatten wir es sogar auch gewusst, zumindest, wenn wir genauer darüber nachdachten. Berra war eine Handballlegende, er hatte mehr als hundertfünfzig Länderspiele mitgemacht, und es hieß, er würde so hart wie mit Kanonenkugeln werfen, dass die Torwarte stürben, wenn sie den Ball an den Kopf kriegten. Nach zwölf Saisons in der obersten Liga und in der Nationalmannschaft wollte er es jetzt etwas ruhiger angehen lassen, indem er Spielertrainer der Handballmannschaft unserer Stadt wurde und sie in die oberste Klasse bringen wollte. Das kapierte sogar jemand wie Veikko, und außerdem war das alles vor ein paar Wochen im Kurren zu lesen gewesen. Kanonen-Berra sollte in eins der Neubauhäuser hinten auf dem Ångermanland ziehen, und er würde am ersten Juli seinen Dienst als Vizechef der Parkanlagen antreten.

Nicht in der Zeitung gestanden hatte, dass er mit Kim Novak verlobt war, und dass sie eigentlich Ewa Kaludis hieß.

Und dass sie die alte, hoffnungslose Eleonora Sintring vertreten sollte, die sich schon Anfang des Monats bei

30

einer Grätsche über den Kasten während der Hausfrau-
engymnastik den Oberschenkelknochen gebrochen hatte.

Bereits am folgenden Tag ließen einige Fußballspieler
eine Liste herumgehen, auf der man sich eintragen
konnte, falls man bereit war, der Sintring noch mal ein
Bein zu brechen, wenn sie wieder zurückkam. Es war
geplant, den Täter unter den Freiwilligen auszulosen,
sobald die Sache aktuell werden sollte.

Als Benny und ich uns eintrugen, war die Liste schon
ziemlich lang.

* * *

An diesem Samstag stieß ich in der Bibliothek auf Edmund.

»Gehst du oft hierher?«, fragte ich ihn.

»Manchmal«, antwortete Edmund. »Na, genau genommen sogar ziemlich oft. Ich lese eine Menge.«

Das konnte schon stimmen. Denn ich selbst ging
höchstens einmal im Monat dorthin, weshalb es nicht so
verblüffend war, dass wir uns hier noch nie getroffen
hatten.

Edmund war ja auch ziemlich neu in der Stadt.

»Was liest du denn am liebsten?«, fragte ich.

»Detektivromane«, antwortete er, ohne zu zögern.
»Stagge und Quentin und Carter Dickson.«

Ich nickte. Von denen hatte ich noch nie gehört.

»Und Jules Verne«, fügte er nach einer Weile hinzu.

»Jules Verne ist verdammt gut«, sagte ich.

»Verdammt gut«, stimmte Edmund zu.

Wir starrten noch eine Weile aneinander vorbei.

»Was wird nun mit dem Sommer?«, fragte er dann.

»Was soll damit werden?«, fragte ich zurück.

»Na, das mit dieser Hütte«, sagte Edmund. »Eurem Haus.«

Ich verstand nicht so recht, was er meinte oder worauf er hinauswollte.

»Wieso?«, fragte ich.

Er nahm seine Brille ab und justierte das Klebeband neu, das sie zusammenhielt. Diesmal war das Gestell offensichtlich direkt über der Nasenwurzel gebrochen.

»Ach, Scheiße«, sagte er.

Ich entgegnete nichts. Es verging eine halbe Minute.

»Kann ich nun mitkommen oder nicht?«, fragte er schließlich.

»Mitkommen?«, wiederholte ich. »Wie meinst du das?«

Er seufzte.

»Oh, Scheiße, schließlich entscheidest du das doch«, sagte er.

Da kapierte ich.

Und begann mich plötzlich wie ein Hund zu schämen. Bekam direkt eine Gänsehaut, das ganze Rückgrat hinauf.

»Natürlich, ist doch klar«, sagte ich.

Edmund setzte sich die Brille auf.

»Bestimmt?«

»Selbstverständlich«, sagte ich. Die Gänsehaut verschwand. Es entstand eine kleine Pause.

32

»Toll«, sagte er dann mit der gleichen belegten Stimme wie auf dem Schulhof. »Eh... findest du Märklin oder Fleischmann besser?«

3

Henry, mein Bruder, war ein langer Lulatsch, das sagten alle.

Er war offensichtlich auch hübsch, das behaupteten jedenfalls die Frauen. Ich selbst hatte damals keinen Blick für das Aussehen von Männern, aber ich sah schon, dass er Ricky Nelson ein wenig ähnelte, und ich ging davon aus, dass das ein ganz gutes Vorbild war.

Oder Rick, wie er sich genau seit diesem Jahr zu nennen pflegte.

Er rauchte auch Lucky Strike, Henry, meine ich. Er zog sie immer so theatralisch aus der Brusttasche seines weißen Nylonhemds, als wolle er sagen, dass er nun verdammt hart gearbeitet hatte und es an der Zeit war, sich eine Zigarettenpause zu gönnen.

In dem Jahr, in dem meine Mutter im Sterben lag, hatte er sich sein erstes Auto gekauft, das erste in unserer Familie überhaupt. Ein schwarzer VW-Käfer, mit dem er für seine Reportagen in der Stadt herumfuhr. Er hatte sich auch eine Kamera besorgt, damit er Fotos von seinen Unglücksfällen und seinen Interviewopfern machen konnte, und ich hatte den Eindruck, dass er sich als Freelancer ganz gut durchschlug.

Unser Vater pflegte das immer zu sagen. »Er schlägt sich ganz gut durch, der Henry.«

Ich wusste nicht so recht, was der Begriff Freelance eigentlich zu bedeuten hatte. Henry schrieb doch offensichtlich nur für den Kurren, aber dieses magische Wort hing irgendwie mit allen anderen zusammen. Lucky Strike. Beat. Freelance. Den VW-Käfer hatte er Killer getauft.

»Du, Erik«, sagte er eines Sonntagvormittags.

»Ja, Henry?«, erwiderte ich.

Er hatte gerade den Killer in der Idrottsgatan geparkt. Wir saßen in der Küche, er hatte sich eine Lucky angesteckt und schlürfte einen lauwarmen Kaffeerest, den Vater zurückgelassen hatte, als er den Bus zum Krankenhaus genommen hatte.

»Wir werden den Sommer zusammen verbringen.«

»Papa hat's mir gesagt.«

Er nahm einen Zug.

»Das ist bestimmt am besten für dich.«

Ich nickte und schaute aus dem Fenster. Die Sonne schien kräftig. Es war so ein Tag, an dem man im Möckelnsee hätte baden können.

»Ist ja ziemlich anstrengend, das mit Muttern«, sagte Henry.

»Ja«, sagte ich.

Er stützte sich mit den Ellbogen auf den Tisch und schaute in die Sonne hinaus.

»Schönes Wetter.«

Ich nickte.

»Könnte mir vorstellen, mal hinzufahren und nachzugucken, wie's da aussieht. In Genezareth, meine ich.«

»Ja, klar«, sagte ich.

»Hast du Lust?«

»Passt schon«, erklärte ich.

* * *

Henry und ich räumten an diesem Sonntag ein wenig in Genezareth auf.

Wir räumten und bereiteten das Haus für den Sommer vor. Schleppten alle Matratzen, Kissen und Decken auf den Rasen hinaus, damit der Sonnenschein die Winterfeuchtigkeit aufsaugen konnte. Öffneten die Fenster sperrangelweit und wischten den Boden. Oben und unten. Das war genau genommen nicht so viel Arbeit. Denn im Erdgeschoss gab es nur zwei Zimmer und eine kleine Küche mit Spülbecken, Kühlschrank und Herd. In den ersten Stock kam man über eine Treppe, die außen am Haus hochführte. Zwei Zimmer hintereinander. Schräge Wände und heiß wie die Hölle, wenn die Sonne drauf stand.

Wir badeten auch. Holten den Steg aus dem Schilf an der Südseite der Landzunge, wo er immer nach dem Winter lag. Henry meinte, wir sollten ihn dieses Jahr zu einem Ponton umbauen. Ich nickte und meinte, dass das wie eine verdammt gute Idee klang.

Obwohl man dazu bessere Bretter bräuchte, wie Henry meinte.

Wir lagen eine Weile auf den Matratzen, sonnten uns

und unterhielten uns. Oder rauchten jedenfalls. Henry bot mir zwei Luckys an und versprach, mich umzubringen, wenn ich das unserem Vater verraten würde.

Ich dachte natürlich nicht im Traum daran, ihn zu verpetzen. Wir fuhren nachmittags heim, als es am allerheißesten war. Henry musste am Abend noch zu einem Fußballspiel. Wir nahmen beide Gasflaschen mit, die für den Herd und die für den Kühlschrank, um sie auszuwechseln.

Es war insgesamt ein schöner Sonntag gewesen, und ich bekam langsam das Gefühl, dass es auch ein erträglicher Sommer werden könnte.

Schwer, aber erträglich.

* * *

Ehrlich gesagt war ich mehr an den Pornoblättern von Edmunds Vater als an Edmunds Fleischmann interessiert, aber das ließ ich nicht durchblicken.

Edmunds Zimmer war ungefähr acht Quadratmeter groß, und die Hartfaserplatte mit der Eisenbahn nahm sechs davon ein. Eigentlich war es ganz praktisch geregelt. Er schlief auf einer Matratze unter der Platte, dort hatte er auch noch eine Lampe, ein Bücherregal und ein paar Schubladen mit Kleidung. Irgendwelche Westernhefte sah ich nicht.

»Wollen wir umbauen?«, fragte Edmund.

»Okay«, sagte ich.

Wir bauten die ganze Landschaft in zwei Stunden um, fuhren herum und arrangierten ein paar tolle Zusammenstöße, dann wurden wir es leid.

»Eigentlich macht es am meisten Spaß, die Bahn aufzubauen«, sagte Edmund. »Danach steht sie ja einfach nur so da.«

»Ganz deiner Meinung«, sagte ich.

»Ich hab das alles von einem Cousin gekriegt«, sagte Edmund. »Er hat geheiratet, und seine Frau hat ihm nicht mehr erlaubt, sie aufzubauen.«

»Aha«, sagte ich. »Ja, so kann es gehen.«

»Man muss gut aufpassen, wenn man sich eine Frau sucht«, sagte Edmund. »Wollen wir in die Küche gehen und eine Limonade trinken?«

Wir tranken in Edmunds Küche eine Limonade, und ich dachte an die Porno-Zeitschriften und daran, dass er zwölf Zehen statt zehn hatte, aber irgendwie ergab sich nie die Gelegenheit, darauf zu sprechen zu kommen.

Stattdessen radelten wir zu mir in die Idrottsgatan und tranken einen alten Apfelsaft. Ich nahm Edmund auch mit in den Wald und zeigte ihm die Zementröhre. Er fand sie absolut verschärft, jedenfalls sagte er das. Danach fiel ihm ein, dass er schon vor einer halben Stunde hätte zu Hause sein müssen zum Essen, und so trennten wir uns.

* * *

Das Lehrerzimmer unserer Schule lag auf der Mädchenseite im dritten Stock. Dort gab es auch einen großen Balkon, den einzigen im Gebäude, und vor den Sommerferien saßen die Lehrer oft da draußen unter kunterbunten Sonnenschirmen und tranken Kaffee und rauchten. Wir konnten sie von unten vom Schulhof aus nicht sehen, aber wir hörten ihre Stimmen und ihr Lachen, und wir konnten die Rauchwolken verfolgen.

Während Ewa Kaludis' kurzer Vertretungszeit in der Schule veränderten die Balkonrituale sich etwas. Man rauchte jetzt im Stehen statt im Sitzen. Die Lehrer standen da, hingen am Geländer und guckten nun lässig auf den Schulhof hinunter. Sie hatte damit angefangen, und so war es nicht weiter verwunderlich, dass die männlichen Füchse sich um sie scharten, qualmend und grinsend.

Stellvertretender Rektor Stensjöö. Der Hengst Håkansson. Brylle.

»Guck dir mal Brylle an, verdammte Scheiße«, sagte Benny. »Der rutscht gleich von hinten auf sie drauf.«

»Quatsch«, erwiderte Balthazar Lindblom. »Die trauen sich doch gar nicht, sie anzufassen. Glotzen sie nur an. Wenn die sie bumsen, kommt Kanonen-Berra und bringt sie um.«

»Genau«, stimmte Veikko zu. »Schießt ihnen einen Ball an die Birne, ganz einfach. Ein Teufelskerl.«

In diesen Tagen Ende Mai standen ungewöhnlich viele auf der Mädchenseite. Eine Menge Fußballspieler hatten plötzlich edlere Interessen bekommen, wie es schien, und am Fahrradständer wurde es richtig eng. Denn nur unsere Klasse und noch eine andere wurden von Ewa Kaludis unterrichtet, deshalb mussten die meisten sich damit begnügen, sie zu sehen zu bekommen, wenn es nur irgend ging.

Zum Beispiel während der Pausen, wenn sie auf dem Balkon stand. Kim Novak. Ewa Kaludis. Kanonen-Berras Superbraut. Was mich betraf, so gehörte ich zu den Bessergestellten. Wir hatten die unerträgliche Sintring in Englisch und Geographie gehabt, bis sie über den Kasten gerätscht war. Der Hengst Håkansson war eingesprungen und hatte sie ein paar Wochen vertreten, aber jetzt wurden wir also von Ewa Kaludis betreut. Die drei letzten Wochen vor den Sommerferien.

Betreut.

Denn eigentlich unterrichtete sie gar nicht. Das war auch nicht nötig. Wir arbeiteten auch so wie die Tiere. Wenn sie hereinkam, entstand sofort eine andächtige Stille im Klassenzimmer. Sie lächelte und funkelte ein wenig mit den Augen. Ein Beben ging durch die Klasse. Dann setzte sie sich auf das Lehrerpult, schlug ein Bein über das andere und sagte, wir sollten auf Seite soundso weitermachen. Ihre Stimme erinnerte an das Schnurren einer Katze.

Sofort fingen wir an zu arbeiten. Ewa Kaludis saß auf dem Pult und funkelte, oder sie ging herum und ließ ihre Hüften zwischen den Bänken kreisen. Wenn man sich meldete, stellte sie sich fast immer dicht hinter einen, beugte sich vor und lehnte ihre Brüste gegen die Schülerschulter. Oder zumindest eine. Fast nur Jungs baten um Hilfe, und die Luft im Klassenzimmer war schwer von ihrem Parfüm und von junger, unterdrückter Brunst.

Ich weiß nicht, wie die Mädchen Ewa Kaludis eigentlich fanden, da ich so gut wie nie irgendwelche Erfahrungen mit den Mädchen austauschte, aber ich nehme an, dass auch sie ihren Nutzen aus der Anwesenheit von

Ewa Kaludis zogen. Auf ihre spezielle Frauenart. Aber vielleicht irre ich mich da ja auch. Vielleicht waren sie einfach nur verflucht eifersüchtig.

Einmal, als ich die Hand gehoben hatte und ihre Brust an meiner Schulter und meiner Wange spürte, war ich kurz davor, in Ohnmacht zu fallen. Mir wurde schwarz vor Augen, und ich weiß, dass ich noch dachte, dass es mich nicht stören würde, wenn ich genau in diesem Moment sterben würde.

Ich glaube, sie merkte das, denn sie legte mir ihre Hand auf den Arm und fragte mich, was denn sei. Das machte die Sache natürlich nicht besser, aber schließlich biss ich mir auf die Zunge, und das half ein wenig.

»Mir geht's nicht so gut«, sagte ich. »Ich glaube, ich kriege meine Tage.«

Ich weiß nicht, warum ich ausgerechnet das sagte, aber Ewa Kaludis lachte nur, und Benny, der neben mir saß und der Einzige war, der meine geniale Replik hörte, meinte hinterher in der Pause, dass das verflucht noch mal einsame Spitze gewesen war.

»Erik, zum Teufel, nach dem Spruch liegst du verdammt gut im Rennen, dass du's nur weißt.«

Ich war mir nicht so sicher, ob er Recht hatte, aber auf jeden Fall war ich froh, dass sie nicht böse geworden war.

* * *

»Wir müssen noch ein bisschen warten«, sagte mein Vater. »Die Visite ist noch nicht durch.«

Ich nickte. Umklammerte die Tüte vom Zeitungskiosk mit den Weintrauben, sodass sie noch schrumpliger wurden.

»Zerdrück die Trauben nicht«, sagte mein Vater.

»Nein«, sagte ich.

Wir saßen eine Weile stumm auf den grünen Bänken. Verschiedene Krankenschwestern eilten hin und her und lächelten uns freundlich zu.

»Die Visite braucht immer ziemlich lange«, sagte mein Vater. »Da gibt's so viel zu besprechen.«

»Ich weiß«, sagte ich.

»Du schaffst es noch, dich vorher zu kämmen. Da hinten in der Ecke gibt es eine Toilette.«

Ich ging dorthin und kämmte mich mit meinem neuen Metallkamm. Am schmalen Ende hatte ich fünf Zinken abgebrochen – damit man das Kloschloss im Bahnhof öffnen konnte, aber es hatte nicht geklappt. Was aber auch egal war.

Das Wichtigste war, dass die Zinken fehlten. Wenn man nur immer auf der Mädchenseite stand und keinen Metallkamm hatte, dann war man nicht mehr als ein geplatzter Fahrradschlauch wert. Höchstens. So war es nun mal.

»Gleich können wir rein«, sagte mein Vater, als ich zurückkam.

»Ich weiß«, sagte ich. »Obwohl es keine Eile hat.«

»Da hast du Recht«, sagte mein Vater.

* * *

Sie versuchte, mich in den Arm zu nehmen, aber ich streichelte ihr lieber den Arm, das war genauso gut.

Mein Vater setzte sich auf ihre rechte Seite und ich auf die linke.

»Wir haben ein paar Weintrauben gekauft«, sagte mein Vater.

»Das ist aber nett«, sagte meine Mutter.

Ich legte die Tüte vom Zeitungskiosk auf die gelbe Krankenhausdecke.

»Was macht die Schule?«, fragte meine Mutter.

»Läuft gut«, sagte ich.

»Hast du dir heute freigenommen?«

»Ja.«

Sie schaute in die Tüte und schloss sie dann wieder.

»Und zu Hause?«

»Keine Probleme«, sagte ich. »Papa lässt zwar manchmal die Soße anbrennen, aber er wird von Tag zu Tag besser.«

Meine Mutter lächelte, und als wenn das sehr anstrengend für sie wäre, schloss sie dabei die Augen. Ich schaute sie an. Sie war graublau im Gesicht, und ihr Haar sah aus wie trauriges Gras.

»Keine Probleme«, wiederholte ich. »Gibt es hier 'n Klo?«

»Ja, natürlich«, sagte meine Mutter mit müder Stimme. »Draußen auf dem Flur.«

Ich nickte und ging hinaus. Setzte mich aufs Klo und versuchte fünfundzwanzig Minuten lang zu scheißen, dann ging ich zurück. Meine Mutter und mein Vater saßen jetzt ganz dicht beieinander und flüsterten. Als ich hereinkam, verstummten sie. Ich setzte mich wieder auf den Stuhl links von ihr.

»Ihr fahrt bald nach Genezareth?«, fragte meine Mutter.

»Ja«, antwortete ich. »Henry und ich waren schon da und haben ein bisschen aufgeräumt.«

»Wie schön, dass Henry und Emmy sich um dich kümmern wollen.«

»Ja«, sagte ich.

»Henry schlägt sich ganz gut durch«, sagte mein Vater.

Eine Weile schwiegen alle.

»Es ist nett von dir, dass du heute mitgekommen bist«, sagte meine Mutter.

»Ach was«, sagte ich.

»Ich glaube, wir gehen jetzt«, sagte mein Vater. »Dann kriegen wir noch den Viertel-nach-Bus.«

»Macht das, ihr beiden«, sagte meine Mutter. »Ich habe hier ja alles, was ich brauche.«

»Ich komme morgen nach der Arbeit«, sagte mein Vater.

»Es hat keine Eile«, sagte meine Mutter.

Ich stand auf und klopfte ihr leicht auf den Unterarm, und dann gingen wir fort.

* * *

Ich holte die Oberst-Darkin-Bücher heraus und zählte sie. Es stimmte. Sechs Stück. Sechs schwarze Wachspapierhefte mit jeweils achtundvierzig Seiten. Fünf der Hefte waren voll, das sechste war bald unter Dach und Fach.

Ich stopfte die fertigen Abenteuer in eine Plastiktüte

und schob sie ganz hinten in die Schublade, in der ich meine Unterwäsche aufbewahrte. Das war kein ideales Versteck, ich hatte schon oft überlegt, ob ich mir kein besseres besorgen sollte, vielleicht die Tüte ganz einfach im Wald vergraben. Ein bisschen weiter hinten in dem ausgetrockneten Graben, da würde sie so sicher liegen wie das Amen in der Kirche.

Aber daraus war nie etwas geworden. Und natürlich war die Unterhosenschublade jetzt, wo meine Mutter im Krankenhaus lag, sehr viel sicherer geworden. Mein Vater gehörte nicht zu denen, die zwischen den Sachen ihrer Söhne herumwühlten. Es war schon ganz ungewöhnlich, dass er mal in mein Zimmer kam.

Ich hatte vor ungefähr zwei Jahren damit angefangen. Damals hatte ich so ein Heft als Geburtstagsgeschenk von Linda-Britt bekommen, einer dicken Cousine mit Hasenzähnen, die meinte, ich sollte doch anfangen, Tagebuch zu schreiben. Das tat sie nämlich, und es war unglaublich entwicklungsfördernd.

Es gab nicht einmal Linien in dem Heft, was ich komisch fand, da sie doch geplant hatte, dass ich was reinschreiben sollte. Stattdessen nahm ich ein Lineal und teilte die Seiten in Comic-Art auf, vier Kästchen auf jeder Seite, nur auf den rechten, insgesamt achtundvierzig Stück, und dann fing ich schon bald mit *Oberst Darkin und die Goldbande* an. Das war ein Abenteuer, das sich in London, Askersund und im Wilden Westen abspielte, und es enthielt alles, was man sich nur wünschen konnte, von verzwicktem Doppelspiel, unbestechlicher Ritterlichkeit bis hin zu messerscharfen Dialogen.

»Sie haben genau eine Sekunde Zeit für Ihre Antwort, Ingenieur Frege, meine Zeit ist kostbar.«

»Das ist ein reizender Körper, den Sie da haben, Miss Carlson. Wollen Sie ihn behalten?«

»Bei allen Elchgeweihen, Nessie, du hast vergessen, Rum in den Tee zu kippen.«

Oberst Darkin selbst war ein vernarbter Spürhund, der sich in sein Holzhaus in den Bergen zurückgezogen hatte, aber wieder auszog, wenn die Geschehnisse in der Weltgeschichte es erforderten. Sein Kompagnon war eine blonde Nichte mit großem Busen und viel Macht über die Männerwelt. Ich nannte sie Vera Lane und war schon vom ersten Bild an in sie verliebt.

Im Augenblick saß sie in einem hohen Turm, eingesperrt von einem verrückten Wissenschaftler namens Finckelberg. Er war gerade in seinem Ferrari davongebraust, um Benzin zu kaufen, damit er sie verbrennen konnte. Darkin befand sich hundert Kilometer weit entfernt, auf seinem Motorrad, einem BSA-3001t mit Diamantzahnkranz. Ich war gezwungen, ihn heranbrausen zu lassen, bevor die Flammen um Vera Lanes schönen Körper züngelten, denn einerseits hatte ich nur noch acht Seiten im Heft übrig und andererseits konnte ich Feuer so schlecht zeichnen.

Ich war kein hervorragender Serienzeichner, das musste ich selbst zugeben. Aber ich hatte den Gestalten gegenüber, die ich geschaffen hatte, eine gewisse Verpflichtung. Wenn ich nicht über sie schrieb oder sie zeichnete, lagen sie sozusagen wie vergessene Marionetten einfach in der Unterhosenschublade.

Manchmal fand ich das fast anstrengend. Aber meistens – vor allem, wenn ich richtig in Fahrt gekommen war – war es mit das Sinnvollste, was ich während meiner ganzen Jugend getan habe. Zumindest hatte ich das Gefühl, vielleicht weil das Comiczeichnen eine der wenigen Beschäftigungen war, bei denen es mir gelang, den ganzen Mist zu vergessen, den es auf der Welt gab.

Ich hatte es noch nie einer Menschenseele erzählt. Noch nie hatte ich einem Außenstehenden etwas von Oberst Darkin gesagt.

Um so eine Art von Zeitvertreib handelte es sich.

Ich öffnete einen Apfelsaft. Nahm zwei Schluck und überlegte.

»Verflucht noch mal!«, schrieb ich in Darkins oberste Sprechblase. »Ich hätte wissen müssen, dass hier der Hund begraben liegt.«

4

Henry, mein Bruder, schrieb für den Kurren alles Mögliche.

Über die Versammlung des Gemeinderats, über Motorradrennen, über mögliche Brandstifter. Über Kälber mit zwei Köpfen und Geschwister, die sich nach siebenundfünfzig Jahren wiederfanden. Was er nicht in der Redaktion oder in der Stadt aufschnappen konnte, fand er in anderen Zeitungen, in schwedischen oder auch in ausländischen. Er verbrachte mindestens eine Stunde am Tag damit, Neuigkeiten und Sensationen aus aller Welt in der Stadtbibliothek von Örebro zu durchforsten. Um eine Idee oder einen Hinweis für eigene Recherchen und Artikel zu finden.

Alles, was er geschrieben hatte, schnitt er aus und klebte es in große Mappen ein. Zu der Zeit, in dem Sommer, als meine Mutter sterben sollte, hatte er bereits ein halbes Dutzend solcher Mappen, in denen er mich manchmal blättern ließ, wenn ich ihn in seiner Bude in der Grevgatan besuchte. Ich saß gern dort zusammengekauert auf seinem wackligen Bett mit den Metalltrallen an Kopf- und Fußende, und guckte mir die Überschriften an. Nur selten las ich den Text, aber die Überschriften gefielen mir. Ich wusste damals nicht, dass es fast immer jemand anders war, der diese Aufreißer getextet hatte, und nur ganz selten Henry.

Schlaue Sau siebzig Kilometer schwarzgefahren
Branntwein prima für Blutdruck
Deutsche Minister auf Stippvisite in Arboga

Wenn ich so eine prima Überschrift gelesen hatte, schloss ich für eine Weile die Augen und versuchte, mir die komplizierte Wirklichkeit vorzustellen, die sich dahinter verbarg. Manchmal gelang mir das, manchmal nicht.

* * *

»Da ist noch was«, sagte Henry, mein Bruder, eines Tages, es war nicht einmal mehr eine Woche bis zu den Sommerferien.

Ich schaute von einem Zeitungsausschnitt auf, auf dem ein Famoser Feuerwehrmann sich beide Beine in Broby gebrochen hatte.

»Jaha?«, fragte ich.

Henry betrachtete seine Zigarette und drückte sie im Affenschädel voll feuchtem Sand aus, der neben der Facit-Schreibmaschine auf dem Schreibtisch stand.

»Was den Sommer betrifft.«

Jetzt macht er einen Rückzieher, dachte ich. Verdammte Scheiße.

»Was denn?«, fragte ich.

»Ein paar Sachen sogar«, sagte er und sah Ricky Nelson noch ähnlicher als sonst. Oder Rick. Ich klappte die Mappe mit den Ausschnitten zu.

»Ich arbeite nicht mehr für den Kurren.«

»Mhm?«

»Jedenfalls diesen Sommer nicht.«

»Diesen Sommer?«

»Ja. Ich will ein Buch schreiben.«

Er sagte das, als handelte es sich darum, zu Karlesson zu gehen und ein Eis am Stil zu kaufen.

»Ein Buch?«, wiederholte ich.

»Genau. Irgendwann muss man das einfach tun.«

»Ja?«

»Jedenfalls müssen das einige Menschen tun. Und ich bin so ein Mensch.«

Ich nickte. Davon war ich überzeugt. Ich wusste nicht so recht, was ich sagen sollte.

»Wovon soll es denn handeln?«

Er antwortete nicht sofort. Legte die Füße auf den Schreibtisch, nahm einen Schluck aus der Flasche mit Rio Club, die auf dem Boden stand, und fischte sich eine neue Lucky Strike heraus.

»Vom Leben«, sagte er. »The real thing. Vom Existenziellen.«

»Jaha«, sagte ich.

Er zündete sich die Zigarette an, und eine Weile saßen wir da, ohne etwas zu sagen.

Henry nahm ein paar tiefe Züge, während seine Schulterblätter wie festgegossen am Stuhlrücken lehn-

50

ten. Er starrte an die Decke, wo sich der Rauch ins Nichts auflöste.

»Prima«, sagte ich schließlich. »Ich finde es toll, dass du ein Buch schreibst, ich glaube, es wird saugut.«

Henry schien es gar nicht zu interessieren, was ich sagte.

»Und was noch?«, fragte ich.

»Wieso?«, fragte Henry zurück.

»Du hast gesagt, es sind ein paar Dinge. Und das mit dem Buch ist doch wohl erst eins, oder?«

»Du kannst verdammt gut rechnen, Brüderchen«, sagte Henry. »Bist ein richtiger Taschenrechner.«

»Jedenfalls kann ich noch bis zwei zählen«, sagte ich.

Henry lachte. Er hatte so ein kurzes Lachen, das irgendwie scharf klang. Ich fand, es klang gut, und ich hatte versucht, es mir auch zuzulegen, aber ich war nicht besonders erfolgreich gewesen. Ein bestimmtes Lachen war nicht so einfach zu erlernen, das hatte ich dabei begriffen.

»Ja, es geht dabei um Emmy«, sagte Henry und stieß einen Rauchkringel aus, der wie ein dicker Sputnik durchs Zimmer glitt.

»Klasse«, sagte ich, als er an die Wand stieß und sich dort auflöste. »Was ist mit Emmy?«

»Sie wird nicht kommen«, sagte Henry.

»Was?«, fragte ich.

»Sie kommt nicht nach Genezareth.«

»Und warum nicht?«

»Ich habe sie gestrichen«, erklärte Henry.

Ich war mir nicht ganz sicher, was das bedeutete. Ob

das hieß, dass er sie umgebracht hatte und mit einem Zementklumpen an den Füßen in irgendeinen Kanal geschmissen hatte, aber das konnte ich mir nicht vorstellen. Vera Lane war in Darkin III nahe daran gewesen, so behandelt zu werden, aber ich hatte Schwierigkeiten, mir vorzustellen, dass Henry so etwas tun würde.

»Aha«, sagte ich ganz neutral.

»Das heißt, dass nur noch du, ich und dein Kumpel übrig sind. Wie heißt er eigentlich?«

»Edmund«, sagte ich.

»Edmund?«, wiederholte Henry. »Blöder Name.«

»Er ist aber in Ordnung«, erklärte ich.

»Ja, sicher«, sagte Henry. »Man kann die Leute ja nicht nach ihren Namen beurteilen. Ich war mal mit einer Braut zusammen, die hieß Frida Arschel. In Amsterdam. Und die war gar nicht übel.«

Ich nickte und saß still eine Weile da, dachte an all die Bräute mit komischen Namen, die ich gehabt hatte.

Und an all die Bräute, die ich gestrichen hatte.

»Aber Vater und Mutter halten wir dabei raus, nicht wahr?«, sagte Henry.

»Wie meinst du das?«

»Wir erzählen nicht, dass Emmy nicht mitkommt. Sonst machen sie sich nur Sorgen, dass wir das mit dem Essen und so nicht hinkriegen«, erklärte Henry, mein Bruder. »Aber das schaffen wir schon. Drei Kerle in der Blüte ihres Lebens.«

»Na klar«, sagte ich. »No problem. Ich bin der Tarzan der Pfannkuchen.«

Da lachte Henry wieder sein scharfes Lachen. Es

klang gut. Wenn ich heute darüber nachdenke, fühlte es sich so an, als würde man am Rücken gekrault, wenn mein Bruder lachte.

* * *

An einem Tag in der letzten Woche machten wir noch einen Schulausflug zum Brumberga-Tierpark. Ich war die ganze Zeit mit Edmund, Benny und Arsch-Enok zusammen, und auch wenn wir bei der Rallye von einer Mädchengruppe um nur einen bescheuerten Punkt geschlagen wurden und uns somit ein Riesenbecher Eis entging, hatten wir einen recht anregenden Nachmittag. Arsch-Enok hatte gerade Geburtstag gehabt und einen ganzen Fünfziger von seinem geistesschwachen Onkel einkassiert, deshalb waren wir gut bei Kasse. Und Arsch-Enok gehörte nicht zu den Geizigen; er verdrückte vierundfünfzig Dixibonbons und musste auf der Rückfahrt auf einem der Kotzplätze sitzen. Ich selbst aß sechsunddreißig Revalbonbons, und mir ging es ausgezeichnet.

In der darauf folgenden Nacht hatte ich einen Traum. Ich war wieder im Zoo, und die ganze Klasse stand vor einem großen grünen Aquarium mit Delfinen, Rochen und Robben. Ich glaube, sogar Haie waren dabei. Wir alle standen still da und hörten zu, denn es war Ewa Kaludis, die uns etwas erzählte. Hinter ihrem Rücken glitten die großen, spulenförmigen Tiere auf ihrer ewigen Wanderung in dem grünen Wasser vorbei.

Plötzlich hörte ich Benny fluchen. Er streckte seinen schmutzigen Zeigefinger aus, und ich konnte sofort sehen, was er entdeckt hatte.

53

Meine Mutter kam in dem Aquarium angeschwommen. Zwischen den Rochen und den Robben. Meine Mutter.

Das war ganz schrecklich. Sie hatte ihren abgetragenen blauen Kittel mit den verblichenen Rosen an und sah ganz aufgedunsen und glubschäugig aus. Ich stürzte an die Glasscheibe, bedeutete ihr mit großen Gesten, dass sie zur anderen Seite schwimmen sollte, aber sie hing einfach nur im Wasser herum und starrte uns mit ihren traurigen Augen an. Es schien aussichtslos, sie dort wegzubekommen, deshalb drehte ich mich stattdessen weg. Ich drückte mich an die Scheibe, breitete die Arme aus und versuchte, sie zu verdecken. Ewa Kaludis verstummte und sah mich mit überraschtem Blick an. Fast sah sie etwas enttäuscht aus, und am liebsten hätte ich geheult, mir in die Hose gepinkelt und wäre im Erdboden versunken.

Als ich aufwachte, war es Viertel vor fünf Uhr, und ich war mit kaltem Schweiß bedeckt. Mir war klar, dass der Traum etwas mit den Revalbonbons zu tun haben musste. Ich stand auf und setzte mich für eine Weile auf die Toilette, aber erfolglos.

Während ich dort saß, dachte ich über den Traum nach. Ich fand ihn sonderbar. Es gab kein Aquarium im Brumberga-Tierpark, und Ewa Kaludis war bei dem Ausflug gar nicht dabei gewesen.

In der Nacht machte ich kein Auge mehr zu.

* * *

Ich war noch gar nicht richtig bei Edmund in die Wohnung gekommen, da fragte er mich: »Weißt du, was der größte Unterschied auf der Welt ist?«

»Zwischen dem Universum und Åsa Lenners Gehirn?«, probierte ich.

»Nix da«, schüttelte Edmund den Kopf. »Der größte Unterschied auf der Welt ist der zwischen meinem Vater und meiner Mutter. Nur dass du das weißt.«

Und damit hatte er gar nicht so Unrecht, das wurde mir bei dem Essen, zu dem sie mich eingeladen hatten, klar. Es sollte so eine Art Vorschussdank sein dafür, dass Edmund den ganzen Sommer in Genezareth bleiben durfte, nehme ich an.

Albin Wester, Edmunds Vater, war klein und kräftig, mit hängenden Armen und einem Watschelgang. Er sah aus wie ein Gorillamännchen, jedenfalls fast. Und dazu ein bisschen abgehetzt und resigniert; obwohl ich Antifußballer war, kam mir ein Fußballtrainer in den Sinn, der versucht, nach der ersten Halbzeit die Moral aufrecht zu halten, obwohl die Mannschaft mit 6:0 im Rückstand liegt. Fröhlich, obwohl es irgendwie aussah, als ginge es ihm hundserbärmlich. Während wir aßen, redete er fast die ganze Zeit, am meisten, wenn er den Mund voll hatte.

Frau Wester dagegen war korrekt wie eine Standuhr in Trauerkleidung. Während des ganzen Essens sagte sie kein Wort, versuchte aber ab und zu zu lächeln. Dann sah es so aus, als würde sie gleich platzen, und jedes Mal bekam sie einen Schluckauf und schloss schnell die Augen.

»Nehmt euch noch, Jungs«, sagte Albin Wester. »Man weiß nie, wann es wieder was gibt. Signes Wursteintopf ist in ganz Nordeuropa berühmt.«

Edmund und ich aßen wirklich große Portionen, denn es war ein guter Wursteintopf. Mir fiel die Haushaltsfrage für den Sommer ein, und ich sagte Edmund, er sollte seine Mama doch bitten, das Rezept aufzuschreiben.

Ich wusste, dass so etwas der Gipfel von Höflichkeit war, und ganz richtig öffnete sich die Wanduhr und hickste.

»Wursteintopf à la Signe«, sagte Albin Wester aus den Mundwinkeln. »Eine Götterspeise.«

Auch er lächelte, wobei ihm ein paar Wurststückchen auf den Schoß fielen.

* * *

»Sie ist Alkoholikerin«, erklärte Edmund anschließend. »Sie muss jeden einzelnen Muskel im Körper angespannt halten, um so ein Essen zu überstehen.«

Ich fand, das klang merkwürdig, und das sagte ich auch. Edmund zuckte mit den Schultern.

»Ach was«, sagte er. »Das ist überhaupt nicht merkwürdig. Sie hat drei Geschwister. Und die sind alle gleich. Das kommt von Großvater, er war ein verfluchter Suffkopf, aber ein Frauenkörper kann das irgendwie nicht vertragen.«

»Ja?«, wunderte ich mich.

»Man soll Frauenzimmern keinen Schnaps einflößen. Und kein Kraut in den Tabak mischen. Das geht nicht gut.«

Ich überlegte.

»Das klang wie von Salasso«, sagte ich. »Liest du oft Westernhefte?«

»Manchmal«, murmelte Edmund. »Aber inzwischen lese ich lieber Bücher.«

»Ich wechsle immer mal«, erklärte ich diplomatisch. »Aber wie lange geht das denn schon so? Kann man sie denn nicht irgendwie heilen?«

Die Nebenwirkungen des Alkohols waren mir nicht ganz unbekannt. Holger, ein Cousin meines Vaters, war aus diesem Holz, und in der Vierten hatten wir das halbe Schuljahr einen Lehrer gehabt, der unter dem Namen Fusel-Jesus lief. Er predigte uns immer vom Lehrerpult aus etwas vor, und als er einmal im Lehrerzimmer eingeschlafen war und sich vollgepisst hatte, wurde er gefeuert.

Jedenfalls wurde das erzählt.

Edmund schüttelte den Kopf.

»Das bleibt in der Familie«, sagte er. »Das dringt nicht nach außen, wird nicht offiziös.«

»Ach so«, sagte ich. »Aber ich glaube, das heißt offiziell.«

»Ist doch scheißegal, wie das heißt«, sagte Edmund. »Immerhin ziehen wir ihretwegen so oft um. Das nehme ich jedenfalls an.«

Mir tat Edmund Wester Leid.

Und sein Vater auch.

Vielleicht tat mir sogar Frau Wester ein bisschen Leid.

* * *

Abends guckten wir uns im Saga-Kino einen Jerry-Lewis-Film an. Dazu hatten mich die Westers auch eingeladen.

»Verdammte Scheiße«, sagte Edmund, als wir nach Hause gingen. »Alle sollten wie Jerry Lewis sein. Dann wäre die Welt prima.«

»Wenn alle wie Jerry Lewis wären«, erwiderte ich, »dann wäre die Welt schon vor mehreren tausend Jahren untergegangen.«

Edmund dachte darüber eine Weile nach.

»Du bist nicht doof«, sagte er dann. »Man braucht auch Perry-Mason-Typen, da hast du ganz Recht.«

»Paul Drake und Della«, sagte ich.

»Paul Drake ist verdammt gut«, sagte Edmund. »Wenn er mitten während eines Kreuzverhörs in den Gerichtssaal tritt und Perry mit einem Auge zuzwinkert. Verdammte Scheiße, was für ein Typ!«

»Er hat immer eine weiße Jacke und eine schwarze Hose an«, erklärte ich. »Oder umgekehrt.«

»Immer«, nickte Edmund.

»Della liebt ihn«, sagte ich.

»Einspruch«, sagte Edmund. »Della liebt Perry.«

»Verflucht noch mal«, widersprach ich. »Sie liebt Paul Drake.«

»Okay«, sagte Edmund. »Sie liebt beide. Das ist ja auch nicht so ungewöhnlich.«

»Und deshalb kann sie sich nie für einen von beiden entscheiden«, erklärte ich. »Einspruch stattgegeben.«

Wir wiederholten die Sprüche eine Weile.

»Einspruch abgelehnt.«

58

»Einspruch stattgegeben.«

»Ihr Zeuge.«

»Keine weiteren Fragen, Euer Ehren.«

»Nicht schuldig!«

An Karlessons Kiosk trennten sich unsere Wege. Edmund wohnte weiter hinten in der Mossbanegatan und ich nahe beim Idrottsparken. Karlesson hatte gerade eben geschlossen, die grünen Läden waren vorgeklappt und die Kaugummiautomaten mit Eisenketten und Vorhängeschloss am Fahrradständer festgezurrt.

»Weißt du, dass man mit einer abgebrochenen Wurstgabel in den Kaugummiautomaten kommt?«, fragte ich Edmund

»Hä?«, fragte Edmund. »Was meinst du?«

Ich erklärte es ihm. Man brach einfach nur einen Zentimeter von dem flachen Ende des Wurstpieksers aus Holz hinten ab. Das ging übrigens mit den kleinen Eislöffeln genauso gut, aber die waren nicht so leicht zu finden. Dann drückte man das kleine Holzstück in den Schlitz für die Fünfundzwanzig-Öre-Münze und drehte das Rad. No problem. Klicketi klicketi klick. Rassel Rassel. Klappte jedes Mal.

»Stimmt das?«, fragte Edmund. »Oder flunkerst du nur rum?«

Wir wühlten eine Weile im Papierkorb, der an der Wand hing, und fanden schließlich einen klebrigen Eislöffel. Ich nahm Maß und brach ein Stück mit dem Daumennagel ab. Wartete eine Weile, weil eine Horde kichernder Mädchen vorbeischlenderte, und dann führte ich das Kunststück vor.

59

Vier Kugeln und ein Ring.

Wir nahmen jeder zwei Kugeln, und Edmund bekam den Ring, um ihn seiner alkoholisierten Mutter zu schenken.

»Echt toll«, sagte Edmund. »Wir sollten im Sommer nachts mal herkommen und den ganzen Automaten leeren.«

Ich nickte: Das war ein Plan, den auch ich schon im Kopf gehabt hatte.

»Man muss nur genügend Gabeln haben«, sagte ich. »Aber um die Wurststände liegen ja immer reichlich welche rum. Bei Hermans und Törners auf dem Markt.«

»Eines Nachts machen wir das«, erklärte Edmund.

»Abgemacht«, sagte ich. »Eines Nachts im Sommer.«

Dann verabschiedeten wir uns voneinander und gingen nach Hause.

* * *

Ich wusste, dass mein Bruder Henry ein ungewöhnlicher Mensch war, aber wie ungewöhnlich er wirklich war, begriff ich erst, als er eines Abends etwas Bestimmtes sagte, es muss in der allerletzten Schulwoche gewesen sein.

»Kanonen-Berra ist ein Arschloch«, sagte er.

Ich hatte das Thema aufgebracht. Oder genauer gesagt das Thema Ewa Kaludis, und danach hatte ich wohl etwas in der Richtung gesagt, dass sie mit Berra zusammen war.

»Wie gesagt, ein richtiges Arschloch.«

Das stellte er einfach so fest. Ich war so überrascht,

60

dass ich gar nicht wusste, was ich sagen sollte, und dann sprachen wir über etwas anderes, und später fuhr Henry in seinem »Killer« zu einem Maranatha-Treffen.

Nachdem er weg war, dachte ich über seine Worte nach. Und wunderte mich darüber, wie um alles in der Welt er so etwas sagen konnte, und dann fiel mir ein, dass er ja Berra Albertsson für den Kurren interviewt hatte, damals, als er Anfang Mai in unsere Stadt gezogen war.

Kanonen-Berra ein Arschloch?

Ich schrieb das auf einen Zettel und schob ihn in *Oberst Darkin und die Goldbarren.* Das war ein so sonderbarer Ausspruch, dass ich ihn irgendwie aufbewahren wollte.

Im Laufe des Sommers sollte ich Gelegenheit bekommen, ausführlicher darüber nachzudenken. Reichlich Gelegenheit. Aber das wusste ich ja damals noch nicht, und der Zettel muss auf irgendeine merkwürdige Weise verschwunden sein, denn ich habe ihn nie wieder gefunden.

5

In dem Jahr hatten wir das letzte richtige Abschlussfest in der Volksschule.

Ein Teil der Klasse würde natürlich mit der achten Klasse weitermachen, aber ungefähr die Hälfte von uns wechselte zum Herbst in die KKR, die Kommunale Realschule. Die, die noch nicht nach der Sechsten gewechselt hatten. Das war natürlich eine Zäsur, nie wieder würde ich beispielsweise im gleichen Klassenzimmer wie Veikko, Sluggo, Gunborg und Balthazar Lindblom sitzen.

Das war nicht so schlimm. Aber einige andere würde ich vermissen. Benny und Marie-Louise zum Beispiel; mit Benny würde ich mich natürlich weiter treffen, in der Zementröhre und an anderen Orten, aber Marie-Louise und ihre reizenden dunklen Locken und ihre braunen Augen würde ich nie wieder in der Klasse sehen und darüber ins Träumen geraten können. Jedenfalls nicht so nah.

Aber deshalb ging die Welt nicht unter. Schließlich war es mir doch nie gelungen, Marie-Louise irgendwie näher zu kommen. Sicher gab es auch andere tolle Mädchen in der Realschule, dachte ich optimistisch. Verlierst du eine, gewinnst du tausend neue. C'est la vie.

Wie ich ohne Ewa Kaludis leben sollte, war hingegen eine Frage, die sofort und ohne Wenn und Aber in den Abgrund führte. Irgendwie hatte ich das Gefühl, als wäre ihre Brust seit damals, als ich behauptete, ich würde meine Regel kriegen, auf meiner Schulter geblieben. Ewa kam am letzten Schultag genau in dem Moment in die Klasse, als Brylle sein Geschenk ausgepackt hatte, das die Mädchen ihm gekauft hatten: ein großes Bild in Glas und Rahmen, einen Elch darstellend, der an einer Waldlichtung stand und finster dreinschaute. Es war allgemein bekannt, dass Brylle jeden Herbst auf Elchjagd ging, und jetzt stand er da hinter dem Lehrerpult, glotzte das Bild an und versuchte, so gut es ging zu lächeln.

»Ich wollte mich nur für die schöne Zeit bedanken«, sagte Ewa Kaludis. »Es hat Spaß gemacht, euch zu unterrichten. Ich hoffe, ihr habt schöne Sommerferien.«

Mit dem Abstand von Lichtjahren war das das Geistreichste, was ich in meinem ganzen vierzehnjährigen Leben gehört hatte. Sie knickte die Hüften ein, verließ das Zimmer, und eine eiskalte Hand ergriff mein Herz.

Verdammte Scheiße, dachte ich. Soll sie mich wirklich auf diese Art und Weise verlassen?

Der Augenblick war vollkommen lähmend. Ich saß in meiner Bank und begriff plötzlich, was es hieß, etwas zu verlieren, was unentbehrlich ist. Wie man sich wohl fühlte, fünf Sekunden, bevor man vor den Zug sprang.

Aber es fuhr kein Zug durchs Klassenzimmer, zum Glück.

»Was ist denn mit dir los?«, fragte Benny, als wir hinaus in den Sonnenschein auf dem Schulhof traten. »Du siehst verflucht noch mal total k.o.-geschlagen aus. Wie Henry Cooper in der zwölften Runde.«

»Ach«, wehrte ich ab. »Was mit dem Magen. Wann fährst du?«

»In zwei Stunden«, sagte Benny. »Dann bin ich morgen Nachmittag da. Ist ein verdammt langes Stück bis Malmberg. Ich hoffe, das mit deiner Mutter geht klar.«

»Bestimmt«, nickte ich.

»Ich muss noch zu Blidbergs und ein Bonanzahemd kaufen«, sagte Benny. »Und so einen blöden roten Schlips auch, ich muss schließlich meinen Cousinen imponieren. Tschüss dann. Wir sehen uns im Herbst.«

»Ja, tschüss«, sagte ich. »Grüß die doofen Lappen und die Mücken.«

»Wird gemacht«, nickte Benny. »Und schreib mir, wenn es ein schwerer Sommer wird.«

* * *

Henry, mein Bruder, war schon vorgefahren und hatte sich bereits in Genezareth eingerichtet. Mein Vater ging davon aus, dass auch Emmy Kaskel dort war, aber ich wusste es besser. Es war geplant, dass Edmund und ich am Sonntag die fünfundzwanzig Kilometer mit dem Rad hinfahren sollten. Henry hätte uns natürlich abholen können, aber wir brauchten da draußen auch unsere Räder, das war ja klar. Es gab reichlich interessante

Ecken in den Wäldern rund um den Möckeln, und wir ohne Drahtesel, das wäre genauso problematisch wie ein Cowboy ohne Pferd, da waren Edmund und ich einer Meinung.

Am Samstagabend fuhren mein Vater und ich wieder ins Krankenhaus, ich in den guten Kleidern vom Schulabschluss, Vater in Hose, Hemd und Schlips. Er trug nie einen Schlips, wenn er Schließer war oder zu Hause, aber sobald er ins Krankenhaus wollte, fühlte er sich gezwungen, sich gut anzuziehen. Obwohl er doch fast jeden Tag mit dem Bus dorthin fuhr. Ich überlegte, woran das wohl lag, hatte ihn aber nie fragen wollen. Und das tat ich auch an dem Tag nicht.

Meine Mutter lag im selben Bett, im selben Zimmer und sah ganz unverändert aus. Nur ihr Haar war frisch gewaschen und wirkte etwas besser, wie ich fand; fast wie eine Art Heiligenschein auf dem Kopfkissen.

Wir hatten eine Tüte Weintrauben mitgebracht und eine Tafel Schokolade, aber als wir sie nach einer Stunde verlassen wollten, steckte sie mir die Schokolade zu.

»Nimm du sie, Erik«, sagte sie. »Du musst dir ein bisschen was anfuttern.«

Ich wollte sie nicht haben, nahm sie aber dennoch.

»Ich hoffe, ihr werdet in Genezareth eine schöne Zeit haben«, sagte meine Mutter.

»Ganz bestimmt«, sagte ich. »Pass auf dich auf.«

»Grüße Henry und Emmy«, sagte sie.

»Wird gemacht«, sagte ich.

Im Bus auf der Heimfahrt erzählte mir Vater alles Mögliche, was wir in Genezareth machen dürften und was nicht. Woran wir denken sollten und was wir auf keinen Fall vergessen dürften. Die Gasflasche und so. Er hatte einen Zettel in der Hand, den er vor mir verbergen wollte, und ich begriff, dass meine Mutter das alles aufgeschrieben und ihm gegeben hatte, während ich im Krankenhaus auf der Toilette war. Ich konnte seiner Stimme anhören, dass es ihn selbst eigentlich herzlich wenig interessierte. Er vertraute da voll und ganz auf Henry und Emmy. Er leierte die Ermahnungen nur aus Pflichtbewusstsein und Mitleid für meine Mutter herunter. Er tat mir Leid.

Ich glaube sogar, dass er auch mir vertraute.

»Vielleicht schaue ich ja mal bei euch vorbei«, sagte er. »Und ihr kommt sicher auch ab und zu mal in die Stadt?«

Ich nickte. Wusste, dass auch das in erster Linie nur Sprüche waren. Was man halt so sagt, damit man ein besseres Gefühl hat.

»Aber ich muss noch drei Wochen arbeiten. Und an den Wochenenden will ich ja sie besuchen.«

Ich fand, es klang etwas künstlich, dass er »sie« sagte statt »Ellen« oder »deine Mutter«, wie er es sonst tat.

»Es kommt, wie es kommt«, sagte ich. »Wir kommen schon zurecht.«

Ich zog die Tafel Schokolade hervor – eine Taragona –, die meine Mutter hatte haben sollen, die sie mir jedoch zurückgegeben hatte. Streckte sie meinem Vater hin.

»Willst du?«, fragte ich.

Er schüttelte den Kopf.

»Nimm du nur. Ich habe keinen Hunger.«

Ich stopfte sie zurück in die Innentasche meiner Jacke. Dann saßen wir still nebeneinander, während wir durch Mosås und am Torfmoor vorbeifuhren, in dem Henry ein paar Sommer, bevor er zur See gefahren war, gearbeitet hatte; ich versuchte, mich an Ewa Kaludis' Gesicht zu erinnern, aber es gelang mir nicht besonders gut.

»Vielleicht könnt ihr ja das Boot ein bisschen teeren«, sagte mein Vater, als wir am Markt in die Stadt einbogen. »Wenn ihr Zeit habt. Das wäre nicht schlecht.«

»Machen wir«, nickte ich.

»Von dem Steg ist wohl nicht mehr viel übrig, oder?«

»Den werden wir auch reparieren.«

»Macht das, wenn ihr Zeit habt«, sagte mein Vater und versteckte den Zettel, den er von meiner Mutter bekommen hatte. »Und dann macht es euch so schön wie möglich.«

»Es ist immer schwer, etwas über die Zukunft zu sagen«, erklärte ich.

»Man muss nur mit beiden Beinen auf dem Boden bleiben«, sagte mein Vater.

Als wir in der Mossbanegatan aus dem Bus gestiegen waren, warf ich die Taragona in den Papierkorb, der an der Haltestelle hing. Den ganzen Weg über nach Hause zur Idrottsgatan bereute ich es, aber trotzdem ging ich nicht zurück, um sie wieder rauszuholen.

»A man's gotta do what a man's gotta do«, dachte ich.

* * *

Als Edmund und ich uns am Sonntag auf den Weg machten, war es abwechselnd sonnig und bewölkt. Mit leichtem Gegenwind. Als wir durch Hallsberg strampelten, kam ein Regenschauer, deshalb kehrten wir in Lampas Konditorei hinter dem Bahnhof ein und tranken jeder eine Limonade und aßen eine Semmel. Edmund stopfte eine Krone in die Jukebox. Während wir dasaßen, unsere Limonade tranken und in den Regen starrten, hörten wir dreimal hintereinander *Cotton Fields*. Edmund behauptete, es gäbe keine andere Platte in dem Kasten, die es wert wäre, sich anzuhören, und ich glaubte ihm unbesehen.

Cotton Fields war sowieso eine saustarke Platte.

Ich hatte Edmund vor dem Klevabuckel gewarnt, aber das hatte ihn nur noch mehr herausgefordert.

»Ich nehme ihn in einem Schwung«, behauptete er. »Darauf wette ich fünfzig Öre.«

»Du kriegst 'ne Krone«, sagte ich, denn ich wusste, wovon wir redeten. »Ohne Rennrad ist der ganze Kleva nicht zu schaffen.«

Edmund und ich, wir hatten beide alte Räder ohne andere Finessen als den Gepäckträger und eine Klingel. Keine Stange. Keine Gänge. Keine Handbremse. Edmunds war jedenfalls ein Crescent. Meine hellgrüne Gurke hieß Ferm und war nichts, mit dem man sich brüsten konnte.

»Ich will einen ehrlichen Versuch machen«, verkündete Edmund feierlich, als wir näher herankamen und die Steigung vor uns sahen. »Keine weiteren Fragen.«

Er schaffte es fast bis zur Hälfte. Danach mussten wir

eine Viertelstunde am Wegrand sitzen, bis Edmunds Beine ihm wieder gehorchen wollten. Als ich bei ihm angekommen war, war er ganz bleich im Gesicht, und kleine Speichelbläschen hingen ihm in den Mundwinkeln. Er lag mit zitternden Beinen am Grabenrand, das Rad neben sich.

»Unglaublicher Buckel«, stöhnte er. »Als wir in Sveg wohnten, gab es da einen richtigen Teufelsberg, aber der hier ist ja tausendmal schlimmer. Ich hab da hinten etwas gekotzt, setz dich nicht rein.«

Er zeigte auf die Stelle, und ich legte mich in sicherem Abstand hin. Faltete die Hände hinter dem Kopf und blinzelte in den Himmel und zu den Wolken hinauf, die sich mal zusammenballten, mal wieder auseinander faserten. Edmund schnaufte immer noch und hatte anscheinend Schwierigkeiten, etwas hervorzubringen, deshalb lagen wir einfach ein paar Minuten so da und versuchten irgendwie, wieder zu uns selbst zu finden.

Da fanden wir uns also am Straßenrand wieder, auf halbem Weg den Klevabuckel hinauf. An einem Sonntag im Juni 1962.

Mir kam der Gedanke, dass es unmöglich gewesen wäre, einfach so still nebeneinander zu liegen, wenn Benny statt Edmund bei mir gewesen wäre. Dann hätten wir auf jeden Fall reichlich geflucht und geschimpft, aber mit Edmund zusammen konnte ich ganz still sein, ohne dass es mir irgendwie sonderbar erschienen wäre.

Damals nicht und auch später bei anderen Gelegenheiten nicht – wenn er vor Milchsäureschock nicht gerade kurz vor der Ohnmacht war. Man konnte miteinander reden oder auch nicht reden, so einfach war das. Ich dachte eine Weile darüber nach, aber ich konnte nicht sagen, was der Grund dafür war, ob es daran lag, dass seine Mutter Alkoholikerin war, oder daran, dass er so lange im Norden gelebt hatte. Aber es war ja auch egal. Die Hauptsache war doch, dass es so war. Ich fand, Edmunds Ruhe war eine äußerst vorteilhafte Eigenschaft, und ich beschloss, ihm das zu sagen, wenn ich ihn erst einmal etwas besser kennen gelernt hätte. In ein paar Tagen oder so.

Henry hatte sechzehn Dosen Ulla-Bellas Fleischklöße in brauner Soße zum reinsten Schleuderpreis bei Laxmans erstehen können – bei dem Supermarkt in Åsbro, dem Ort, der nur ein paar Kilometer von Genezareth entfernt war –, und am ersten Abend aßen wir zwei davon.

Zusammen mit Pellkartoffeln und Preiselbeeren, die Henry aus der Stadt mitgebracht hatte. Und Milch oder Apfelsaft, ganz nach Belieben.

Es schmeckte gar nicht so schlecht. Hinterher übernahmen Edmund und ich den Abwasch, während Henry sich mit Kaffee und Zigaretten draußen in einen der Liegestühle setzte. Er hatte einen Schreibblock auf den Knien, in den er ab und zu ein paar Zeilen schrieb, wobei es aussah, als nickte er sich selbst bestätigend zu.

Später am Abend hackte er am Schreibtisch in seinem Zimmer auf die Facit ein. Mir war klar, dass es sich dabei um das Buch handelte, das er zur Welt bringen wollte. Das über das Leben. The real thing.

Und ich begriff, dass es bei uns jetzt die nächste Zeit so ablaufen würde.

Ulla-Bellas Fleischklöße mit Kartoffeln und Preiselbeeren.

Henry und der existenzielle Roman.

Edmund und ich beim Abwasch.

»Verdammte Scheiße, geht es uns gut«, stellte Edmund fest, als wir fast fertig waren. Er klang beinahe ge-
rührt, und ich musste ihm zustimmen.

»Es könnte schlimmer sein«, sagte ich.

* * *

Aber Henry hatte natürlich schon ein Stück weiter gedacht.

Dass er im Schlafzimmer im Erdgeschoss und Edmund und ich oben schliefen, war nur selbstverständlich. Darüber brauchte kein Wort gewechselt zu werden.

Wie auch darüber, dass die Küche und das Wohnzimmer uns allen dreien zur Verfügung stehen würden.

»Mit einer Ausnahme«, warf Henry ein.

»Was für eine Ausnahme?«, fragte ich.

»Mit der Ausnahme, falls ich mal eines Abends ein
Mädchen mitbringe. Dann macht ihr um das Erdgeschoss einen riesengroßen Bogen.«

»Genehmigt«, sagte ich.

»Gentlemen's agreement«, sagte Edmund.

»Einen Tag macht ihr das Essen, am anderen ich. Natürlich nur das Mittagessen, aber keine Pupsportionen.
Ebenso läuft es mit dem Abwaschen. Okay?«

»Okay«, stimmten wir zu.

»Wir kaufen bei Laxmans ein. Ich fahre mit dem Killer

hin, aber wenn ihr wollt, könnt ihr auch das Rad oder das Boot nehmen.«

Wir nickten. No problem.

»Die Scheißtonne«, sagte Henry dann.

»Die Scheißtonne«, wiederholten wir seufzend.

»Je weniger wir scheißen, umso besser«, erklärte Henry. »Und keiner darf reinpissen, das ist eine verdammt blöde Angewohnheit. Wenn wir drauf achten, schaffen wir es mit einer Leerung alle zwei Wochen. Du weißt, wie das geht, Erik ... ein Loch graben, hinschleppen und auskippen. Es gibt angenehmere Jobs. Okay?«

Erneut nickten wir ernsthaft.

»Das war alles«, schloss Henry. »Man muss sich ja nicht unnötig das Leben schwer machen. Es soll doch wie ein Schmetterling an einem Sommertag sein.«

Letzteres klang gut, wie ich fand. Ich dachte eine ganze Weile darüber nach.

Das Leben soll wie ein Schmetterling an einem Sommertag sein.

Da war es noch genau einen Monat hin bis zu dem SCHRECKLICHEN.

* * *

»Du, das mit deinen Zehen«, fragte ich, nachdem wir am ersten Abend ins Bett gegangen waren. »Wie ist das eigentlich?«

Unsere Betten standen an der einzigen Stelle, wo Platz für sie war. Jedes parallel zur Wand, die Dachschräge so dicht darüber, dass man sich nicht aufsetzen konnte. Ungefähr ein Meter war dazwischen, wo eine Kommode mit unseren Klamotten stand und außerdem jede Menge Hefte und Bücher. Edmund hatte Henry fünf Schuhkartons mit Zeitschriften und einen Kasten mit Büchern mitgegeben.

»Meine Zehen?«, fragte Edmund.

»Ich habe davon gehört«, erklärte ich.

»Ja, wirklich?« Edmund musste kichern. »Davon sieht man gar nichts mehr.«

Er streckte den linken Fuß heraus und wackelte mit den Zehen. »Wie viel siehst du?«

»Ich komm auf fünf«, antwortete ich. »Ziemlich hässliche.«

»Stimmt«, bestätigte Edmund. »Aber als ich noch sechs hatte, sah es noch hässlicher aus, deshalb haben sie einen weggemacht.«

»Wer?«, fragte ich.

»Die Ärzte, natürlich«, antwortete Edmund. »Wenn du dir den Zeigezeh, oder wie er nun heißt, genauer anguckst, dann ist da unten am Ansatz eine kleine Narbe zu sehen. Da saß der Extrazeh.«

Ich kniete mich auf den Boden und musterte Edmunds schmutzigen linken Fuß. Was er sagte, stimmte. Ganz tief im Winkel zum großen Zeh hin war eine kleine Schramme zu erkennen, dünn wie ein Bleistiftstrich und nicht länger als ein Zentimeter.

Ich nickte und kroch wieder in mein Bett.

»Danke«, sagte ich. »Ich wollte es nur mal wissen.«

»Ist schon in Ordnung«, erwiderte Edmund und zog seinen Fuß wieder unter die Bettdecke zurück. »Willst du den anderen auch sehen?«

73

»Ist nicht nötig«, wehrte ich ab. »Hat es wehgetan?«
»Was?«
»Als sie ihn weggemacht haben?«
»Weiß ich nicht«, sagte Edmund. »Ich habe geschlafen. Ich meine, ich hatte eine Betäubung. Aber hinterher tat es ein bisschen weh. Ich war ja damals erst sechs.«
Ich nickte.

Und dann wunderte ich mich, wie überhaupt jemand herausbekommen hatte, dass Edmund zwölf Zehen gehabt hatte, wo ihm der elfte und zwölfte doch schon vor so langer Zeit wegoperiert worden waren. Er wohnte doch erst seit einem Jahr in unserer Stadt.

Auf diese Frage gab es natürlich nur eine Antwort: Er musste es selbst erzählt haben.

Zuerst erschien mir das merkwürdig, aber je länger ich darüber nachdachte, um so unsicherer wurde ich in meinem Urteil.

Vielleicht hätte ich es auch einfach erzählt, wenn ich zwölf Zehen gehabt hätte. Vielleicht aber auch nicht.

Eine eindeutige Antwort konnte ich darauf nicht geben, und das irritierte mich ziemlich, ich weiß gar nicht, warum.

* * *

Wie in fast allen kommenden Nächten schliefen wir zum Klappern von Henrys Schreibmaschine und zur Musik von Henrys Tonbandgerät ein.

Elvis. The Shadows.

Buddy Holly, Little Richard, The Drifters.

Und zu dem leisen Kratzen eines Baumzweigs gegen

das Fenster, wenn der Wind vom See her durch den Wald strich.

Das klang schön.

Fast ein wenig zu schön, aber dabei zählte ich nur das mit, was ich wirklich dabeihaben wollte. Was nah und erreichbar war, wenn man abends einschlief und wenn man am nächsten Morgen erwachte.

6

An den ersten Tagen erkundeten wir die Gegend.

Zu Wasser und zu Land. Möckeln hatte einen Durchmesser von ungefähr vier Kilometern, das konnte man sich auf der Karte ausrechnen. Beim Rudern erschienen diese Entfernungsangaben ziemlich sinnlos. Es dauerte eine Weile, dann war man da, ganz gleich, wo man hin wollte, das Wichtigste war, dass man seine Kräfte einteilte, damit man nicht plötzlich mit vollkommen erschöpften Armen dasaß. Man brauchte sich ja nie zu beeilen, weil es doch Sommer war, unter keinen Umständen. Die Zeit lag wie ein Meer vor uns, das tausendmal größer war als der Möckeln, man konnte sich nach Lust und Laune daraus bedienen.

Auf dem Seeweg gab es eigentlich nur drei Ziele, die man ansteuern konnte. Fast mitten im See lag Tallön, eine karge kleine Felsinsel von ein paar Hundert Quadratmetern, auf die die Möwen gern schissen. Eigentlich bestand sie nicht aus viel mehr als aus der Vogelscheiße, Steinen und den zehn knorrigen Kiefern, die wie in einem Kreis mitten auf der Insel standen und ihr den Namen gegeben hatten. Den offiziellen Namen wohlgemerkt. Denn für Edmund und mich war der Name Scheißinsel – oder Möwenscheißinsel – viel geläufiger. Bei normalen Windverhältnissen dauerte es eine Ruderrunde, um dorthin zu kommen; mit einer Ruderrunde war ungefähr so lange gemeint, wie wir es aushielten, ohne einander abzuwechseln.

Ungefähr ebenso lange dauerte es, nach Fläskhällen zu kommen, einer kleinen Badestelle mit Café und zwanzig Meter Sandstrand am nördlichen Ende des Sees. Von Genezareth aus konnte man dorthin auch auf dem Kiesweg durch den Wald fahren, und mit dem Fahrrad ging es natürlich erheblich schneller als mit dem Boot.

Das dritte mögliche Ziel einer Bootsfahrt war Laxmans Geschäft in Åsbro. Dafür musste man einen halben Nachmittag einplanen, besonders, wenn man einkaufen wollte, und das war ja eigentlich der Sinn des Ganzen. Wenn man Glück hatte, stand Britt hinterm Tresen. Sie hieß auch Laxman, war ungefähr so alt wie wir und hatte den Ruf, ein wenig leichtsinnig zu sein. Was das genau bedeutete, wusste ich nicht, auch nicht, wie sich das zeigte, aber sie hatte solch funkelnde Augen und einen großen Mund, und Edmund behauptete, er würde schon einen Steifen kriegen, wenn er nur an sie dachte.

Mir gefiel es nicht, wenn Edmund in einer derart unverblümten Art von seinen Gefühlen sprach. Auch wenn ich mir problemlos eingestehen konnte, dass ich durch das ein oder andere eine Erektion bekam, so war das doch eine Privatsache. Und nichts, über das man lautstark Reden hielt, was Edmund mit der Zeit dann auch verstand. Derartige, etwas verzwickte und peinliche Dinge, begriff er gut, der Edmund.

Wie dem auch sei, es machte Spaß, die Stunden zu nutzen, um zu Laxman zu rudern und sich dort mit Proviant zu versorgen, darin waren wir uns einig. Man glitt an dem Gelände mit den Ferienhäusern und den Stegen vorbei, hielt verstohlen nach Mädchen in dem richtigen Alter Ausschau, auch wenn es fast nie welche gab, und dann ging es weiter den Mörkå hinauf. Das war ein schönes Flüsschen, das Schilf stand so hoch und dicht, dass die Schiffsrinne an einigen Stellen nur noch einen Meter breit war. Es war unbestreitbar von Vorteil, wenn man in diesen engen, grünschimmernden Passagen keinem Motorboot begegnete – und diese Flussfahrten hatten zweifellos eine gewisse Ähnlichkeit mit dem langsamen und zielbewussten Eindringen in den Sumpfdschungel des Amazonas, da waren Edmund und ich einer Meinung.

Es vergingen nur wenige Tage, und dann vereinbarten wir mit Henry, dass wir die Sache mit dem Proviant ganz und gar übernahmen, und zwar den ganzen Sommer über. Bis dann das, was geschah, eine Tatsache war, machten wir jeden zweiten oder dritten Tag die Mörkåtour, Edmund und ich. Wir wechselten uns mit dem Rudern ab; der, der gerade nicht an den Riemen war, lag meistens vorn im Boot halb auf dem Bauch und hielt Ausschau, auf die Strände und ins schlammige Wasser, alle Sinne aufs Äußerste gespannt, um auch ja nicht das erste Zeichen eines herannahenden Krokodils zu verpassen.

Oder einer Wasserschlange. Oder eines Indianers.

* * *

Oder er dachte an Britt Laxman.

»*Das Blockhaus am Lingkingfluss*«, sagte Edmund an einem dieser ersten Tage. »Hast du das gelesen?«

»Nein«, sagte ich. »Ich glaube nicht.«

»Verdammt gutes Buch. Das hier erinnert mich dran. Es spielt auch an einem Hochsommertag, Erik. Verflucht noch mal, ich hoffe, es geht nie zu Ende.«

»Natürlich tut's das nicht«, erklärte ich. »Wirf mir mal einen Lakritzstreifen rüber.«

»Ay, ay, Käpt'n«, erwiderte Edmund. »Übrigens, was meinst du: Ob Fräulein Laxman vielleicht eines schönen Tages mal Lust auf eine Bootsfahrt hätte?«

»Weißer Mann reden mit gespaltener Zunge«, sagte ich. »Die Laxmans sind verdammt gläubig. Sie ist todsicher hinter dem Tresen festgekettet.«

»Hm«, meinte Edmund. »Dann müssen wir nächstes Mal Schusswaffen und eine Metallsäge mitnehmen. Ich kann ihr doch ansehen, dass sie zu allem bereit ist, was ein junger Mann sich so wünscht.«

»Kommt Zeit, kommt Rat«, erklärte ich. Das war ein Zeichen, dass ich das Thema wechseln wollte, und ganz richtig verfolgte Edmund diese Spur nicht länger. Wie gesagt, er war sehr aufmerksam, der Edmund. Außergewöhnlich aufmerksam.

* * *

Zwischen Genezareth und dem Ferienhausgebiet Sjöly-cke gab es, wie wir es nannten, zwei richtige Häuser.

Das Erste, das uns am nächsten lag, war eine rote Bruchbude direkt am Seeufer, umwachsen von Schilf und Erlen, Himbeersträuchern und Brennnesseln.

Und unzüchtigem Laubwald, wie mein Vater immer mit einem wissenden Lächeln behauptete, dessen tiefere Ursache ich jedoch nie verstand.

Wenn das Haus bewohnt war, dann lebten darin irgendwelche Mitglieder der Familie Lundin, aber oft stand es auch leer, da die männlichen Lundins häufiger für das ein oder andere im Kittchen brummten, während die weiblichen Lundins Huren, Nackttänzerinnen oder Puffmütter waren und es vorzogen, sich mehr in städtischen Gefilden aufzuhalten.

Der berüchtigtste Lundin war ein gewisser Evert, der bereits in jungen Jahren einen Polizisten mit einem Messerstich von hinten fast umgebracht hätte und auf dessen Konto danach Bankraub, Brandstiftung und mehrere Körperverletzungen gingen. Soweit ich hatte erforschen können, verprügelte er am liebsten zart besaitete Frauen, aber wenn solche nicht zu kriegen waren, dann maß er auch gern seine Kräfte mit Rentnern oder Kindern. Es hieß, er wäre Analphabet und hätte trotz emsigen Trainings nie gelernt, links und rechts zu unterscheiden, aber über die Familie Lundin wurde sowieso immer viel geredet.

Man kann sagen, dass wir den Parkplatz mit den Lundins teilten, denn weder zu deren Haus noch zu unserem Genezareth konnte man mit einem Fahrzeug gelangen.

Stattdessen gab es oben an der Straße eine kleine Lichtung, wo man Autos, Fahrräder und Mopeds parken konnte. Dann musste man die letzten hundert Meter einen holprigen Pfad entlanggehen. Im Falle der Lundins hundertfünfzig Meter. In die entgegengesetzte Richtung natürlich. Der Genezarethweg und der Lundinweg unterschieden sich gewaltig.

Wie der breite und der schmale Weg in der Bibel, so hatte meine Mutter es mir einmal erklärt.

Obwohl der Lundinweg holprig und eng war, weshalb es eigentlich nicht ein so ganz passender Vergleich war.

Das andere so genannte Haus war eine alte Soldatenkate, die in einer Biegung hinter dem sich schlängelnden Kiesweg durch den Wald lag, ein gutes Stück vom See entfernt. Hier wohnten die Levis, ein altes jüdisches Ehepaar, das Treblinka überlebt hatte und das mit keinen anderen Menschen verkehrte. Sie kauften einmal in der Woche bei Laxmans ein, wobei sie dorthin beide auf einem alten Tandem mit Anhänger fuhren, den sie mit den Vorräten für die kommende Siebentageperiode füllten.

Zu der damaligen Zeit wusste ich nicht genau, was es hieß, dass sie Treblinka überlebt hatten, eigentlich nur, dass es etwas so Schreckliches war, dass man nicht darüber sprach.

Mein Vater nicht, meine Mutter nicht und auch sonst niemand. Man konnte fast den Eindruck gewinnen, dass es besser gewesen wäre, wenn sie in Treblinka gestorben wären. Wenn ich auf dem Rad an der friedlichen Kate im Wald vorbeifuhr, dachte ich immer, dass die Welt wohl

81

so aussah. Sie war so schlimm, dass man gar nicht versuchen sollte, gewisse Sachen zu verstehen. Besser war es, sie in Ruhe zu lassen; und die Worte, die man dafür benutzte, sollten am liebsten wie Pflaster wirken, die die Wunden unsichtbar machten und sie zum Schweigen brachten.

Die Welt, sowohl das Gute in ihr als auch das Schlechte, das sie beherbergte, war um ein Unendliches größer als das, was wir benennen konnten, das hatte ich verstanden, und es war eine Tatsache, die mich sonderbar ruhig und zugleich erschrocken werden ließ.

Ich weiß nicht, warum.

* * *

»Was hat deine Mutter eigentlich?«, fragte Edmund eines Nachmittags, als wir nach Fläskhällen geradelt waren, um uns ein Eis zu kaufen. Wir saßen an dem grauen Tisch aus Knüppelholz gegenüber vom Sandstrand, der vollkommen menschenleer war, da es ein bewölkter Tag war. Ich knabberte von meinem Nusseis ringsherum die Schokolade ab, bevor ich antwortete.

»Krebs«, sagte ich dann.

»Aha«, sagte Edmund, als hätte er verstanden. Ich glaubte nicht, dass er das Wort verstand. Krebs war auch eines dieser Worte. Wie Treblinka. Wie Tod. Wie Bumsen.

Ich wollte nicht drüber reden. Liebe?, überlegte ich im Stillen. Gehörte das auch dazu?

Und während wir still dasaßen, unser Eis leckten und die Einritzungen auf dem Tisch betrachteten – alle die

Herzen und all die Mösen und Schwänze und Bengt-Göran am 22/7/1958 – da dachte ich den ganzen Vers.

Krebs-Treblinka-Liebe-Bumsen-Tod.

Mir war klar, dass es das alles auf der Welt gab. Es gab es, es gab es, und später, den ganzen Sommer über, tauchte diese Litanei immer wieder in meinem Kopf auf, genau diese fünf Worte, wie ein sinnloses Gebrabbel. Nein, vielleicht doch nicht so sinnlos, eher wie eine Art Schuss auf etwas, das ich begriff, aber nicht begreifen wollte, glaube ich.

Etwas fast Peinliches, für das sich die ganze Welt – nicht nur ich – schämte. Pflastersprache.

Natürlich ganz besonders, wenn wir bei Levis vorbeifuhren.

Krebs-Treblinka-Liebe-Bumsen-Tod.

Ich brauchte sie, diese Worte. Manchmal überlegte ich, ob sie wohl ein Zeichen dafür waren, dass ich langsam wahnsinnig wurde.

* * *

»Dein Bruder Henry«, sagte Edmund an einem anderen Nachmittag. »Was schreibt der eigentlich?«

»Ein Buch«, erklärte ich.

»Ein Buch?«, wiederholte Edmund. »So eins wie *Rex Milligan immer dabei*?«

Das gehörte zu seiner mitgebrachten Büchersammlung. Wir beide hatten es schon ein paar Mal gelesen, und ich gab ihm dahingehend Recht, dass es wirklich große Superklasse war. *Rex Milligan immer dabei* von Anthony Buckeridge.

»Nein«, entgegnete ich. »Ich glaube, es ist was anderes. Irgendwas Ernstes.«

Edmund runzelte die Stirn und nahm seine Brille ab. Er hatte sie für den Sommer neu bekommen, und sie war noch immer heil, obwohl schon fast eine Woche der Ferien vergangen war.

»Es ist nicht schlecht, ernst zu sein«, erklärte er. »Ich glaube, es ginge uns allen auf der Welt besser, wenn die Leute etwas ernsthafter wären.«

Ich hatte noch nie jemanden in unserem Alter so etwas sagen hören, noch nicht einmal eines dieser Mädchen in der Klasse, die immer ihre Hand hochstrecken mussten, aber als ich darüber nachdachte, freute ich mich richtig.

»Ich auch«, sagte ich.

Gleichzeitig war es auch etwas beunruhigend.

»Aber er darf nicht zu weit führen, der Ernst«, meinte Edmund nach einer Weile. »Sonst kann man sozusagen darin hängen bleiben.«

»Wie in einem Sumpf«, sagte ich.

»Genau wie in einem Sumpf«, bestätigte Edmund.

Dann redeten wir nicht weiter über die Sache.

* * *

Während der ersten Woche draußen in Genezareth war das Wetter gemischt, aber meistens schön. An dem Tag, an dem wir zur Möwenscheißinsel ruderten und nur Zwei-Wort-Sätze wechselten, war es brütend heiß, und wir badeten vom Boot aus und auf der Insel.

»Unerträglich heiß«, sagte Edmund.

»Deiner Meinung«, sagte ich.

»Vielleicht rudern?«, fragte Edmund.

»Danke, ja«, antwortete ich.

»Will baden«, sagte Edmund.

»Ich später«, sagte ich.

Die Regeln waren einfach. Jede Äußerung musste zwei Worte enthalten, nicht mehr, nicht weniger. Wir mussten immer abwechselnd sprechen, einmal Edmund, dann ich. Wenn jemand den anderen zwingen wollte, zu schweigen, musste er nur den Mund halten.

»Wasser erfrischt«, sagte ich.

»Jedenfalls Füße«, stimmte Edmund zu.

Wir hatten uns in einer Felsspalte mit der richtigen Neigung zum Anlehnen niedergelassen. Die Beine im Wasser. Den Proviantbeutel in Reichweite. Das Kofferradio eingeschaltet. Dion war am Singen, daran erinnere ich mich noch. Und Lill-Babs mit Klas-Göran.

»Beine auch«, korrigierte ich ihn.

»Erfrischt Beine«, nickte Edmund.

»Ganz genau.«

»Ein Butterbrot?«, fragte Edmund.

»Noch nicht.«

»Vielleicht durstig?«

»Oh ja.«

»Prost, Bruder.«

»Selber Prost.«

»Schönes Leben.«

»Ja, klar.«

»Ein Wort!«

»Zwei Worte!«

85

»Ja … klar?«

»Ja, natürlich.«

»Nicht jaklar?«

Ich war an der Reihe, und um zu zeigen, dass ich diese Haarspalterei leid war, schwieg ich. Nach einer Weile fing Edmund an, übertrieben künstlich zu husten, ich wollte gerade sagen: »Sei still!«, konnte mich aber gerade noch zurückhalten. Sattdessen saß ich lange da, in der Sonne, hatte die Augen geschlossen und kontrollierte das Schweigen zwischen uns.

Es war, als hätte man Macht über etwas, über das man sonst eigentlich keine Macht hatte. Worte. Die Sprache.

Gleichzeitig war es ein komisches Gefühl. Wie es schnell entsteht, wenn man über eine Sache ein wenig zu lange nachdenkt.

* * *

»Dein Vater?«, fragte ich, ohne die Augen zu öffnen.

»Mein Vater?«, wiederholte Edmund.

»Hat Zeitschriften?«, fragte ich weiter.

»Nix verstehen«, sagte Edmund.

»Besondere Zeitschriften«, erklärte ich.

Edmund seufzte.

»Besondere Zeitschriften«, sagte er mit müder Stimme.

Ich dachte nach.

»Entschuldige bitte«, sagte ich.

Edmund reckte einen Fuß hoch und spreizte die Zehen, sodass die rosa Narbe ungewöhnlich gut zu sehen war.

86

»Keine Ursache«, sagte er.

»Magen knurrt«, sagte ich.

»Meiner auch«, nickte Edmund.

* * *

Am Samstagmorgen kam Henry zu uns hoch und weckte uns.

»Ich fahre in die Stadt«, sagte er. »Ihr kommt doch allein klar, nicht wahr? Zum Mittag gibt es noch Würstchen und Kartoffelpüree. Wahrscheinlich wird es später werden, ihr müsst heute allein zurechtkommen.«

»Was hast du denn vor?«, fragte ich.

Henry zuckte mit den Schultern und zündete sich eine Lucky an.

»Hab einiges zu erledigen. Übrigens ...«

»Ja?«

»Wolltet ihr nicht heute Abend in den Lackapark?«

»Möglich«, sagte ich. »Warum?«

Henry rauchte eine Weile und schien nachzudenken.

»Wir brauchen ein Zeichen«, sagte er.

»Ein Zeichen?«, fragte Edmund.

Es war ungewöhnlich, dass Edmund sich einmischte, wenn Henry und ich miteinander sprachen, und Henry betrachtete ihn mit gespielter Verwunderung.

»Falls ich eine Braut mitbringe«, sagte er.

»Ach so«, sagte ich.

»Na, klar«, sagte Edmund.

»Hört mal her«, fuhr Henry fort, nachdem er noch zwei Züge von seiner Lucky genommen hatte. »Wenn um die Fahnenstange ein Schlips gebunden ist, dann bedeutet das, dass ihr direkt hochgeht und euch schlafen legt, falls ihr später als ich nach Hause kommt. Okay?«

Edmund und ich nickten einander zu.

»Geht klar«, sagte Edmund. »Ein Schlips am Fahnenmast.«

»Dann ist es ja gut«, sagte Henry und verschwand.

Zurück blieb eine Spur von Rauch und Verwunderung im Zimmer. Wir blieben noch eine Weile liegen und warteten, dass es sich legen würde. Dann hörten wir, wie Henry unten die Tür zuschlug und sich auf den Weg machte.

»Dein Bruder mag mich nicht«, sagte Edmund nach ein paar Minuten.

Ich überlegte, was ich darauf antworten sollte.

»Natürlich mag er dich«, sagte ich schließlich. »Warum sollte er nicht?«

»Es macht nichts«, wiegelte Edmund ab. »Du brauchst nicht zu tun, als wenn nichts wäre.«

Krebs-Treblinka-Liebe-Bumsen-Tod, dachte ich. Warum sollte ich so tun, als ob?

»Keine Ahnung, wovon du redest«, sagte ich und ging hinaus aufs Klo.

7

An unserem ersten Samstag blieben wir vormittags eine Stunde unten an den Sjölyckestegen, aber dort trieben sich nur Erwachsene und Kleinkinder herum, die ins Wasser pissten, deshalb ruderten wir gegen zwölf Uhr lieber zur Scheißinsel.

Ich hatte aus Henrys diversen geöffneten Zigarettenschachteln sechs Lucky Strike gemopst, und so lagen wir dort zwischen dem Vogeldreck, tranken Apfelsaft und rauchten, während wir die Sendung für die Autofahrer und die Sommerhitparade hörten. Das Wetter war genauso schön und heiß wie an den vorangegangenen Tagen, und Edmunds Haut auf dem Rücken begann sich bereits zu schälen. Wir spielten eine Weile Zwei-Wort-Sätze, wurden dessen aber bald überdrüssig, und eigentlich redeten wir überhaupt nicht viel miteinander.

Wie schon gesagt war es kein Problem, mit Edmund zu schweigen. Wir lagen da und pafften, teilten eine Zigarette nach der anderen und warfen uns die leeren Apfelsaftflaschen zu. Mir fiel auf, dass wir uns fast wie ein altes Paar verhielten, das sein ganzes Leben lang zusammen verbracht hat und keinen Grund mehr sieht, sich etwas zu sagen.

Zumindest keinen besonderen Grund.

Das war genau betrachtet ein ganz schönes Gefühl.

* * *

»Denkst du eigentlich öfter über dein Leben nach?«, fragte Edmund plötzlich, als wir mehrere Minuten lang schweigend nebeneinander gelegen und *Young World* zugehört hatten. Einfach die Augen geschlossen, die Musik genossen und die Wellen an die Unterschenkel schwappen gespürt. *Young World* war fraglos erste Sahne, fast zu vergleichen mit *Cotton Fields*, der Meinung waren wir beide.

»Über mein Leben?«, fragte ich. »Wie meinst du das?«

»Nun ja, wie es nun mal so ist«, meinte Edmund. »Zum Beispiel, wenn man es mit dem anderer vergleicht.«

»Nein«, erklärte ich. »Darüber denke ich nicht nach.«

»Oder ob es irgendwie auch anders sein könnte«, fuhr Edmund fort.

Ich überlegte eine Weile, dann sagte ich:

»Man hat ja nur ein Leben. Das, das man eben hat. Wozu sollte das gut sein, wenn man sich ein anderes herbeifantasiert?«

Edmund trank etwas Apfelsaft und kratzte sich auf dem Nasenrücken, was er fast immer tat, wenn er keine Brille aufhatte.

»Wenn man andere Eltern hätte, oder so.«

Ich ging nicht darauf ein.

»Wie geht's eigentlich deiner Mutter?«

»Sie hat Krebs«, sagte ich nach einer Weile. »Das ist nun mal so.«

»Wird sie dran sterben?«, fragte Edmund.

»Das weiß man nicht«, sagte ich.

»Wir und unsere Mütter«, lachte Edmund.

»Was meinst du damit?«, hakte ich nach.

»Irgendwie sind sie gleich«, sagte Edmund. »Deine hat Krebs und meine hat den Schnaps.«

»Sie sind ganz und gar nicht gleich«, widersprach ich. »Sie sind verdammt verschieden.«

Ich spürte, wie verunsichert ich war, und Edmund begriff das auch, denn als er weitersprach, klang seine Stimme anders: »Meine Mutter ist in diesem Sommer auf Entzug.«

Ich wusste nur vage, was das bedeutete.

»Entzug?«

»In Vissingsberg«, erklärte Edmund. »Den ganzen Sommer lang. Sie soll lernen, ohne Schnaps zu leben, das hat sie schon ein paar Mal versucht. Deshalb passt es ja so gut, dass ich mit dir hier rausfahren konnte. Wusstest du das nicht?«

»Nein«, sagte ich. »Und ich weiß auch nicht, was das für eine Rolle spielen soll. Wenn wir uns unterhalten wollen, finde ich, dann sollten wir über etwas anderes reden.«

»Okay«, sagte Edmund.

Mir war klar, dass er lieber weiter über seine Alkoholikermutter geredet hätte, aber ich hatte keine Lust dazu.

91

Stattdessen lagen wir einfach da und hörten weiter der Sommerhitparade zu. Rauchten die letzte Lucky auf, dann ruderten wir zurück nach Genezareth, um Wurst mit Püree zu futtern und uns für den Abend herauszuputzen.

* * *

Wir rechneten uns aus, dass wir, wenn wir uns daheim in Genezareth den Magen vollschlugen, zumindest kein kostbares Geld für Würstchen im Lackapark ausgeben müssten. Also verdrückten wir ein ganzes Fünfzehnerpack an Würsten, Edmund aß acht, ich sieben. Sechs Portionen Kartoffelpüree. Hinterher war mir etwas übel, während Edmund behauptete, er sei in Topform. Wir nahmen von der Bootskante aus ein schnelles Bad – der Pontonsteg war damals noch nicht fertig, und vom Ufer aus ins Wasser zu gehen, war ziemlich modrig –, schmierten uns etwas Pomade ins Haar, zogen uns saubere Nylonhemden an und machten uns auf unseren Rädern auf den Weg durch den Wald.

Es waren nicht mehr als fünf Kilometer den Kiesweg entlang von Genezareth bis zum Lackapark, aber wir verfuhren uns ein paar Mal, und so brauchten wir eine Stunde, bis wir endlich da waren.

Der Frühsommerabend war wie alle Frühsommerabende zu dieser Zeit. Voller Versprechungen und voller Düfte. Flieder, Jasmin und Selbstgebrannter in ausgewogener Mischung. Zumindest um den Lackapark herum. Wir waren uns einig, dass es dumm wäre, drei Kronen für den Eintritt auszugeben, und stellten unsere

Räder deshalb ein Stück weiter im Wald ab. Schlossen sie sogar mit einer Kette zusammen, es wäre ja zu blöd, wenn so ein Besoffener sich ein Rad klauen würde und wir dann mitten in der Nacht zu Fuß nach Hause gehen müssten. Man konnte nie wissen.

* * *

Vor dem Eingang trafen wir Lasse Schiefmaul, seine Eltern hatten ein Ferienhaus in Sjölycke. Schiefmaul war etwas älter als wir, er hatte die Stavaschule schon vor ein paar Jahren beendet, und seinen Namen hatte er seinem deformierten Kopf zu verdanken. Es hatte den Anschein, als wäre die untere Hälfte seines Gesichts nicht vorhanden, und wenn er redete, sah es aus, als wollte er sich selbst was ins Ohr flüstern. Ich kannte ihn nicht besonders gut. Das tat eigentlich niemand; meistens blieb er für sich, ich weiß nicht, ob das nun an seinem Aussehen lag oder einen anderen Grund hatte.

»Der Blöd-Raffe steht am Eingang«, sagte er und sah besorgt und dadurch noch deformierter aus.

»Oh, Scheiße«, sagte ich.

Dass der Blöd-Raffe am Eingang stand, bedeutete, dass es ein Problem werden könnte, umsonst hineinzukommen. Zwar boten die morschen alten Holzlatten, die den Festplatz umgaben, hier und da gute Möglichkeiten, durchzuschlüpfen – besonders hinter der stinkenden so genannten Bedürfnisanstalt in der dunkelsten Ecke –, aber Blöd-Raffe war bekannt für seine Fähigkeit, die Besucher herauszufischen, die keinen Eintritt bezahlt hatten, schon allein dadurch, dass er ihnen einen

93

scharfen Blick zuwarf. Und da das wahrscheinlich die einzige Fähigkeit war, die er besaß, benutzte er sie auch gern. Besonders wenn er einen schwächlichen Minderjährigen entdeckte, der keine gültige Eintrittskarte vorzuweisen hatte, zeigte er sich gern höhnisch und unerbittlich. Und ging mit harter Hand vor. Deshalb wurde er wohl so oft als Wache angeheuert. Ich glaube nicht einmal, dass er dafür etwas bezahlt bekam. Die Uniform genügte ihm schon. Wie auch immer, es hatte keinen Zweck, mit Blöd-Raffe diskutieren zu wollen, möglicherweise zu behaupten, man hätte bezahlt, aber die Eintrittskarte verloren, das war ungefähr genauso sinnlos, wie mit einem Polizisten zu streiten, wenn man ohne Licht am Fahrrad gefahren war.

»Wollt ihr etwas bezahlen?«, wollte Lasse Schiefmaul wissen.

Edmund und ich gruben in unseren Taschen und machten Kassensturz.

»Ich weiß nicht«, sagte ich. »Ist es voll?«

»Stinkvoll«, erklärte Lasse Schiefmaul. »Ach, Scheiße, ich riskiere es. Hab sowieso kein Geld.«

Edmund und ich entschieden uns für einen Kompromiss. Ich würde bezahlen, während Edmund sich Schiefmaul auf dem Weg hinters Pissoir anschloss. Blöd-Raffe hatte noch nicht richtig kapiert, wer Edmund war, da er ja neu hinzugezogen war, mich hingegen kannte er umso besser. Benny und ich waren erst vor weniger als einem Monat aus Tajkon Filipsons weltberühmtem Jahrmarkt auf dem Gelände von Hammarberg rausgeschmissen worden.

Die Rechnung ging auf, wie sich herausstellen sollte. Eine halbe Stunde später stieß Blöd-Raffe auf uns drei, als wir uns vor der Bude mit den Luftgewehren herumtrieben. Edmund zog sich diskret zurück, ich zeigte mit unterdrücktem Triumph meine gültige Eintrittskarte, und Lasse Schiefmaul wurde mit Donner und Doria rausgeschmissen.

»Du verfluchter Idiot, lass dich doch begraben!«, schrie er, sobald er in Sicherheit draußen auf der Straße war.

Blöd-Raffe grinste nur und schob sich mehr Kautabak rein. Er rollte mit seinen gelben Augen, zog seine Uniform zurecht und begab sich ins Menschengetümmel, um sogleich nach neuen Opfern zu suchen.

Die Pflicht rief.

* * *

Ich war schon vorher zweimal im Lackapark gewesen, beide Male im letzten Sommer. Eigentlich gab es da für uns nicht besonders viel zu tun, für Edmund und mich. Die Angebote zum Tanz, zum Knutschen und Saufen richteten sich in erster Linie an etwas ältere Kaliber als uns.

Aber wir nahmen trotzdem etwas mit. Das ein oder andere Interessante, das uns einen Einblick darin geben konnte, was das Leben uns in ein paar Jahren zu bieten haben würde.

Das Pokerzelt zum Beispiel, in das wir uns begaben, sobald Lasse Schiefmaul aus dem Spiel ausgeschieden war. In diesem verqualmten Wirtshaus drängten sich etwa zehn Talente aus der Umgebung, die das Profiteam Harry Diamond und seine Ehefrau Vicky Diamond herausfordern wollten, übrigens ein sehenswertes Paar. Ihre Sündhaftigkeit war so offenbar, dass es schon in den Hosen juckte, wenn man nur in die Nähe des Zelts kam.

Bei dem Spiel handelte es sich um eine Art Poker mit hohen Einsätzen. Harry spielte gegen drei oder vier gleichzeitig, und Vicky hielt die Bank. Sie behandelte das Kartenspiel, als wäre sie mit ihm in der Hand geboren worden, und es war unmöglich festzustellen, ob sie von oben oder von unten gab. Wenn es besonders kritisch war, beugte sie sich gern weit vor, sodass ihr ihre glänzend polierte Brust fast aus dem Ausschnitt fiel, und dann gab es niemanden mehr, der darauf achtete, was sie mit den Karten machte. Alle, die spielten, kannten diesen Trick, aber das nützte nichts. Trotzdem glotzten sie auf die Titten und wurden angeschmiert, so lief das nun einmal.

An diesem Abend sahen wir, wie Doppel-Anton, der ältere Bruder von Balthazar Lindblom, fünfzig Kronen in weniger als einer Viertelstunde verspielte, und wie ein fetter Eierhändler aus Hjortkvarn das Zelt mit der Drohung verließ, später zurückzukommen und Harry die Eier und Vicky die Titten abzuschneiden.

Nach dem Pokerzelt gingen wir zu den Spielautomaten. Es gab nur acht einarmige Banditen unter dem durchhängenden Planendach, aber es gelang uns, ziemlich schnell zwei Kronen loszuwerden, weshalb wir etwas trüben Gedanken nachhingen, als wir dieses Etab-

96

lissement verließen und plötzlich Ewa Kaludis entdeckten.

Sie stand ganz allein zwischen dem Spielzelt und der Tanzfläche und rauchte eine Zigarette. Sie war ganz in Weiß gekleidet, die Handtasche, die ihr nachlässig über die Schulter hing, war auch weiß, und mir wurde schlagartig bewusst, warum sie dort mitten in dem Menschengemenge so allein stand.

Sie war ganz einfach zu schön. Wie eine Göttin oder wie eine Kim Novak. Man kann der Sonne nicht unbegrenzt entgegenfliegen, und das spürten alle, die sie an diesem Sommerabend sahen. Es war inzwischen an einigen Stellen des Parks schummrig geworden, besonders dort, wo die Lampen nicht hinreichten, und Ewa Kaludis stand an einer der dunkleren Stellen. Obwohl das gar keinen Zweck hatte, sie hatte so etwas wie einen Schein um sich herum – als wäre sie ein Engel oder mit einer dieser selbstleuchtenden Farben bemalt, die Spielzeug-Jonsson immer für seine Schneemänner im Schaufenster für die Weihnachtsdekoration im Dezember benutzte.

Wir blieben abrupt stehen, Edmund und ich.

»Oh«, sagte Edmund.

Ich sagte gar nichts. Kniff fest die Augen zusammen, nahm all meinen Mut zusammen und ging zu ihr hin. Das dauerte zwei Sekunden, die eine Ewigkeit lang währten, und als ich angekommen war, fühlte ich mich sehr viel älter.

»Hallo, Ewa«, sagte ich, viel mutiger als Oberst Darkin und Jurij Gagarin zusammen.

97

Sie sah auf.

»Na, so was«, sagte sie freudig überrascht. »Wie schön. Seid ihr auch hier?«

Leider ließ mich diese herzliche Begrüßung gänzlich verstummen, aber Edmund stand nur zwei Schritte hinter mir und kam mir zu Hilfe.

»Aber klar«, antwortete er. »Und Sie stehen hier ganz einsam und verlassen herum?«

Ich fühlte einen heftigen Stich voller Neid, dass nicht mir dieser Satz eingefallen war. Männlich beschützend und gleichzeitig etwas verwegen frech im Ton.

Sie lachte auf und zog an ihrer Zigarette.

»Ich warte auf meinen Verlobten«, sagte sie.

»Und wo ist der?«, fragte Edmund.

Sie gab keine Antwort. Zuckte nur kurz mit den Schultern, und im gleichen Augenblick tauchte Berra Albertsson zusammen mit Atle Eriksson, einem anderen Handballspieler, aus der Dunkelheit auf. Sie hatten einander die Arme um die Schultern gelegt, lachten über irgendetwas laut und künstlich. Es war ganz deutlich, dass sie nur hinter dem Zelt verschwunden waren, um zu pinkeln und sich einen zu genehmigen. Berra ließ Atle los und legte stattdessen seinen Arm um Ewa Kaludis. Dann bohrte er seinen Blick in uns.

»Was sind denn das hier für Spanferkel?«, fragte er.

Atle Eriksson lachte, dass eine Schnapsdunstwolke aus seinem Mund kam.

»Das sind Erik und Edmund«, erklärte Ewa Kaludis.

»Ich habe sie in der Stavaschule kennen gelernt. Das sind zwei nette Jungs.«

»Das will ich glauben«, erwiderte Kanonen-Berra und
drückte sie noch fester an sich. »Aber jetzt lass uns verflucht noch mal endlich tanzen. Bis später, ihr Lausbu-
ben!«

»Bis später«, sagten Edmund und ich wie aus einem
Munde. Und dann verschwanden sie. Wir blieben eine
Weile auf der Stelle stehen und schauten ihnen nach.

»Was für ein Arschloch«, sagte Edmund. »Ich begreife
nicht, was sie an dem gut findet.«

»Ich auch nicht«, sagte ich. »Es ist nicht leicht zu verstehen, was Frauen denken.«

»Das ist so einer, dem man am liebsten eins in die Fresse hauen möchte«, fuhr Edmund fort.

»Genau«, bestätigte ich.

* * *

Wir trieben uns ein paar Stunden im Lackapark herum.
Stellten fest, dass Britt Laxman offensichtlich an diesem
Abend etwas anderes vorhatte und gaben unseren jäm-
merlichen Etat so langsam aus, wie es nur ging. Zucker-
watte. Ein Schokoladenrad. Eine Limonade und eine
sauteure Waffel mit Schlagsahne und Himbeermarme-
lade.

Gerade als wir beschlossen hatten, uns auf den Rückweg nach Genezareth zu machen, wurden wir gewahr,
dass wir nicht die Einzigen waren, die an diesem Abend
Lust hatten, Kanonen-Berra Albertsson eins aufs Maul
zu hauen.

Insgesamt hatte es schlecht mit Prügeleien ausgesehen, aber jetzt war es an der Zeit, es schien sozusagen in

der Luft zu liegen. Edmund und ich waren gerade hinter der Tanzfläche gewesen und hatten gemeinsam die letzte der drei Lucky Strikes vernichtet, die ich von Henry geschnorrt hatte, als wir die ganze Bande sahen.

Die Banden, besser gesagt. Die Rivalen und ihre Sekundanten. Auf der einen Seite Kanonen-Berra, Atle Eriksson und zwei, drei nicht mehr ganz standfeste Handballer. Auf der anderen Seite ein überheblicher rotwangiger Kerl, den ich noch nie zuvor gesehen hatte. Er schien am ganzen Körper tätowiert zu sein und wirkte alles in allem brandgefährlich. Sowie sein Anhang: ein halbes Dutzend von ungefähr der gleichen Sorte.

»Ich bringe dich um, du verfluchter Handballaffe!«, nuschelte der Rotgesichtige und versuchte, sich von seinen Sekundanten loszureißen.

»Beruhige dich, Mulle«, bemühte sich einer von ihnen. »Du sollst diesem Negersack ja eins verpassen, aber erst mal müssen wir ein Stück weitergehen ... die Polizei, weißt du.«

Mulle nickte routiniert. Ich verstand das mit dem Negersack nicht so recht, zwar hatte Kanonen-Berra schwarze, ganz kurz geschnittene Haare, aber ein Neger war er deshalb noch lange nicht.

Er sagte nichts. Machte nur einen ruhigen, verkniffenen Eindruck, und als alle hinterm Zelt in Deckung gegangen waren, reichte er seine gestreifte Jacke einem der Handballspieler, krempelte umständlich seine Hemdsärmel auf, stellte sich zurecht und wartete. Breitbeinig, mit halber Deckung und einem schiefen Grinsen. Er hatte leicht gebeugte Knie und schwankte ein wenig, als

100

würde er hin- und herwogen, von einer Seite zur anderen, die Hände halb zu Fäusten geballt. Ich spürte, wie ich den Atem anhielt und dass Edmund sich dicht an mich drängte und vor lauter Aufregung mit den Zähnen knirschte. Abgesehen von den beiden Banden waren Edmund und ich die einzigen Zuschauer, der Platz für den Zweikampf war sorgfältig gewählt, daran gab's keinen Zweifel. Ich schloss kurz die Augen und holte tief Luft. Merkte, dass es nach Sommer und Schnaps roch. Überlegte, wo sich wohl Ewa Kaludis im Augenblick befand. Von der Tanzfläche her war *Twilight Time* zu hören, es wurde langsam reichlich spät.

Dann ließen Mulles Kumpel Mulle los. Er stieß ein imposantes »Aarrgh!« aus und raste mit gesenktem Kopf direkt auf Kanonen-Berra zu. Selbst in meiner Aufregung war mir klar, dass das eine erbärmliche Taktik war. Berra brauchte nur einen Schritt zur Seite treten – sidestep, wie es in der Boxersprache hieß –, dann konnte er die Geschwindigkeit des Gegners ausnutzen und ihn fällen.

Und das war genau das, was er tat, doch damit nicht genug. Der rotwangige Mulle fiel ganz richtig wie ein gefällter Ochse durch den ersten harten Faustschlag, aber dann hob Berra ihn am Hemdkragen wieder hoch und verpasste ihm noch drei, vier Schläge auf die Nase, bevor er ihn einfach umdrehte und sein Gesicht mit voller Kraft zweimal auf den Boden donnerte.

Ich spürte es jedes Mal, wenn Mulles Kopf wieder dran war, bis in den Bauch hinein, und als es vorbei war, merkte ich erst, dass es um die Streithähne herum vollkommen ruhig war. Mulles Kumpane und auch die Handballspieler standen unbeweglich da und sahen mit aufgerissenen Augen zu, und als Kanonen-Berra sich aufrichtete und ein Zeichen gab, dass er seine Jacke wiederhaben wollte, reichte Atle Eriksson sie ihm ohne ein Wort. Dann wandte man sich von Mulle ab und ging fort.

Irgendwie fast feierlich. Wie nach einer Beerdigung oder so. Edmund und ich schlichen uns auch davon. Aus irgendeinem Grund fühlte ich mich beschämt, und das Gefühl hatte Edmund offensichtlich auch, denn keiner von uns sagte ein Wort, bis wir den Park hinter uns gelassen und an den Rädern angekommen waren, die wir aufschlossen.

»Das war verdammt fies«, sagte Edmund da, und mir war, als würde seine Stimme leicht zittern.

»Das war unfair«, sagte ich. »Verflucht unfair. Man schlägt keinen, der schon am Boden liegt.« Danach fuhren wir durch den Wald nach Hause, und ich überlegte noch einmal, wo sich nur Ewa Kaludis während der Prügelei aufgehalten haben mochte, und ob das die Art und Weise war, wie man eine Frau wie sie für sich gewann.

Wie Berra Albertsson?

Ich erinnere mich noch daran, dass ich still vor mich hinweinte, während wir durch die laue Juninacht dahinradelten.

Ja, es war mitten in der Nacht, von Edmunds Hinterrad war ein rhythmisches Knarren zu hören, und ich weinte lautlos, ohne zu wissen, warum.

8

Am Sonntag kam Vater zu Besuch. Es war eine kurze
Visite, Ivar Bäck hatte ihn mitgenommen, und der wollte nur einem Sjölyckebewohner bei einer Fernsehantenne helfen.

Jedenfalls saßen wir eine Stunde lang draußen auf
dem Rasen, aßen Erdbeeren, die er mitgebracht hatte,
und unterhielten uns. Obwohl es damit nicht besonders
weit her war. Meiner Mutter ging es den Umständen ent-
sprechend gut, erzählte mein Vater. Man wollte eine
neue Reihe von Probeuntersuchungen bei ihr durchfüh-
ren. Das würde ein paar Wochen dauern. Vielleicht einen Monat.

Danach würde man wohl sehen.

Kommt Zeit, kommt Rat.

Henry bot an, unseren Vater im Killer zurückzufah-
ren, wenn er später am Abend sowieso in die Stadt fuhr,
aber unser Vater schüttelte den Kopf.

»Ich fahre mit Bäck zurück«, sagte er. »Das ist am ruhigsten so.«

Hinterher fragte Edmund, was er denn mit letzterem

gemeint hätte. Warum es am ruhigsten war, wenn er mit Bäck fuhr.

Ich zuckte mit den Schultern.

»Er denkt, Henry fährt wie ein Henker«, sagte ich. »Er traut sich kaum bei ihm einzusteigen.«

Nachdem mein Vater wieder weg war, fiel mir auf, dass er gar nicht nach Emmy Kaskel gefragt hatte. Ich dachte eine Weile darüber nach. Vielleicht hatte Henry es ihm ja doch erzählt.

* * *

»Junge, Junge«, sagte Edmund, nachdem er *Oberst Darkin und die Goldbarren* gelesen hatte. »Das ist absolut nicht von Pappe. Du wirst noch mal Millionär.«

Ich war mit *Oberst Darkin und die Goldbarren* schon fertig geworden, bevor wir nach Genezareth fuhren, hatte es aber trotzdem mitgenommen und dazu noch ein neues Heft. Falls es regnen sollte oder mir der Sinn danach stehen würde.

Der Sinn stand mir danach, und es war natürlich vollkommen unmöglich, es vor Edmund zu verheimlichen, wenn ich meine Comics zeichnete. Nach einiger Seelenpein hatte ich das Heft einfach wie zufällig zwischen den anderen Büchern liegen lassen, und es dauerte nicht lange, bis Edmund es erspäht hatte. Und nicht sehr viel länger, bis er es gelesen hatte.

»Es ist nichts Besonderes«, sagte ich. »Du kannst es ehrlich sagen.«

»Nichts Besonderes!«, empörte sich Edmund. »Das ist verflucht noch mal das Beste, was ich gelesen habe, seit sich meine Großmutter den Busen in der Mangel eingeklemmt hat.«

Das war so eine nordländische Redewendung und wurde als Ausdruck höchsten Lobes und Bewunderung angesehen. Mir wurde plötzlich so leicht ums Herz, dass ich es kaum verbergen konnte.

»Ach«, wehrte ich ab. »Mach dir doch nicht ins Hemd, du Heringslaich.«

Das war eine andere nordländische Redewendung.

Dass der Zeichnergeist über mich gekommen war, hatte etwas mit dem Samstagabend im Lackapark zu tun. Ich musste unbedingt über eine Frau wie Ewa Kaludis schreiben und zeichnen, das schien in mir zu brennen. Vielleicht wollte ich auch gern ein paar richtige Prügeleien darstellen – in einem etwas saubereren Stil, als wir es bei Kanonen-Berra und dem rotwangigen Mulle hatten mit ansehen müssen. Wir hatten versucht, uns vorzustellen, wie Mulle wohl am nächsten Tag ausgesehen hatte, aber im Grunde überstieg das unsere Vorstellungskraft.

Außerdem zogen am Sonntagabend noch ein paar Regenwolken auf, und während Edmund auf seinem Bett lag und versuchte, einen Brief an seine Mutter in Vissingsberg zu schreiben, lag ich auf meinem und zeichnete die ersten Bilder von *Oberst Darkin und das geheimnisvolle Erbe.*

Es war ein sehr angenehmer Abend, ich erinnere mich, dass ich das schon damals dachte.

* * *

Je weiter der Sommer fortschritt, umso mehr wurde Henry, mein Bruder, von seinem existenziellen Roman vereinnahmt. Auf fast mysteriöse Weise. Meistens schlief er bis weit in den Tag hinein, stand auf, sprang kurz in den See und setzte sich mit Kaffee und einer Zigarette hinter die Schreibmaschine. Am liebsten draußen auf dem Rasen an dem wackligen Gartentisch, wenn das Wetter es zuließ. Was meistens der Fall war. Wenn es Zeit für die Essensfrage wurde, wehrte er diese Verantwortung fast immer ab. Er gab Edmund und mir einen Fünfer dafür, dass wir uns um alles kümmerten. Den Einkauf, die Zubereitung und den Abwasch.

Wir hatten nichts dagegen. Das Geld war bei uns immer knapp, natürlich brauchten wir eigentlich auch keins, aber es war doch ganz schön, sich zumindest hin und wieder ein Eis leisten zu können. Bei Laxmans oder auch in Fläskhällen. Oder ein paar einzelne Zigaretten, schließlich konnten wir sie nicht die ganze Zeit Henry mopsen, auch wenn er vermutlich nie etwas davon gemerkt hätte.

Nach dem Essen verschwand Henry immer mit seinem Killer, und mindestens an zwei von drei Abenden hatten Edmund und ich uns schon ins Bett gelegt, ehe er zurückkam. Manchmal wachte ich mitten in der Nacht auf und hörte ihn. Das unregelmäßige Knattern der Facit und das Tonbandgerät mit Eddie Cochran und den Drifters. Elvis Presley. *Muß i denn ...* das hatte er mehrmals auf dem Band. Wenn die Musik aufhörte, fingen draußen in den Büschen vorm Fenster die Vögel an zu zwitschern. Manchmal fragte ich Henry, wie es mit dem

106

Schreiben und seinem Buch so lief, aber er hatte nie
Lust, dazu etwas zu sagen. »Es läuft so«, sagte er dann
nur und nahm einen Zug seiner immer präsenten Lucky.
»Es läuft so.«

Auf eine verschämte Art war ich trotzdem ziemlich
neugierig, was er da wohl so schrieb, aber er zog nie irgendwelche Seiten hervor, und ich wollte nicht wieder
davon anfangen. Eines Abends, als er gerade mit dem
Killer fortgefahren war, entdeckte ich trotzdem eine Seite, die noch in der Maschine auf dem Schreibtisch
klemmte. Es waren nur ein paar Zeilen drauf, ich setzte
mich vorsichtig auf den Stuhl und drehte die Walze etwas höher, um besser lesen zu können.

Ich glaube, ich las den Text fünf- oder sechsmal. Vielleicht weil ich fand, dass er gut war, aber sicher auch,
weil er mich so überraschte. Er war überraschend und
ein wenig eklig:

kam von hinten über ihn, plötzlich und genau im
richtigen Abstand. Ein Schritt über den Kies, nicht
mehr als dieser eine, die Hand fest um den Stiel ge-
packt, dann ein kurzer, tödlicher Schwung. Das
Geräusch, das entsteht, wenn Stahl auf Schädel-
knochen trifft, ist lautlos. Eine Inversion von Ge-
räuschen, die zu vernehmen ist, weil es stiller als
die Stille ist, und während der schwere Körper sich
mit der Erde vereint, steht über ihm die Sommer-
nacht schwer und geheimnisvoll lächelnd da; alles
fügt sich zusammen und

Da hörte es auf. Ich drehte die Schreibwalze wieder zurück und fühlte mich plötzlich wie ein Dieb in der Nacht. Wie Bennys Mutter immer sagte.

Krebs-Treblinka-Liebe-Bumsen-Tod, dachte ich. Was ist das für ein Buch, das du da schreibst, Henry, mein Bruder?

* * *

Ein paar Tage lang planten wir die nächtliche Attacke auf Karlessons Kiosk, und am Donnerstagabend, dem Tag vor der Mittsommernacht, gingen wir zum Angriff über. Henry hatte offensichtlich vor, an diesem Abend zu Hause zu bleiben, aber wir erklärten ihm, dass wir bis spät in die Nacht etwas zu erledigen hätten, und kurz nach neun machten wir uns auf den Weg. Henry schien das nicht zu interessieren. »Wenn ihr irgendwas anstellt, passt nur auf, dass man euch nicht erwischt«, sagte er bloß, ohne von der Schreibmaschine aufzusehen.

Wir hatten vier Apfelsaft und ein Baguette als Proviant mitgenommen. Sowie gut zehn Kronen, damit wir uns bei Törners auf dem Markt jeder eine Wurst kaufen konnten, bevor er um elf schloss.

Der Plan schien anfangs gut zu klappen; es war ein etwas windiger Abend, auf dem freien Feld hatten wir meistens Gegenwind, aber trotzdem kamen wir gegen Viertel vor elf auf dem Marktplatz von Kumla an. Regen lag in der Luft, und die Straßen waren fast menschenleer. Nachdem wir unsere Wurst gegessen und unseren Apfelsaft getrunken hatten, tuckerte Törner mit seinem Grillwagen nach Hause, und wir begannen, die Gabeln zu su-

108

chen. Nachdem wir den Marktplatz abgegrast hatten, machten wir an den Papierkörben vor dem Zeitschriftenkiosk am Bahnhof weiter und bei dem anderen Würstchenstand der Stadt: bei Hermans hinten am Hochhaus. Um zwölf Uhr waren wir der Meinung, dass es jetzt reichte. Dreiundfünfzig Stück. Wenn man im Durchschnitt mit drei Kugeln und einem Plastikding bei jeder Drehung rechnete, kämen wir auf einhundertneunundfünfzig Kugeln und dreiundfünfzig Plastikteile.

Mehr konnten wir sowieso nicht verdrücken und mehr gab es auch gar nicht in Karlessons Automat. Voller Zuversicht marschierten wir die fehlenden zweihundert Meter gen Süden die Mossbanegatan entlang. Uns begegnete kein einziger Mensch. Nicht einmal eine Katze. Ein dünner Nieselregen hatte eingesetzt. Wir konnten davon ausgehen, dass wir unsere Arbeit ungestört im Schutze der Nacht ausführen konnten, keine Frage. Ich fühlte, wie ich innerlich vor Erwartung kribbelte, und Edmund begann vor lauter Aufregung zu kichern. Vor dem schlafenden Kiosk hielten wir an.

Vor dem leeren Glasbehälter klebten zwei handgeschriebene Zettel. Auf dem einen stand »Kaputt«, auf dem anderen »Außer Funksion«. Karlesson war noch nie gut in Rechtschreibung gewesen.

Ich starrte den Automaten drei Sekunden lang an. Dann hatte ich das Gefühl, als würde ein rotes Tuch vor meinen Augen herabfallen. Ich gehörte nicht zu denjenigen, die so schnell aus dem Konzept gebracht werden konnten, aber jetzt wurde ich so ungemein wütend, dass ich jede Kontrolle verlor.

109

»Verfluchter Scheiß-Furz-Karlesson!«, schrie ich und trat dann gegen die Eisenstange, an der der Glasbehälter aufgehängt war, so fest ich konnte.

Ich trug nur dünne, blaue Turnschuhe, und der Schmerz, der von dem gebrochenen Zeh nach oben stieg, war so heftig, dass ich meinte, in Ohnmacht zu fallen.

»Beruhige dich«, sagte Edmund. »Du weckst ja die ganze Stadt, du blöder Schreihals.«

Ich stöhnte und rutschte an der Kioskwand hinunter.

»Oh Scheiße, ich glaube, ich habe mir einen Zeh gebrochen«, jammerte ich. »Aber warum zum Teufel muss auch ausgerechnet heute Abend dieser blöde Apparat kaputt sein? Der war doch die letzten drei Jahre nie kaputt.«

»Tut's weh?«, wollte Edmund wissen.

»Wie die Hölle«, presste ich zwischen zusammengebissenen Zähnen hervor.

Obwohl der erste, weißglühende Schmerz bereits am Abebben war. Ich zog den Schuh aus und versuchte, die Zehen etwas zu bewegen. Das ging kaum.

»Gottes Fingerzeig«, sagte Edmund, nachdem er meine Versuche eine Weile betrachtet hatte.

»Was?«, fragte ich.

»Das mit dem Automaten«, erklärte Edmund. »Dass der kaputt ist. Das soll bestimmt heißen, dass wir den heute Nacht besser nicht plündern sollen. Irgendwie soll es eben nicht sein. Gottes Fingerzeig, so nennt man das.«

Ich hatte nur wenig Interesse für anderer Leute Fingerzeige, solange mein eigener Zeh so wehtat, aber ich ahnte, dass Edmund auf etwas Bestimmtes hinaus wollte.

»Gibt es denn keinen anderen Automaten hier in der Stadt?«, fragte er.

Ich überlegte.

»Nicht draußen. Sie haben noch einen drinnen bei Svea, glaube ich.«

»Hm«, sagte Edmund. »Was sollen wir tun?«

Ich versuchte, mir den Schuh wieder anzuziehen. Unmöglich, also stopfte ich ihn in den Rucksack und öffnete stattdessen einen Apfelsaft. Edmund ließ sich neben mir nieder, und wir nahmen jeder einen Schluck.

Da kam der Polizeiwagen.

Der schwarzweiße Amazon bremste direkt vor uns, und der Fahrer kurbelte das Seitenfenster herunter.

»Warum sitzt ihr denn da?«

Ich wurde stumm, noch stummer als damals, als ich im Lackapark Ewa Kaludis direkt gegenüber gestanden war. Stummer als ein toter Hering. Edmund stand auf.

»Mein Kumpel hat sich den Fuß verletzt«, sagte er. »Wir sind auf dem Heimweg.«

»Ist es was Ernstes?«, fragte der Polizist.

»Nein, nein, wir kommen schon zurecht«, sagte Edmund.

»Wenn ihr wollt, können wir euch mitnehmen.«

»Vielen Dank«, wehrte Edmund ab. »Vielleicht ein andermal.«

Ich stand auch auf, um zu zeigen, dass es nicht so schlimm war. »All right«, sagte der Polizist. »Dann seht mal zu, dass ihr nach Hause kommt, es ist schon spät.«

111

Damit fuhren sie davon. Wir blieben stehen und schauten den roten Rücklichtern nach. Als sie weg waren, sagte Edmund:

»Wie gesagt: Die Wege des Herrn sind unergründlich. Gibt es denn in Hallsberg keinen Automaten?«

* * *

Wir erleichterten den Kaugummiautomaten am Bahnhofskiosk in Hallsberg um einhundertsechsundsechzig Kugeln, fünfundvierzig Ringe und ein Dutzend anderer nicht taxierbarer Plastikartikel. Es lief wie geschmiert, die Uhr an dem Bahnhofsgebäude zeigte fünf nach zwei, als wir fertig waren, und mein Zeh tat überhaupt nicht mehr weh. Er war steif, geschwollen und gefühllos, aber was macht das schon, wenn man für eine Woche im Voraus Kaugummi hat?

In dieser Nacht nahm Edmund den Klevabuckel nicht in Angriff. Stattdessen schoben wir die ganze Zeit bergauf, was wegen meines gebrochenen Zehs ziemlich lange dauerte. Es war bedeutend leichter zu radeln als zu Fuß zu gehen, das würde ich auch an den folgenden Tagen merken.

Auf dem letzten Abschnitt, zwischen Åsbro und dem Wald, kam ein heftiger Regenschauer, und wir waren ziemlich müde, als wir unsere Räder auf den Parkplatz schmissen.

Neben dem Killer und ein paar alten Drahteseln der Lundins stand da ein Moped. Ein roter Puch, und wenn ich nicht so durchnässt und müde gewesen wäre, hätte ich ihn vielleicht wiedererkannt.

112

Als wir beim Haus ankamen, hatte der Regen aufgehört. Es war schon richtig hell, und um den Fahnenmast hing einer von Henrys Schlipsen.

9

Am Nachmittag des Mittsommertags kamen unsere Väter für ein paar Stunden, sowohl Edmunds als auch meiner. Herr Wester war in strahlender Sommerlaune, neben Hering und neuen Kartoffeln hatte er ein Bündel blaugelber Papierflaggen und ein Akkordeon mitgebracht. Es war ganz gutes Wetter, wir saßen draußen auf dem Rasen um den Tisch und aßen, und er spielte dazu. *Avestaforsens brus, Afton vid Möljaren* und ein paar andere, an die ich mich nicht mehr erinnere. Sowie eine eigene Komposition, die er *Till Signe* nannte.

Als er die spielte, hatte er Tränen in den Augen, und mir fiel auf, dass wir hier so ganz ohne Frauen waren. Ausgegangen, wie Karlesson immer sagte, wenn man etwas haben wollte, was er nicht auf Lager hatte.

Fünf Männer, die zusammensaßen und nach bestem Wissen Mittsommernacht feierten, und ich versuchte es mit einem kleinen Zeitsprung, wie ich es ab und zu gerne tat. Wie würde es in zehn Jahren aussehen? Würden mein Vater und Edmunds Vater dann ganz allein sein? Würde Henry zur Ruhe gekommen sein und eine Familie gegründet haben? Und Edmund? Das war schwer, sich das vorzustellen. Edmund mit Frau und Kindern! Vier kleine Edmunds mit verschmierter Brille und sechs Zehen an jedem Fuß.

Und ich?

»Das ist wehmütig«, sagte Edmunds Papa und stellte die Quetschkommode hin. »So ist es mit dem Leben im Sommer. Kaum hat es richtig begonnen, schon ist es Herbst. Wehmütig.«

Aber dann lachte er laut auf und schaufelte noch eine Portion Kartoffeln und Hering in sich hinein.

»Das war ein wahres Wort«, sagte mein Vater.

Henry seufzte und zündete sich eine Lucky Strike an.

* * *

Sie verließen uns gegen fünf, unsere Väter. Sie hatten sich nur für den Nachmittag ein Auto von einem Arbeitskollegen geliehen, und außerdem hatten alle beide Spätschicht im Knast. Edmunds Papa schlug vor, dass sie neun verschiedene Blumen pflücken sollten, aber mein Vater schien von der Idee nicht besonders viel zu halten.

»Wir wissen auch so, von welchen Frauen wir träumen werden«, stellte er mit einem halbherzigen Lächeln fest. Dann winkte er noch einmal zum Abschied und ging zum Parkplatz.

Edmund und ich hatten beschlossen, die Lage in Fläskhällen zu sondieren, wo sie die Mittsommernacht immer mit geschmücktem Pfahl, Tanz und dem ganzen Drumherum feierten. Es müsste doch mit dem Teufel zugehen, meinte Edmund, wenn nicht Britt Laxman dort auftauchen würde, und nachdem wir abgewaschen hatten, nahmen wir das Boot und ruderten los. Als wir mitten auf dem See waren, fragte Edmund:

»Warst du letzte Nacht irgendwann wach?«

»Wach?«, fragte ich nach. »Wie meinst du das?«

»Ja, ob du irgendwas gesehen oder gehört hast?«

»Was sollte ich denn gehört haben?«

Edmund hörte auf zu rudern.

»Na, deinen Bruder natürlich. Und diese Braut, wer immer es auch war. Die waren reichlich zu Gange, weißt du.«

»Ach, so«, sagte ich und versuchte, desinteressiert zu klingen. »Nein, ich habe wie ein Stein geschlafen.«

Edmund sah mich etwas zögernd an, und dann sagten wir eine Weile nichts mehr.

»Soll ich dich ablösen?«, fragte ich, als wir ungefähr die halbe Strecke hinter uns hatten.

»Nein, nein«, sagte Edmund. »Du musst deinen Zeh schonen.«

»Na, hör mal, ich rudere doch nicht mit den Zehen«, widersprach ich.

Aber Edmund ließ die Ruder nicht los, und während die Musik von Fläskhällen immer deutlicher zu hören war, lehnte ich am Achtersteven, hielt eine Hand ins Wasser und versuchte, nicht daran zu denken, was mir letzte Nacht entgangen war.

Oder am Morgen, musste man wohl besser sagen. Denn wir waren erst um drei im Bett gewesen, und da war noch kein Laut aus Henrys Zimmer zu hören gewesen.

Irgendwie bekam ich keine richtige Ordnung in meine Gedanken, gleichzeitig, während ich das Gefühl hatte, dass es ziemlich erregend war, dass mein Bruder mit einem Mädchen direkt unter uns gelegen hatte, fand ich es trotzdem irgendwie peinlich. Als hätte Edmund ein unanständiges Familiengeheimnis entdeckt oder so. Als wäre ich gezwungen, mich für das zu schämen, was Henry machte. Es war natürlich die Hölle, so zu denken, das sah ich als Allererstes ein. Wenn es etwas gab, was auf dieser Welt beneidenswert war, dann doch die Möglichkeit, sich ein Mädchen anzulachen und sie zu dem rumzukriegen, was man wollte. Irgendwie ging doch eigentlich alles nur darum. Das Leben und so.

Ich tauchte den ganzen Arm ins Wasser. Versuchte mit aller Macht, an etwas anderes zu denken, aber es wollte mir nicht so recht gelingen, wie gesagt. Edmund ruderte unbekümmert weiter und schien gar nicht zu versuchen, an etwas anderes zu denken. Ganz im Gegenteil.

»Das ist ein Spitzensommer, Erik«, sagte er, als wir ins Schilfgebiet kamen. »In jeder Hinsicht. Der beste, den ich je erlebt habe.«

Da wurde mir plötzlich klar, wie sehr ich Edmund mochte. Es waren nur noch zwei Wochen bis zu dem SCHRECKLICHEN, meine Mutter lag im Krankenhaus und starb an Krebs, ich hatte mir einen Zeh gebrochen, aber natürlich war es ein Spitzensommer.

In jeder Hinsicht. Jedenfalls bis dahin.

* * *

Überhaupt schienen Edmund und ich an diesem Mittsommerabend in Fläskhällen einfach in Spitzenform zu sein. Zwar war Britt Laxman fast der erste Mensch, den wir erblickten, als wir das Boot an Land gezogen hatten, aber sie war offensichtlich in Begleitung eines rothaarigen Typen mit Sonnenbrille und Wichserstiefeln, und was sonst noch so herumlief, war nicht erwähnenswert. Ein paar besoffene Kerle in Trainingsanzügen, die Kaffee mit Selbstgebranntem soffen. Eine Dreimannkapelle, die Pause machte, als wir ankamen und das anscheinend die ganze Zeit schon getan hatte. Akkordeon, Gitarre und ein Stehbass, der mit alten Gummibändern gespannt zu sein schien. Vier Paare taten so, als tanzten sie, mit oder ohne Holzschuhe, mit oder ohne Musik, und ein paar lose Cliquen in unserem Alter liefen ziellos herum und versuchten auszusehen wie Herr oder Frau Kennedy. Wir spielten eine Runde Minigolf und versuchten, uns an zwei kichernde Jacquelines aus Schonen ranzumachen, aber die zogen sich schnell zurück zu den Campingwagen ihrer Familien, die auf dem Zeltplatz standen.

Der Campingplatz war nicht besonders groß, und er war auch nicht besonders dicht bevölkert: vier Campingwagen, ebenso viele schlaffe Zelte und ein halbes Dutzend Kühe, die sich entweder verlaufen hatten oder absichtlich als Rasenmäher vom Landwirt Grundberg, der den Laden ums Fläskhällbad schmiss, hierher gebracht worden waren.

Im Café gab es zumindest einen neuen Daddelautomaten. Er hieß Rocket 2000, wir taten unser Bestes, ihn zu erobern, aber eine Gang Jugendlicher aus Askersund hatte offensichtlich eine unendliche Anzahl von Ein-Kronen-Stücken, die sie in den Apparat warfen. Schließlich beschlossen wir, das Spiel aufzuschieben, und als wir gleich danach mit ansehen mussten, wie Britt Laxman und der Rothaarige am Feuer unten am Strand eine Wurst am gleichen Spieß grillten, gaben wir ganz auf und ruderten zurück nach Genezareth.

Man soll nicht stur sein und darauf bestehen, wenn die Dinge gegen einen sind, das war eine Regel, die ich von meinem Vater gelernt hatte, und Edmund war darin ganz und gar meiner Meinung.

»Geh in die Falle, wenn alles daneben geht, du uneheliches Kind einer Mücke!«, sagte er. So spräche ein Mann zum anderen in den tiefen Wäldern von Hälsingland, behauptete er, und ich hatte keinen Grund, an seinen Worten zu zweifeln.

* * *

Als wir auf dem See waren, vertraute Edmund mir ein Geheimnis an. Er begann mit einer Frage.

»Hast du schon mal Schläge gekriegt? Ich meine, richtige Prügel.«

Ich dachte nach und sagte, dass ich die noch nie gekriegt hätte. Höchstens mal eine Backpfeife oder eine Kopfnuss oder einen Hieb ins Zwerchfell. Ein paar Hiebe mit Bennys schmutzigem Hockeyschläger, als ich mich aus Versehen draufgesetzt hatte und er kaputtgegangen war.

»Ich aber«, sagte Edmund, fast feierlich. »Als ich klein war. Von meinem Vater. Reichlich Prügel.«

119

»Von deinem Vater? Was erzählst du da? Warum sollte dein Vater...?«

»Der doch nicht«, unterbrach Edmund mich. »Der andere, mein richtiger Vater. Albin ist nur mein Stiefvater, er hat meine Mutter geheiratet, nachdem mein richtiger Vater verschwunden war. Meine Fresse, was hat er uns geprügelt... meine Mutter und mich. Einmal hat er Mutter so geschlagen, dass sie taub wurde.«

»Warum denn?«, fragte ich, denn ich wusste nicht, was ich sonst hätte sagen sollen.

Edmund zuckte mit den Schultern.

»Er war nun mal so.« Er dachte eine Weile nach. »Irgendwie vergisst man das nie. Was für ein Gefühl das ist und so. Wie... wie verdammt ängstlich man sein kann, wenn man daliegt und wartet. Das Warten ist fast noch schlimmer als die Schläge selbst.«

»Ich verstehe«, sagte ich. »Und deshalb ist deine Mutter Alkoholikerin?«

»Ich glaube, ja«, nickte Edmund und tauchte seine Brille ins Wasser, um sie zu säubern. »Er trank wie ein Loch, deshalb denke ich schon, dass sie es von ihm gelernt hat... obwohl sie wie gesagt die erbliche Veranlagung dazu hat. Ihr Vater hat wie der Teufel gesoffen.«

»Und wo ist er jetzt, dein richtiger Vater?«

»Keine Ahnung«, erklärte Edmund. »Er ist abgehauen, als ich fünfeinhalb war, und Mutter weigert sich, über ihn zu reden. Und dann tauchte Albin ja auch bald auf der Bildfläche auf.«

Ich nickte.

»Es ist einfach widerlich, wenn Leute prügeln«, sagte

120

Edmund und setzte sich seine triefende Brille wieder auf. »Und besonders, wenn sie auch noch auf welche losgehen, die schwächer sind als sie. Ich kann das nicht ausstehen.«

»Das ist einfach eklig«, stimmte ich ihm zu. »So eine Scheiße sollte einfach nicht erlaubt sein.«

* * *

Als wir zurückkamen, war Henry verschwunden, und wir verbrachten den Rest des Abends damit, Halma zu spielen und Kaugummi zu kauen. Wir erfanden eine neue Variante, bei der mit Kaugummikugeln gespielt wurde und bei der die gegnerischen Kugeln, die übersprungen wurden, aufgegessen werden durften, aber irgendwie kamen die Regeln nie so recht hin. Deshalb gingen wir lieber rechtzeitig ins Bett, in den vorherigen Nächten waren wir etwas zu kurz gekommen, was den Schlaf betraf, besonders Edmund, und wir verzichteten ganz und gar auf Blumen unter dem Kopfkissen und all diesen romantischen Quatsch.

Bevor ich einschlief, zeichnete ich noch ein paar Comicbilder, und Edmund schrieb einen Brief an seine Mutter in Vissingsberg. Er war mit seinen früheren Versuchen nicht zufrieden gewesen, und jetzt versuchte er es mit einem neuen Anlauf, etwas männlicher und humoristischer. Als er fertig war, riss er die Seite aus seinem Schreibheft und reichte sie mir rüber.

»Wie findest du das?«, fragte er und kaute auf seinem Stift. Ich las:

Hallöchen Muttern!
Hier tost das Leben, hier läuft alles wie geschmiert. Ich
hoffe, du bist nüchtern und fühlst dich pudelwohl. Wir
sehen uns im Herbst.

Immer Dein
Edmund

»Saustark«, sagte ich. »Das rahmt sie sich bestimmt ein
und hängt es übers Bett.«

»Glaube ich auch«, nickte Edmund.

In dieser Nacht war kein einziges Geräusch von unten
zu hören, nicht einmal das Tonband und das übliche
Maschinengehämmere, aber irgendwann gegen Morgen
wachte ich davon auf, dass drüben bei den Lundins
Knaller geschmissen und Raketen abgefeuert wurden.
Offensichtlich hielten sie eine Art Familienfeier ab. Wir
hatten die letzten zwei Wochen nichts von ihnen gehört
oder gesehen, aber es sah ihnen natürlich ähnlich, dass
man genau in dieser Art und Weise von ihnen hörte. In
der Mittsommernacht und so.

Ich schlief schnell wieder ein, und dann träumte ich
einen sonderbaren Traum, in dem Henry mit seinem
Schlips in der Schreibmaschine festsaß. Er hämmerte
fieberhaft auf die Tasten ein, um loszukommen, aber
mit jeder neuen Zeile wurde er natürlich immer mehr
gewürgt. Schließlich – als er schon fast mit der Nase an
der Walze war – rief er um Hilfe. Oder krächzte vielmehr, denn er konnte kaum noch atmen. Ich lief zu ihm
und schnitt den Schlips ab, und als Dank dafür gab er
mir eine Ohrfeige und erklärte, dass das ein verdammt

teurer Schlips gewesen sei und dass ich ihm ein ganzes Kapitel versaut habe. Schon während ich ihn träumte, fand ich den Traum merkwürdig, und als ich aufwachte, war ich immer noch sauer auf Henry. Ich fand, es war gemein von ihm, mir eine Ohrfeige zu geben, immerhin hatte ich ihm das Leben gerettet. Ganz gleich, ob es nun ein Traum war oder nicht, es war einfach ungerecht.

Doch als ich aufstand, saß er bereits draußen auf dem Rasen, schrieb und rauchte. Nur in Unterhose und ohne jede Andeutung einer Krawatte. Ich überlegte, dass der Traum so einer von der Sorte gewesen sein musste, der einfach aus dem Gleis geriet. Der überhaupt nichts bedeutete, wie man ihn auch drehte und wendete. Ich ging zu ihm hinaus.

»Na, alles klar?«, fragte ich. »Ich meine, mit dem Buch.«

Er lehnte sich zurück.

Blinzelte in die Sonne, die gerade durch die Wolken brechen wollte.

»Wie geschmiert«, sagte er. »Es läuft wie geschmiert, kleiner Bruder.«

Dann lachte er sein kurzes, lautes Lachen und hieb weiter auf die Tasten ein.

Ich zögerte eine Sekunde.

»Hast du ein neues Mädchen?«, fragte ich.

Er schrieb bis zum Zeilenende, ehe er antwortete.

»Es ist was in Gange«, sagte er und sah etwas nachdenklich aus. »Doch, ja, so ist es. Es ist eine ganze Menge in Gange.«

Ich dachte eine Weile nach und fragte dann, was das bedeutete.

»Das bedeutet alles«, sagte Henry, mein Bruder, und dann lachte er von neuem. »Alles.«

10

Die letzte Juniwoche war in diesem Jahr so heiß, dass es in der Plumpsklotonne kochte.

Zumindest konnte man das Gefühl bekommen, wenn man vergaß, ordentlich mit Torfstreu abzudecken, und es war ganz klar von Vorteil, wenn man es schaffte, sich mit dem Scheißen bis zur Nacht zurückzuhalten.

Das Bedürfnis, sich möglichst oft im See abzukühlen, stieg deutlich – wie gleichzeitig der Wunsch, die Pontonbrücke fertig zu kriegen. Es war ziemlich umständlich, jedes Mal mit dem Boot rauszurudern, wenn man einmal ins Wasser springen wollte, und keiner von uns, weder ich noch Edmund oder Henry, war sehr erpicht darauf, auf dem schmierigen Uferboden entlangzuwaten, auf dem man unversehens bis zu den Knien in einem Schlammloch versinken oder über eine Wurzel stolpern konnte.

Ein Steg also. Es war eindeutig an der Zeit dafür. Wir hatten uns bereits sechs leere Tonnen von den Laxmans besorgt, und Henry hatte eine Zeichnung gemacht. Hammer, Taue, Nägel und Säge gab es im Schuppen ne-

ben dem Plumpsklo. Was uns fehlte, war eigentlich nur
Bauholz.

Bretter.

»Die Lundins«, sagte Henry, als die Sonne zu einem
neuen Tag hochgestiegen war, heißer als Marilyn Monroes Küsse. »Ihr müsst ein paar Bretter vom Stapel der
Lundins klauen.«

»Wir?«, fragte ich.

»Ihr«, bestätigte Henry. »Ich muss noch einiges erledigen. Und ihr wollt doch einen Steg, oder?«

»Ja, klar«, sagte ich.

»Na, also«, sagte Henry. Setzte sich seinen alten
Strohhut auf, den er auf dem Flohmarkt in Beirut gekauft hatte, und ging zu seiner Schreibmaschine auf der
Schattenseite des Hauses. »Einen Zwanziger, wenn er
heute Abend fertig ist!«, rief er, als er sich niederließ.
»Das dürfte doch für zwei solche pfiffigen Kerle wie
euch kein Problem sein, oder?«

»Wer redet hier von Problemen?«, fragte Edmund.
»So ein Quatsch.«

Obwohl er das lieber leiser sagte, damit es Henry auch
ja nicht mitbekam.

* * *

Der Holzvorrat der Lundins lag neben dem Pfad zu
ihrem Haus, nicht weiter als zehn Meter vom Parkplatz
entfernt. Es war ein recht ansehnlicher Stapel, der von
einer verschimmelten Plane abgedeckt war, und er lag
da, solange ich denken konnte. Vermutlich hatten ein
paar von ihnen das Ganze vor langer Zeit auf irgendei-

126

ner Baustelle mitgehen lassen und es nur so weit geschleppt, dass es außer Sichtweite der Straße kam – und vermutlich interessierte es niemanden auch nur die Bohne, wenn ein paar Bretter von dem Stapel verschwanden.

Schon gar nicht, wenn sie es überhaupt nicht merkten.

Am sichersten wäre es wohl gewesen, wenn wir des Nachts angegriffen hätten. Andererseits wusste man bei den Lundins nie so recht. Sie hatten irgendwie einen ganz eigenen Tagesrhythmus, und es war alles andere als selbstverständlich, dass sie auf der Matratze schnarchten, wenn andere Menschen das zu tun pflegten. Es war auch ganz offensichtlich, dass sie jetzt für die Zeit des Sommers gekommen waren. Ein paar von ihnen jedenfalls, wir hatten in den letzten Tagen einigen Budenzauber vernommen. Flüche, Glas, das kaputtging, und das eine und andere mehr.

Ein weiterer Grund, die Nacht nicht abzuwarten, bestand natürlich darin, dass uns zwanzig Kronen lachten, wenn wir den Steg bis zum Abend fertig hatten. Also hieß es nur, sich ein Herz zu fassen und loszulegen. Kein Zögern, keine Einsprüche, darin waren wir vollkommen einer Meinung, Edmund und ich.

Die Operation glückte uns auch ganz ausgezeichnet. Innerhalb von ein paar Stunden schleppten wir Bretter durch die sumpfige, unzugängliche Mücken- und Bremsenhölle, die zwischen den Lundins und Genezareth lag. Wir fluchten und wurden gestochen, fluchten und wurden gebissen, fluchten und kratzten uns blutig. Hatten am ganzen Körper Stellen und Quaddeln und wurden fast wahnsinnig vor Hitze, aber wir schafften es. We made it.

Um halb eins hatten wir einen ansehnlichen Bretterstapel angehäuft, den Henry als ausreichend bewertete, indem er sich zurücklehnte, den Hut abnahm, blinzelte und sich eine Lucky Strike anzündete.

»Prima«, sagte er. »Braucht ihr Hilfe beim Bauen? Aber dann fällt der Lohn natürlich etwas niedriger aus.«

»Hilfe?«, riefen wir. »Verdammt noch mal, nein.«

* * *

Während wir sägten, hämmerten und zusammenbanden, redeten wir über Edmunds richtigen Vater. Und warum er geprügelt hatte. Denn das war doch irgendwie merkwürdig, das fand jedenfalls ich.

»Er war krank«, erklärte Edmund. »Er hatte eine ganz außergewöhnliche Krankheit im Gehirn. Und wenn er trank, dann musste er einfach zuschlagen.«

»Einspruch«, sagte ich. »Warum trank er dann?«

»Das war der andere Teil seiner Krankheit«, behauptete Edmund. »Er musste einfach Schnaps haben. Sonst wurde er wahnsinnig. Ja, so war das nun mal …«

Ich dachte nach.

»Entweder er wurde wahnsinnig oder er wurde wahnsinnig?«, sagte ich.

»Genau«, stimmte Edmund zu. »Manchen Menschen geht es so. Nur schade, dass ausgerechnet mein Vater so sein musste.«

»Verdammt schade«, sagte ich. »Er hätte überhaupt kein Vater sein dürfen.«

Edmund nickte.

»Obwohl, am Anfang war er nicht so. Als ich geboren wurde und so. Die kam irgendwie so angeschlichen, diese Krankheit ... und dann war es nun mal so.«

»Hm«, sagte ich. »Ist das erblich?«

»Keine Ahnung.«

Es vergingen ein paar Sekunden.

»Aber ich hasse ihn trotzdem«, sagte Edmund schließlich mit etwas mehr Wut in der Stimme. »Es ist so verdammt feige, sich auf die zu werfen, die sich nicht wehren können. Und dann mit dem Gürtel ... warum musste er mich unbedingt mit dem Gürtel schlagen, kannst du mir das sagen?«

Das konnte ich nicht.

»Einen zu schlagen, der schon am Boden liegt ...«

Er brach ab. Ich sah Mulles rotwangigen, ohnmächtigen Kopf vor mir, und wie Kanonen-Berra ihn hochzog und auf den Boden warf. »Hm«, sagte ich. »Das ist der Punkt. Willst du ihn suchen, wenn du größer bist? Deinen richtigen Vater, meine ich. Ihn suchen und ihn an die Wand stellen und so?«

»Yessir«, sagte Edmund. »Da kannst du einen drauf lassen, das werde ich. Nur deshalb hoffe ich, dass er noch lebt. Ich habe schon alles geplant. Zuerst werde ich ihn suchen, und dann werde ich nicht sagen, wer ich bin und werde scheißfreundlich zu ihm sein, ihn zu Kaffee und Kuchen einladen und einem kleinen Schnaps dazu ... und dann, wenn er am wenigsten Verdacht schöpft, dann werde ich ihm sagen, wer ich bin, und dann werde ich ihm eine Tracht Prügel verpassen, dass er zu Boden geht. Und dann ...«

Da schlug Edmund sich auf den Daumen und begann zu fluchen und zu schimpfen, wie es nicht in der Bibel steht. Deshalb erfuhr ich nie, wie er sich weiter an seinem Vater rächen wollte, ich überlegte, ob ich es genauso gemacht hätte wie Edmund, wenn ich an seiner Stelle gewesen wäre ... wenn ich in gleicher Art gedacht und gefühlt hätte, aber ich kam zu keinem Ergebnis.

Kam nur so weit, dass das hier so eine Tatsache war, über die ich eigentlich überhaupt nicht nachdenken wollte. Noch eine. Krebs-Treblinka-Liebe-Bumsen-Tod.

Und Edmunds Vater.

Ich stopfte ihn zwischen Bumsen und Tod. Vorläufig.

* * *

Auch wenn es verdammt heiß war, machte es doch Spaß, zu sägen, zu hämmern und zu bauen. Besonders das Hämmern. Wenn man einen Nagel hineinrammte, war es, als bräuchte man nicht mehr an das zu denken, an was man nicht denken wollte. Es genügte, wenn man sich auf das konzentrierte, was man tat. Peng. Man musste nur draufhauen. Den Nagel ins Holz treiben. Peng. Und ihm noch eins verpassen. Peng. Peng. Peng. Und dann noch ein extra Peng, wenn er schon drin war. Wenn er gar nicht mehr weiter reinkommen konnte.

Peng. Um zu zeigen, so, du blöder Nagel, jetzt bist du da, wo du hingehörst. Auch wenn du versucht hast, dich starr und steif zu machen und die ganze Zeit nach rechts und links ausgewichen bist. Du Mistnagel. Peng. Hier habe ich das Sagen. Hol's der Teufel. Ich dachte an Holz-Gustav in der Schule, und mir wurde klar, dass es einen verdammten Unterschied zwischen Werken und Werken gab.

Als wir fertig waren, schien die Sonne immer noch. Henry kam, das acht Meter lange Bauwerk zu inspizieren, prüfte, ob die Tonnen auch richtig fest saßen, und erklärte, dass er Pfannkuchen machen wollte, während wir den Steg an seinen Bestimmungsort brachten. »Okay?«

»Sure«, antwortete Edmund, und wir schleppten unser Meisterwerk ans Seeufer. Henrys Skizzen folgend banden wir den Steg mit vier Seilen an zwei stämmigen Birken fest und verankerten ihn mit Trossen im See und an Land. Er brauchte ein bisschen Spielraum, das hatte Henry uns erklärt, aber nicht zu viel. Danach bewunderten wir unser Werk eine Weile vom Ufer aus und schritten sodann langsam und würdevoll über die Planken. Sie waren etwas wacklig, und hier und da kam man mit den Füßen unter den Wasserspiegel, besonders, wenn man zu zweit drauf war, aber es funktionierte. Zum Teufel, wir hatten einen Steg gebaut.

Einen Pontonsteg und zwanzig Kronen. Wir sahen einander an.

»Spitzensommer«, sagte Edmund mit einem leichten Zittern in der Stimme. »Alles im Kasten, wie sie in Ångermanland sagen.«

Ganz draußen war es fast zwei Meter tief, und wir schafften es, achtunddreißigmal zu tauchen, bevor Henry rauskam und schrie, dass die Pfannkuchen fertig seien. Wir aßen, als hätten wir noch nie zuvor etwas zu essen bekommen, und dann gingen wir wieder raus und sprangen noch achtunddreißigmal ins Wasser. Die Sonne wollte an diesem Abend anscheinend überhaupt nicht untergehen, deshalb legten wir uns auf den Steg, lasen und spielten Karten, nachdem Henry seinen Premierenköpfer gemacht und jedem den versprochenen Zehner gezahlt hatte. Kartenspielen war nicht ganz so einfach, man musste drauf achten, dass man in die richtige Windrichtung pisste – wie Edmund es in seiner nordländischen Art ausdrückte –, sonst wurden die Karten nass.

Aber das war ja egal. Hauptsache war, dass wir auf den Brettern liegen konnten, die wir selbst geklaut und zusammengenagelt hatten. Und dass wir auf Tonnen schwammen, die wir selbst von den Laxmans geholt und nach allen Regeln der Kunst zusammengebunden hatten. Genau das war angesagt an diesem heißen Tag, der nie zu Ende gehen wollte. Auf seinem eigenen Steg liegen.

»Pik König«, sagte Edmund. »Da kommt ein Moped.«

Ich lauschte. Ja, das charakteristische Knattern eines Mopeds war durch den Wald zu hören. Ungefähr in der Höhe der Levis, wenn ich mich nicht irrte.

»Ja«, sagte ich. »Ich passe. Ein Puch, glaube ich.«

Wir spielten noch ein paar Runden, während der Lärm näher kam. Als wir hörten, dass das Moped auf dem Parkplatz anhielt und der Motor abgestellt wurde, war es vorbei mit unserer Konzentration. Wenn wir vorher überhaupt so etwas gehabt hatten.

132

»Ach«, erklärte Edmund. »Ich habe keine Lust mehr zu spielen. Lass uns aufhören.«

»Von mir aus gern«, erwiderte ich und sammelte die Karten zusammen. Setzte mich aufrecht auf den Steg, die Beine im Wasser, und spähte zum Waldrand hinüber. Henry kam auf den Rasen heraus, und mir fiel auf, dass er seine Jeans und ein weißes Nylonhemd angezogen hatte.

Ich weiß nicht, ob ich so eine Vorahnung hatte – Edmund behauptete hinterher, dass er sie jedenfalls gehabt hätte –, aber eine gute Minute nachdem das Moped dort hinten an der Straße ausgestellt worden war, tauchte Ewa Kaludis auf dem Rasen von Genezareth auf. Sie trug ein kurzes weißes Kleid und ein rotes Hemd. Als sie Henry erblickte, strahlte sie und holte eine Weinflasche aus ihrer Schultertasche – und dann presste sie sich an sein weißes Hemd.

Im gleichen Moment bekam Edmund einen Schluckauf, ein Leiden, das mehrere Stunden lang anhielt.

»Oh Scheiße, hick«, sagte er. »Dein Bruder und Ewa Kaludis. Die waren es, hick, die ich gehört habe ... oh Scheiße.«

Ich stand auf. Schwankte ein wenig und war kurz davor, ins Wasser zu fallen, fand aber doch mein Gleichgewicht wieder. Ging an Land. Henry und Ewa Kaludis wandten sich mir langsam zu. Edmund hatte wieder einen Schluckauf. Plötzlich hatte ich das Gefühl, als könnte ich mich nicht mehr bewegen. Als wären meine Beine vollkommen gefühllos, und als müsste ich auf diesem Fleckchen Gras und Erde für den Rest meines Le-

bens stehen bleiben. In tropfender, verblichener Badehose, nun ja, die würde wohl irgendwann trocknen …
Ich schluckte, schloss die Augen und zählte bis eins,
dann sagte Henry:

»Ja, also, Erik, mein Bruder. Hier ist so einiges am
Laufen, wie gesagt. Einiges ist am Laufen.«

»Hallo, Erik«, sagte Ewa Kaludis. »Und hallo, Edmund.«

»Hallo, hick«, sagte Edmund hinter mir. Er klang wie
ein Frosch vom Seeufer her. Ich öffnete die Augen, und
Beine und Zunge funktionierten wieder.

»Guten Tag, Fräulein Kaludis«, sagte ich. »Ich wollte
grade aufs Klo. Bis gleich.«

* * *

Dort blieb ich eine Weile sitzen. Ich las die Seite *Aus
dem Garten unseres Herrn* aus einem alten Reader's Digest fünfzigmal. Ich weiß nicht, wo es wilder zuging – in
der dreiviertelvollen, sommerheißen Abtritttonne unter
mir oder in den kurzgeschlossenen Makkaronis oben in
meinem Kopf –, aber ich blieb sitzen, wo ich war, und
zwar ziemlich lange. Erst als Edmund an die Tür klopfte
und wissen wollte, ob ich Scheiß-Thrombose hätte –
eine seltene Krankheit aus dem inneren Medelpad –, zog
ich die Badehose hoch und gab auf. Öffnete die Tür und
trat wieder in die Welt.

»Hick«, sagte Edmund und versuchte wie Paul Drake
zu lächeln. »Was hältst du von der Lage? Berra Albertsson und so weiter und so weiter.«

»Ich weiß nicht«, erwiderte ich.

»Einen Wahnsinnsbruder hast du«, meinte Edmund, aber es war deutlich zu hören, dass er besorgter war, als er zeigen wollte.

»Er ist nicht ganz richtig im Kopf«, sagte ich.

»Hick«, sagte Edmund. »Das riecht nach Ärger.«

Krebs-Treblinka ... fing ich an zu denken, aber ich hatte schon vergessen, wo ich Edmunds Vater zwischengeschoben hatte.

»Das Beste ist jetzt wohl eine Abkühlung, oder?«, schlug ich vor.

»Dann man los«, stimmte Edmund zu.

Wir badeten, bis die Sonne ganz und gar untergegangen war und die Mücken aggressiv am Seeufer summten. Ewa Kaludis und Henry kamen auf den Ponton und probierten ihn aus, und Ewa meinte, dass es eine solide Arbeit zu sein schien.

Solide Arbeit. Ich lag auf dem Rücken im Wasser und wurde am ganzen Körper rot. Dachte plötzlich daran, wie es wohl heute Nacht werden würde.

»Genau«, stimmte Edmund zu und spie Wasser wie ein bekloppter Seehund. »Für die Ewigkeit gebaut, hick. Nicht mehr und nicht weniger.«

Ewa Kaludis lachte.

»Du bist ein witziger Kerl, Edmund«, sagte sie.

Dann schob sie ihren Arm unter Henrys, und die beiden gingen wieder ins Haus. Henry, mein Bruder, und Ewa Kaludis. Sie badete nicht, obwohl es ein so heißer Tag war. Vielleicht hatte sie ja keinen Badeanzug dabei.

Aber den Steg hatte sie angesehen und ausprobiert. Solide Arbeit.

135

11

Bevor meine Mutter an Krebs erkrankte, sagte sie eine Menge sonderbarer Dinge. Genau in den Wochen, bevor sie den Bescheid bekam, vielleicht fühlte sie sich ja damals unglücklich und wollte uns unbedingt ein paar Weisheiten zukommen lassen. Uns ein paar Worte mit auf den Weg geben, bevor es zu spät war.

Ja, wahrscheinlich war es so.

»Du bist eine Taube, Erik«, konnte sie einfach so sagen und mich dabei mit ihren sanften, wässrigen Augen ansehen. »Henry ist der Adler, er kommt immer klar. Aber auf dich müssen wir aufpassen, und auch du selbst musst vorsichtig sein.«

Genau diese Worte fielen mir ein, als es Edmund und mir klar wurde, dass Henry ein Verhältnis mit Ewa Kaludis hatte. Dass er tatsächlich mit ihr zusammen war. Ich dachte über das mit der Taube und dem Adler nach und kam zu dem Schluss, dass es, wenn man Berra Albertsson mit in Betracht zog, sicher von Vorteil war, dass Henry ein Raubvogel war. Denn wenn Berra von dem Verhältnis zwischen seiner Ewa und meinem Bru-

136

der Wind bekam, dann würde sicher so manches geschehen. Davon ging ich zumindest aus, aber mir war natürlich auch vollkommen klar, welch blutiger Amateur ich
war, wenn es um die Labyrinthe der Liebe ging.

Und Edmund war zweifellos keinen Deut besser.
Nicht einen Deut.

Die Liebe ist wie ein Zug, hatte ich Bennys Mutter mal
sagen hören. Sie kommt und geht. Ich dachte darüber
nach. Vielleicht war ja etwas Wahres dran, man konnte
das nicht so einfach abtun, andererseits war Bennys
Mutter aber auch nicht gerade ein Profi in Sachen Liebe.

Eigentlich machte ich mir jedoch gar nicht so viele
Gedanken darüber, irgendwie war es gar nicht richtig
in Worte zu fassen. Mein Bruder und Ewa Kaludis. Kim
Novak auf dem roten Puch. Ihre Brust an meiner Schul-
ter in der Klasse. Berra Albertsson und der rotwangige
Mulle im Lackapark.

Das war ganz einfach zu viel. Alles zusammen genommen. Viel zu viel.

Wie auch immer, in der Nacht hörten wir nicht besonders viel. Nichts, was darauf hindeutete, dass die beiden
es miteinander trieben. Das Tonband lief leise vor sich
hin, und ab und zu lachte Ewa. Irgendwie fast girrend.
Ihr helles Gelächter drang zwar ein paar Mal durch die
Dachbodenplanken hindurch, aber mehr war nicht.
Vielleicht unterhielten sie sich ja nur, was weiß ich. Vielleicht war das manchmal so, dachte ich. Wenn nichts anderes anstand.

Dennoch lagen wir im Dunkeln wach, Edmund und
ich. Wir lagen ganz still in unseren Betten und taten so,

als schliefen wir, bis wir hörten, wie Ewa und Henry sich draußen auf der Wiese voneinander verabschiedeten. Es verging eine Minute, dann startete der Puch auf dem Parkplatz. Edmund seufzte tief und drehte sich zur Wand. Ich guckte auf meine selbstleuchtende Armbanduhr. Es war halb drei. Wahrscheinlich dämmerte es draußen schon, aber wir hatten wie immer die Rollos heruntergelassen.

Krebs-Treblinka-Liebe-Bumsen-Tod, dachte ich etwas resigniert.

Und Edmunds Vater. Und Henry und Ewa Kaludis. Nein, das war ein wenig zu schwer, wie schon gesagt. Es lohnte sich nicht, darüber nachzudenken.

Das war nichts für eine zarte Taube, um sich ihre niedlichen Gehirnwindungen darüber zu zerbrechen.

* * *

»Das ist eine etwas heikle Sache, ich gehe davon aus, dass euch das klar ist. Wirklich heikel.«

Henry sah uns ernst über den Esstisch hinweg an. Zuerst mich, dann Edmund. Wir schauten ernst zurück und schluckten jeder unseren Klumpen Makkaroniauflauf hinunter. Es war bedeutend einfacher, ernst und Vertrauen erweckend auszusehen, wenn man nicht die Fresse voll mit Makkaronis hatte. Vor allem, wenn man etwas zu viel Mehl in die Soße gekippt hatte, und das hatte Edmund diesmal gemacht.

»Selbstverständlich«, sagte ich.

»Diskretion Ehrensache«, sagte Edmund.

Ich hatte keine Ahnung, was das bedeutete, aber er

kam immer mit solchen merkwürdigen Ausdrücken, der Edmund.

Diskretion Ehrensache.

Es ist was faul im Staate Dänemark.

Sä la gär, sagt der Deutsche.

Ganz zu schweigen von den vielen norrländischen Redewendungen.

»Gut«, sagte Henry. »Ich verlasse mich auf euch. Und denkt dran: Auch wenn ihr meint, ihr wüsstet eine Menge, so ist es doch herzlich wenig, was ihr eigentlich kapiert.«

»Und das gilt nicht nur für euch, sondern auch für mich«, fügte er nach einer Weile hinzu. »Das betrifft alle.«

Er fuchtelte eine Weile mit seiner Gabel in der Luft herum, als wollte er das, was er sagte, ins leere Nichts schreiben. »Uns Menschen würde es sowieso viel besser gehen, wenn wir nicht immer, sobald wir die Gelegenheit dazu haben, sofort unsere Schlüsse ziehen würden. Stattdessen sollten wir lieber in dem glitzernden, funkelnden Jetzt leben.«

Er schwieg und zündete sich eine Lucky Strike an. Saß da, schaute nachdenklich vor sich hin und blies den Rauch über den Tisch. Es kam nicht oft vor, dass Henry mehrere Sätze hintereinander von sich gab, zumindest nicht uns gegenüber, und es sah so aus, als wärc diese Anstrengung schon fast zu viel für ihn gewesen.

»Das funkelnde, glitzernde Jetzt«, sagte Edmund. »Genau, was ich mir immer gedacht habe.«

»Wie läuft es mit dem Buch?«, warf ich schnell ein.

»Was?«, fragte Henry und starrte Edmund an.

»Das Buch«, sagte ich. »Dein Buch.«

Henry löste seinen Blick von Edmund und nahm noch einen Zug von seiner Zigarette. »Das läuft ausgezeichnet«, sagte er und streckte die Arme über den Kopf. »Nur dass du es erst lesen darfst, wenn du zwanzig bist, vergiss das nicht.«

»Warum denn?«

»Weil es eben so ein Buch ist«, erklärte Henry, mein Bruder.

Der Adler beschützt die Taube, dachte ich, und dann tauchte diese halbe Manuskriptseite in meinem Kopf auf. Die ich vor ungefähr acht, zehn Tagen gelesen hatte – von dem Körper, der auf dem Kiesweg landete, der Schwüle des Sommerabends und so. Plötzlich schämte ich mich. Ich fühlte mich ohne Vorwarnung ertappt bei etwas Verbotenem, das nicht für Kinder geeignet war, ich wusste gar nicht, warum. Ich murmelte etwas Unverständliches als Antwort, obwohl das eigentlich gar nicht notwendig war, und sah zu, schnell weitere Makkaronis in mich hineinzuschaufeln.

»Ich will morgen mal zu Mutter fahren und sie besuchen«, erklärte Henry, nachdem er seine Zigarette ausgedrückt hatte. »Willst du mitkommen?«

Ich kaute und schluckte. »Nein, vielen Dank«, sagte ich. »Ich glaube nicht. Vielleicht in ein paar Wochen.«

»Wie du willst«, sagte Henry.

»Aber du kannst sie doch grüßen, oder?«, fragte ich.

»Na klar«, versicherte Henry.

* * *

»Die Seele sitzt direkt hinter dem Kehlkopf«, war so ein anderer Spruch, den meine Mutter von sich gab, bevor sie ins Krankenhaus kam. »Wenn man dort nachfühlt, weiß man immer, was richtig und was falsch ist. Denk dran, Erik.«

Am Tag nach dem Tag E (E wie Ewa Kaludis) ruderten wir den Fluss hinauf, um uns bei Laxmans mit Proviant einzudecken, und ich fragte Edmund, was er meinte, wo sich die Seele wohl im Körper befinde. Und über richtig und falsch.

Es schien so, als hätte Edmund noch nie in dieser Richtung nachgedacht, denn er ließ einen Ruderschlag aus, und wir rutschten direkt ins Schilf. Sicher, das war schnell geschehen, denn der Fluss schien jeden Tag enger zu werden, die Ferienhausbesitzer säuberten ihn immer einmal im Sommer, und dieses Jahr waren sie noch nicht so weit gekommen.

»Mit dem richtig und falsch kennt sie sich bestimmt aus, deine Mutter«, meinte Edmund, nachdem wir wieder auf richtigem Kurs waren. »Klar, man fühlt das, wenn man etwas falsch macht. Wenn man sich einem anderen gegenüber hässlich verhält oder so ...«

»Oder einen Kaugummiautomaten plündert?«, fragte ich.

Edmund überlegte eine Weile.

»Einen Kaugummiautomaten leer machen, das kann nicht ganz falsch sein«, meinte er dann. »Kaugummis sind Gift für die Jugend, das weiß ich nur zu gut.«

»Aber so ganz in Ordnung kann es auch nicht sein?«, bohrte ich nach. »Bretter zu klauen und so.«

141

»Na, so ein ganz bisschen«, räumte Edmund ein. »Aber das ist nur Kleinscheiß, wenn man es vergleicht mit ... na, wenn man es eben vergleicht.«

Plötzlich schaute er ganz finster drein, und mir wurde klar, womit er das verglich. Eine ganze Zeit lang schwiegen wir beide, aber dann zog er die Ruderblätter ins Boot und fing an, mit den Händen an seinem ganzen Körper herumzutasten.

»Aber wo sie nun sitzt, das weiß der Teufel. Ich glaube, sie fliegt überall herum, die Seele. Wenn ich esse, dann sitzt sie im Magen. Wenn ich lese, ist sie im Kopf. Und wenn ich an Britt Laxman denke ...«

»Das genügt«, unterbrach ich ihn. »Ich habe verstanden. Du hast eine Nomadenseele, das kommt sicher daher, weil du in deinem Leben so viel umgezogen bist.«

»Kann sein«, stimmte Edmund zu und nahm die Ruderblätter wieder auf. »Übrigens, hast du deinem Bruder eigentlich von der Prügelei im Lackapark erzählt?«

»Nein«, sagte ich. »Warum fragst du?«

»Weil ich in meiner Zigeunerseele spüre, dass das gut wäre.«

Ich schwieg einige Sekunden.

»Henry kommt immer zurecht«, erklärte ich dann. »Er ist zweimal zur See gefahren.«

»Ach so«, sagte Edmund. »Ich dachte nur. Himmel, ist das heiß.«

»Long hot summer«, sagte ich.

»Das ist eine verflucht gute Scheibe«, sagte Edmund. »Aber es kann auf jeden Fall nicht schaden, wenn wir beide ein bisschen auf der Hut sind. Auf Henry und Ewa aufpassen, und was die beiden so treiben. Oder was meinst du?«

»Weißer Mann reden mit gespaltener Zunge«, sagte ich.

Das war einer der besten Sprüche, die ich kannte. Den konnte man in allen Lebenslagen anwenden, wenn man nicht gerade mit einem Indianer sprach, und Edmund fiel darauf auch nichts mehr ein.

»Keine weiteren Fragen«, sagte er nur und ruderte weiter durch die Schilfrinne.

* * *

Ein paar Nächte später wachte ich davon auf, dass Edmund schnaufend in seinem Bett saß.

»Was ist denn mit dir los?«, fragte ich.

»Er muss sie mit dem Auto abgeholt haben«, sagte Edmund. »Im Killer. Ich habe kein Moped gehört.«

»Wovon quatschst du?«

»Hör doch«, sagte Edmund nur, und da hörte ich es auch.

Zweierlei. Zwei verschiedene Geräusche.

Das eine war Henrys Bett, das quietschte und knarrte. Rhythmisch und langsam. Das andere war Ewa Kaludis, die jammerte. Oder stöhnte. Oder gurgelte. Ich konnte es nicht genau bezeichnen, denn ich hatte noch nie gehört, dass eine Frau derartige Geräusche von sich gab.

»Oioioi«, flüsterte Edmund. »Die rammeln ja, dass das ganze Haus wackelt. Ich glaube, ich platze gleich.«

Ich wurde stinksauer, als ich solch unreifes Gewäsch hörte.

143

»Halt die Schnauze, Edmund«, sagte ich. »So redet man nicht über diese Dinge.«

Edmund sagte nichts mehr. Nur die Geräusche von Henrys Bett unten erklangen rhythmisch weiter und pflanzten sich hartnäckig durch die Nacht hindurch fort. Durchs Haus.

»Entschuldige«, sagte Edmund. »Du hast natürlich Recht. Aber ich werde trotzdem mal rausschleichen und nachgucken.«

»Nachgucken?«, wiederholte ich.

»Klar«, bestätigte Edmund. »Wir können sie ja von der Treppe aus sehen. Unten gibt es doch kein Rollo. Nur damit wir auch was lernen. Nun komm schon mit und sei kein Feigling.«

Zum ersten Mal in meinem vierzehnjährigen Leben bekam ich eine Erektion, die so steif war, dass sie wehtat.

* * *

Edmund hatte wohl gedacht, wir könnten jeder auf einer Treppenstufe hocken und reingucken, aber das klappte nicht. Die wacklige Treppe ging zwar an der Außenseite des Giebels zu unserem Zimmer hoch, aber sie verlief ein Stück oberhalb von Henrys Zimmer. Wenn wir etwas sehen wollten, mussten wir uns schon ins Blumenbeet stellen – ins ungepflegte, überwucherte Blumenbeet am Haus mit den Pfingstrosen, Reseda und hunderterlei verschiedenem Unkraut. Vorsichtig wie die Indianer schlichen wir uns dorthin, und noch ein Stück vorsichtiger reckten wir unsere Köpfe über die Fensterbank.

144

Und da sahen wir es.

Es war wie in einem Film, obwohl es zu der Zeit, Anfang der sechziger Jahre, noch keine solchen Filme gab. Nur vage hatte ich damals das Gefühl, dass es sie in zwanzig Jahren geben würde. Oder in dreißig. Oder in hundert, wie auch immer, jedenfalls würde es irgendwann solche Filmrollen geben, ganz einfach allein aus dem Grund, weil sie gebraucht wurden.

Vage hatte ich so eine Ahnung. Was sonst noch lief, war alles andere als vage.

Ewa Kaludis saß auf meinem Bruder. Sie war nackt, und ihr Busen wippte auf und ab, als sie sich über ihm senkte und wieder erhob. Wir sahen die beiden ein wenig von der Seite, schräg von vorn – ich meine, nur sie, und sie war ja schließlich die Hauptsache. Sie hatten Kerzen in leeren Flaschen brennen, die Flammen flackerten und warfen ein Feuermuster über ihren Körper und ihre Bewegungen.

Über ihr nacktes Gesicht, ihre nackten Schultern und ihre nackte Brust. Ihren leicht gewölbten glänzenden Bauch, der sich vorstreckte und rollte, und über ihren dunklen Schoß, der nur teilweise zu sehen war und immer wieder von ihrem eigenen Schenkel und Henrys Händen verdeckt wurde.

Ich glaube, wir hielten fünf Minuten die Luft an, Edmund und ich. In dem nur schummrig erleuchteten Zimmer liebte Ewa Kaludis meinen Bruder, ruhig und zielbewusst, wie es aussah. Nur für den Bruchteil von Sekunden konnten wir ihren ganzen Schoß sehen und erkennen, dass Henry wirklich in ihr war, aber mehr war

145

auch gar nicht notwendig. Es war so unbeschreiblich schön. So verdammt schön, dass mir klar war, dass ich niemals wieder in meinem Leben etwas Ähnliches sehen würde. Niemals. Obwohl mein dürrer, erigierter Vierzehnjährigenschwanz wehtat wie ein Beinbruch, begann ich zu weinen. Ebenso ruhig und leise wie damals, als wir in der Sommernacht vom Lackapark nach Hause geradelt waren, ließ ich meine Tränen einfach fließen. Ich stand da im Unkraut, starrte hinein und weinte. Weinte und starrte. Nach einer Weile merkte ich, dass Edmund wichste. Er atmete jetzt mit offenem Mund, und seine rechte Hand fuhr wie ein Kolben in seiner Pyjamahose hin und her.

Ich holte tief Luft und tat es ihm gleich.

Hinterher schlichen wir uns davon. Ohne ein Wort gingen wir über das taunasse Gras zum See. Liefen über den Pontonsteg und tauchten so leise wir konnten ins Wasser, damit es nicht im Haus zu hören war. Mit Pyjamahosen und allem.

Das Wasser war spiegelblank, warm und weich. Ich drehte mich um und schwamm lange Zeit auf dem Rücken. Dann ließ ich mich eine ganze Weile einfach treiben. Edmund war auch weit hinausgeschwommen, hielt sich aber etwas von mir entfernt. Wir brauchten den Abstand, das war deutlich zu spüren, zwei einsame Vierzehnjährige mitten in der Nacht in einem juliwarmen Sommersee.

Edmund und ich.

Nun hatten wir nicht gerade unsere Jungfernschaft verloren, aber irgendetwas war mit uns geschehen. Etwas Großes und fast Geheimnisvolles. Mir kam in den Sinn, dass ich endlich eine Tür geöffnet und etwas gesehen hatte, was ich mir schon lange zu sehen gewünscht hatte. Etwas, das wie ein anderes Land war.

Und dass es schön gewesen war.

So verflucht schön. Da war es irgendwie einfach notwendig, hinterher eine Weile im See herumzuschwimmen.

Ja, ungefähr das dachte ich.

12

Am nächsten Morgen waren wir schon ziemlich früh auf den Beinen, obwohl wir den größten Teil der Nacht wach gewesen waren. Als wir hinuntergingen, waren Henry und Ewa verschwunden, deshalb nahmen wir an, dass er sie in den frühen Morgenstunden nach Hause gebracht hatte. Es ging natürlich nicht an, dass sie so lange hier blieb, wenn sie meinen Bruder besuchte.

Nahmen wir an. Dachten wir uns im Stillen in unseren vierzehnjährigen Gehirnen. Wir sagten überhaupt nicht viel an diesem Morgen. Edmund rührte die Haferflocken fünf Minuten lang um, bevor er überhaupt anfing zu essen. Wie immer. Er strich seine Streichkäsebrote mit der gleichen Pingeligkeit wie immer. Als wäre er mit etwas ungemein Wichtigem beschäftigt, mit einem für die Zukunft der Menschheit entscheidenden wissenschaftlichen Experiment. Als würde es genügen, dass nur ein kleiner Klecks daneben ging oder ein Quadratzentimeter Brot nichts abbekam, und schon explodierte das ganze Universum.

Ich erinnere mich, wie ich überlegte, ob das vielleicht

etwas zu bedeuten hatte, unsere unterschiedlichen Frühstücksgewohnheiten. Ich selbst verputzte meine Brote und meinen Kakao in höchstens vier Minuten. Für Edmund dagegen war das Frühstück eine Art Ritual, das ungefähr wie das Abendmahl ablief, das der Priester in der Kirche servierte. Nicht, dass ich so viel Erfahrung mit Abendmahlsfeiern hatte, aber einmal hatte ich eine gesehen – als Henry vor Urzeiten konfirmiert worden war – und etwas Trägeres und Langweiligeres hatte ich nie wieder erlebt.

Also war es vielleicht ja doch bedeutsam, unser unterschiedliches Frühstückstempo. Vielleicht war es so ein Zeichen, das darauf hinwies, dass unsere Charaktere vollkommen unterschiedlich waren, Edmunds und meiner, und wenn einer von uns eine Frau gewesen wäre, dann wäre es unmöglich für uns gewesen, als Mann und Frau zusammenzuleben. Absolut unmöglich.

Ich musste bei diesem letzten Gedanken vor mich hinschmunzeln. Das waren natürlich nichts als Spekulationen, die ich da ausspann an diesem Morgen, während ich wartete, dass Edmund fertig wurde. Reine lächerliche Spekulationen, natürlich würde ich nie Edmund heiraten, wie sehr ich auch zur Frau werden würde, und ich nahm an, dass derartige Gedanken nur in meinem Kopf auftauchten, weil ich zu müde war, sie zu zügeln. Zu der Zeit ging es manchmal in meinem Kopf so zu: Wenn ich gesund und munter und wach war, herrschten Zucht und Ordnung, aber wenn ich zu wenig geschlafen hatte, konnte alles Mögliche auftauchen. Krebs-Treblinka-Liebe …

149

Wie auch immer, an dem Tag herrschte auch das schönste Wetter. Wir lagen vormittags auf dem Steg und lasen, und dann nahmen wir das Boot. Zuerst ruderten wir nach Fläskhällen und spielten dort ein paar Mal auf dem neuen Flipperautomaten. Wir bekamen kein Freispiel, es war überhaupt ein ziemlich geiziges und simples Spiel. Nachdem wir ein Eis gegessen hatten, ruderten wir auf die Möwenscheißinsel. Wir hatten in unserem Beutel Apfelsaft, ein paar Bücher und Oberst Darkin. Während Edmund sich zum fünften oder sechsten Mal auf *Die Reise zum Mittelpunkt der Erde* begab, versuchte ich mich an ein paar ziemlich anspruchsvollen Comics. Die nächtlichen Bilder von Ewa Kaludis' wippender Brust tanzten vor meinem inneren Auge, aber wie sehr ich mich auch bemühte, ich hatte nicht das Gefühl, sie auch nur annähernd so darstellen zu können, wie sie in Wirklichkeit ausgesehen hatten.

Nicht einmal ungefähr annähernd. Schließlich beschloss ich, keinerlei intensivere Liebesszenen mehr in Oberst Darkin zuzulassen. Ab jetzt und für die Zukunft. Das war nun einmal nicht mein Stil, und der des Obersts auch nicht.

Als wir das dreizehnte Mal gebadet hatten und gerade den letzten Apfelsaft öffneten, setzte Edmund seine Brille auf und sagte: »Ich habe so ein Gefühl.«

Ich überlegte eine Weile. Es klang ernst, und er sah dabei ungewöhnlich ernst aus.

»Wirklich?«, bemerkte ich.

»Ja«, bestätigte Edmund.

»Was für ein Gefühl?«

150

Edmund zögerte ein wenig. »Dass es bald verdammt ungemütlich werden wird.«

Ich trank einen Schluck. »Was soll denn verdammt ungemütlich werden?«, fragte ich.

Edmund seufzte und sagte, das wisse er auch nicht.

Ich wartete ab, dann fragte ich, ob er das mit meinem Bruder und Ewa Kaludis meinte. Und mit Berra Albertsson.

Edmund nickte. »Ich glaube, ja«, sagte er. »Irgendwie muss da doch was passieren. Das kann doch nicht einfach so weitergehen. Das ist wie … das ist, als wenn man auf ein Gewitter wartet. Spürst du das nicht?«

Ich antwortete nicht. Plötzlich fiel mir ein, was mein Vater an diesem Maiabend daheim in der Küche in der Idrottsgatan gesagt hatte. Ein schwerer Sommer. Das wird ein schwerer Sommer.

Dann fiel mir wieder Ewa Kaludis ein. Und Mulles ohnmächtiger Kopf. Edmunds richtiger Papa. Die grauen Hände meiner Mutter auf der Krankenhausdecke. Hoffnungslos wie Milchsuppe mit Blaubeerspuren darin.

»Wir werden sehen«, sagte ich schließlich. »Wer weitermacht, wird's schon sehen.«

* * *

Es vergingen einige Tage. Die Hitze blieb uns erhalten. Wir badeten, lagen auf dem Steg und lasen, ruderten zu Laxmans und nach Fläskhällen. Es schien, als wäre alles wie immer. Henry saß im Schatten, schrieb und rauchte seine Lucky Strikes, und wir kümmerten uns gegen eine angemessene Bezahlung um die Verpflegung. Einen Fünfer oder einen Zehner. Abends fuhr Henry mit dem Killer davon und kam meist erst spät in der Nacht zurück. Über Ewa Kaludis verlor er kein Wort, und wir fragten natürlich auch nie nach. Wir schwiegen und wahrten auf Gentleman-Art das Gesicht. Wie Arsène Lupin. Oder Scarlet Pimpernel.

Oder Oberst Darkin.

Wenn man sonst nichts werden kann, dann kann man zumindest zusehen, dass man ein Gentleman wird, das war eine von Edmunds Redewendungen aus dem Ångermanland, und darin war ich mit ihm auf Punkt und Komma einig.

Es war der vierte Juli, als sie das nächste Mal in Genezareth auftauchte. Ich kann mich noch so gut an das Datum erinnern, weil Edmund und ich eine ganze Weile über George Washington und die amerikanische Unabhängigkeitserklärung geredet hatten. Und über Kennedy und seine Jackie. Es war kurz nach zehn Uhr abends, wir hatten gerade einen Kakao getrunken und Zwieback mit Butter gegessen, wie wir es immer vor dem Schlafengehen taten. Henry saß noch draußen und schrieb, es war ein sehr heller Abend, und er rauchte fieberhaft, um die Mücken zu vertreiben.

Ich nehme an, wir hörten alle drei gleichzeitig das Moped. Edmund und ich sahen einander über den Küchentisch hinweg an, und die Schreibmaschine verstummte. Es verging eine halbe Minute, dann hatte sie den Parkplatz erreicht. Sie ließ den Motor einen Moment lang leer laufen, dann stellte sie ihn ab.

152

»Hrrm«, sagte Edmund. »Ich glaube, ich muss mal pissen.«

»Wenn du meinst«, sagte ich.

Zuerst erkannte ich sie nicht wieder. Eine hohle Sekunde lang konnte ich mir nicht vorstellen, dass die Frau, die hinter dem Fliedergestrüpp hervorkam, die paar Schritte übers Gras lief und sich dann meinem Bruder in die Arme warf, wirklich Ewa Kaludis war.

Ewa Kaludis/Kim Novak auf dem roten Puch. Ewa Kaludis mit den funkelnden Augen und den reifen, wippenden Brüsten. Mit den schwarzen Leggins und dem roten Band im Haar und dem offenen Swansonhemd, das im Wind flatterte.

Aber sie war es. Das Swansonhemd trug sie auch heute, ebenso die Leggins. Oder jedenfalls etwas Ähnliches. Aber kein rotes Haarband. Keine funkelnden Augen und kein breites Lächeln. Nur ein Auge, genau betrachtet. Das andere, das rechte, sah aus wie zwei Pflaumen. Oder eigentlich, als hätte jemand dort, wo es sitzen sollte, zwei Pflaumen zertreten. Die Lippen waren auch nicht die üblichen. Die obere sah aus, als wäre sie breitgedrückt worden, und reichte jetzt bis zur Nase. Die Unterlippe war dick angeschwollen und hatte einen breiten dunklen Strich darin. Auf einer Wange war ein großer bläulicher Fleck zu sehen. Sie sah insgesamt einfach jämmerlich aus, und es dauerte noch weitere hohle Sekunden, bevor ich begriff, was vorgefallen sein musste. Dass jemand sie so zugerichtet haben musste. Dass jemand Ewa Kaludis seine Fäuste ins Gesicht gepflanzt hatte. Dass jemand sie ... dass jemand ...

153

Ich glaube, mir wurde schwarz vor Augen, als mir das klar wurde. Ich schloss die Augen und hörte Edmund neben mir einen Fluch ausstoßen. Als ich wieder aufschaute, stand Ewa Kaludis fest in den Armen meines Bruders, er umfasste sie mit beiden Armen, strich ihr über den Rücken, und man konnte sehen, dass sie weinte. Henry stand mit gebeugtem Kopf da und murmelte etwas direkt in ihre Haare, und ihre Schultern hoben und senkten sich im Takt ihres Schluchzens.

Eine Zeit lang geschah sonst nichts, außer dass Edmund einen weiteren zittrigen Fluch ausstieß. Dann half Henry Ewa, sich an den Tisch zu setzen, dort, wo er gesessen und geschrieben hatte, und wandte sich danach zu uns.

»Hört mal«, sagte er, und sein Blick fuhr hastig zwischen uns hin und her. »Mir ist scheißegal, was ihr macht, wenn ihr uns jetzt nur in Ruhe lasst. Geht ins Bett oder rudert auf den See hinaus oder was ihr auch wollt. Aber Ewa und ich müssen jetzt eine Weile allein sein. Habt ihr verstanden?«

Ich nickte. Edmund nickte.

»Gut«, sagte Henry. »Verschwindet.«

Ich warf Edmund einen Blick zu. Dann gingen wir pissen. Und dann gingen wir ins Bett.

* * *

Am nächsten Morgen war sie immer noch da.

Edmund und ich hatten bis tief in die Nacht miteinander diskutiert, und deshalb schliefen wir beide bis weit in den Vormittag hinein. Als ich die Treppe hinunterwankte, um aufs Plumpsklo zu kommen, bevor es zu spät war, saß Ewa auf einem der Liegestühle unter der Esche, Henrys abgetragenen Frotteemorgenmantel um sich gewickelt. Es sah fast so aus, als würde sie frieren, und als sie die Hand zu einem zögernden Gruß hob, bekam ich einen Kloß im Hals, den ich erst nach einigen kräftigen Schlucken wieder hinunterbekam.

»Hallo«, sagte ich. »Ich will nur schnell meine Morgentoilette machen. Bin gleich zurück.«

Irgendwie bewegte sie ihr Gesicht. Vielleicht versuchte sie ja zu lächeln.

Ich pinkelte, tauchte einmal ins Wasser und kam zurück. Edmund schlief immer noch. Von Henry war nichts zu sehen. Ich holte mir den anderen Liegestuhl und stellte ihn neben Ewas. Etwas schräg, aber ziemlich nah dran.

»Tut das weh?«, fragte ich.

Sie schüttelte vorsichtig den Kopf. »Nicht sehr.«

Ich schluckte und versuchte, sie nicht anzugucken. »Das geht vorbei«, stellte ich fest. »Du wirst in ein paar Tagen wieder die Schönste auf der ganzen Welt sein.«

Wieder versuchte sie zu lächeln. Aber auch diesmal hatte sie nicht viel Erfolg dabei. Offensichtlich taten ihr die Lippen dabei weh, denn sie zuckte zusammen und legte eine Hand auf den Mund.

»Ich sehe schrecklich aus«, sagte sie. »Sei so lieb und guck mich nicht an.«

Ich drehte den Kopf weg und betrachtete stattdessen den Baumstamm. Er war grau, etwas verschorft und nicht besonders interessant.

»Wo ist Henry?«, fragte ich.

»In die Stadt gefahren, er will Pflaster kaufen. Er ist bald wieder zurück.«

»Aha.«

Eine Weile schwiegen wir beide. »Es ist unglaublich«, sagte ich dann. »Dass dir jemand so etwas antun kann, unglaublich.«

Sie antwortete nicht. Richtete sich nur in ihrem Stuhl auf und räusperte sich ein paar Mal. Mir fiel ein, dass sie ja vielleicht auch Blut in den Hals bekommen hatte. Die Opfer in einigen Büchern, die ich gelesen hatte, hatten das, und Ewas Räuspern klang fast so.

»Soll ich dir was holen?«, fragte ich. »Was zu trinken oder so?«

Sie zwinkerte ein paar Mal mit dem gesunden Auge.

»Nein, danke«, sagte sie. »Du bist lieb, Erik.«

»Ach was«, wehrte ich ab.

Sie räusperte sich wieder, und dann wischte sie sich mit dem Ärmel des Morgenmantels die Stirn ab.

»Man muss lernen, was einzustecken«, sagte sie. »Das muss man.«

»Wirklich?«, zweifelte ich.

»Du brauchst dir um mich keine Sorgen zu machen. Ich habe schon Schlimmeres erlebt.«

»Schlimmeres?«, fragte ich nach.

»Als ich in deinem Alter war«, fuhr sie fort. »Und sogar noch jünger. Da sind wir aus einem anderen Land gekommen, das du vielleicht sogar kennst. Nur meine Schwester und ich, unsere Eltern sind dort geblieben. Wir sind in einem Boot übers Meer gefahren, in einem

Boot, das nicht viel größer war als euer Kahn ... Ich weiß gar nicht, warum ich dir das alles erzähle.«

»Ich auch nicht«, musste ich zugeben.

»Vielleicht weil Henry mir von eurer Mutter erzählt hat«, sagte sie nach einer kleinen Pause. »Ich weiß, dass du es nicht leicht hast, Erik. Ich hatte vorher keine Ahnung davon, aber jetzt weiß ich es.«

Ich nickte und schaute auf das Rindenmuster. Es hatte sich nicht verändert.

»Du willst lieber nicht drüber reden?«

Ich gab keine Antwort. Ewa betrachtete mich eine Weile mit ihrem gesunden Auge. Dann beugte sie sich auf ihrem Stuhl nach vorne und klopfte mit einer Handfläche auf das Gras vor sich.

»Setz dich mal hier hin, bitte.«

Ich zögerte zunächst, tat dann aber wie geheißen. Schälte mich aus meinem Stuhl heraus und setzte mich auf den Boden zwischen ihre Knie. Lehnte vorsichtig meinen Nacken gegen die Querlatte des Liegestuhls. Spürte ihre Schenkel auf beiden Seiten.

»Mach die Augen zu«, sagte sie.

Ich schloss die Augen. Sie ergriff mit den Händen meine Schultern und begann sie mit behutsamen, langsamen Bewegungen zu massieren.

Langsam und behutsam. Dabei gleichzeitig kräftig und warm. Einen Moment lang wurde mir schwindlig, und ich dachte, dass dieser Sommer so voller neuer Entdeckungen und Erlebnisse war, dass bereits hundert Jahre vergangen sein mussten, seit wir die Abschlussprüfung in der Stavaschule abgelegt hatten.

»Du bist steif in den Schultern. Versuche dich mal zu entspannen.«

Ich entspannte mich, dass ich nur noch Wachs in ihren Händen war. Natürlich bekam ich auch eine Erektion, aber ich achtete darauf, dass sie in meinen weiten Badeshorts nicht zu sehen war. Dann gab ich mich dem reinen Genuss hin. Ich saß zwischen Ewas Beinen und genoss ihre Hände. Ich spürte, dass ich wieder kurz vorm Weinen war, aber diesmal kamen keine Tränen. Nur ein schönes, leicht vibrierendes Gefühl ganz im Inneren des Kopfs, hinter den Augenhöhlen. Und für eine aufblitzende Sekunde lang begriff ich, wie es wohl sein mochte, Henry zu sein.

Henry, mein Bruder.

* * *

Schließlich wachte auch Edmund auf, und schließlich kam Henry von seiner Apothekenfahrt zurück, aber das machte nichts. Als Ewa meine Schultern losließ und mir leicht durchs Haar fuhr, hatte ich fast das Gefühl, wir hätten Blutsbrüderschaft geschlossen. Oder uns zu einer Art Geheimbund zusammengeschlossen. Wir hatten nicht viel miteinander geredet, genau genommen fast gar nichts. Hatten nur zusammen im Gras gesessen, aber dennoch war irgendetwas anders, wie Edmund es vielleicht ausgedrückt hätte.

So verflucht anders. Diesen Gedanken hatte ich so ein- oder zweimal am Tag bis zu dem Zeitpunkt, als das SCHRECKLICHE eintrat, und jedes Mal war es mir, als würde mich ein intensives, warmes Gefühl erfüllen. Intensiv und warm, genau wie ihre Hände auf meinen verspannten Schultern.

Genau wie das Empfinden, wenn man nach einem kalten Wintertag in ein heißes, angenehmes Bad schlüpft, ich weiß noch, das dachte ich damals.

Aber nur irgendwie von innen.

13

Henry verschwand am gleichen Abend. Ich glaube, er fuhr den Puch, während Ewa den Killer nahm, schließlich musste es schwieriger sein, ein Moped mit nur einem tauglichen Auge zu lenken als ein Auto. Jedenfalls war der Parkplatz leer, als Edmund und ich nach einer ziemlich langen Fahrradtour gegen zehn zurückkamen.

Danach vergingen wieder ein paar Tage. Das Wetter war etwas unbeständig, mal Sonne, mal Regen. Aber die ganze Zeit sehr warm. Wir versuchten uns etwas mit Fischefangen, aber vom Möckeln kursierte das Gerücht, dass er so gut wie keinen Fisch beherbergte, und weder Edmund noch ich hatten so richtig die Muse, dazusitzen und auf einen Schwimmer zu glotzen.

Und der Gedanke, wir könnten vielleicht tatsächlich eine arme Plötze oder einen Barsch herausziehen und mit dem Messer abstechen müssen, verstärkte die Sache noch. Und ihm dann auf den Kopf schlagen zu müssen, bis er tot war. Oder wie immer man das nun machte.

Glücklicherweise mussten wir uns diesem Problem nie stellen, denn es biss keiner an.

Dafür bekam Edmund eine Mandelentzündung. Zwar nur eine leichte – nach seiner eigenen Einschätzung, er hatte schon ein paar Mandelentzündungen gehabt –, aber er war schlaff, hatte Fieber und wollte am liebsten nur im Bett liegen und schlafen. Oder lesen.

»Lesen, schlafen und trinken«, sagte er. »Aus diesen Ingredienzen besteht meine Heilkunst.«

»Ein Sprichwort aus dem Inneren von Lappland?«, fragte ich.

»Falsch«, erklärte Edmund. »Das kommt von meinem Vater.«

»Von deinem richtigen?«

»Oh Scheiße, nein«, sagte Edmund. »Von dem doch nicht. Von dem kommt nur Scheiße.«

* * *

An diesen Tagen war es schwieriger mit Henry zu reden als sonst. Wenn er nicht mit dem Killer unterwegs war, um etwas zu erledigen, lief er meistens murmelnd und paffend herum. Er hatte offensichtlich nicht mehr den richtigen Schwung beim Schreiben, meistens saß er nur da und starrte die Facit an, als wolle er sie dazu bringen, den existenziellen Roman von allein zu tippen. Manchmal hörte ich ihn fluchen und das Papier aus der Walze reißen, und insgesamt verhielt er sich reichlich genervt und grüblerisch.

Da sowohl mein Bruder als auch Edmund ziemlich mit sich selbst beschäftigt waren, Edmund mit seiner Mandelentzündung, Henry mit anderem, hielt ich mich lieber auch an Eigenes. Ich zeichnete mehr als zehn Sei-

161

ten in *Oberst Darkin und das geheimnisvolle Erbe* und war mit dem Ergebnis ganz zufrieden. Seit ich beschlossen hatte, alle halb nackten Frauenkörper wegzuzensieren, kam ich viel einfacher mit der Geschichte voran. So soll es wohl sein, dachte ich ein wenig resigniert. In der Literatur und auch im Leben.

Auch die Kost war etwas eintönig in diesen Tagen. Edmund hatte keinen Appetit, und wenn Henry etwas futterte, hatte ich das Gefühl, man hätte ihm ebenso gut einen Teller voll Moos vorsetzen können. Er kümmerte sich nicht die Bohne darum, was er da eigentlich in sich hineinstopfte. Das Resultat davon war, dass wir meistens Kartoffeln mit Butter aßen. Es gab auch noch zwei Büchsen mit Heringen, die wir zu jeder Mahlzeit auf den Tisch stellten, aber keiner von uns konnte sich überwinden, den Deckel abzuschrauben und an einem Hering zu schnuppern. So war es nun einmal, und von Kartoffeln hatten wir noch mehr als genug.

* * *

Ich hatte gerade *Zehn kleine Negerlein* beendet und mich zur Wand gedreht, um einzuschlafen, da hörte ich jemanden über den Rasen herankommen.

Henry und Ewa. Ich schaute auf meine selbstleuchtende Armbanduhr. Halb eins. Edmund atmete hinten in seinem Bett schwer und mit offenem Mund. Es war etwas windig, und ein Ast schlug ab und zu gegen das Fenster. Ich konnte nicht anders, ich musste einfach denken, wie sicher man sich fühlte, wenn man in seinem warmen Bett lag. Wie behütet.

Solange man liegen blieb, heißt es. Denn die Wirklichkeit außerhalb des Betts, das war etwas anderes. Etwas Andersartiges. Schon wenn man nur seine Füße auf den kalten Boden stellte und sich in die Welt hinausbegab, setzte man sich damit einem Meer an Risiken und Schrecken aus. Zwar gab es dort immer irgendwelche Henrys, Ewas und Edmunds. Aber es gab auch blaue Veilchen, angeschwollene Lippen und Fäuste, die hart und schonungslos wie Stein waren. Es gab Beschlüsse, die gefasst werden mussten, und Dinge, die vorsichtig angepackt werden mussten, ob man nun wollte oder nicht. Es gab Väter, die schlugen und Treblinkas und Krebsgeschwüre, die immer weiter wuchsen.

Draußen in der Welt. Außerhalb des Betts, auf dem Boden. Ich drehte mich um und zog die Decke dichter um mich. Leise konnte ich hören, wie Henry und Ewa sich unten unterhielten. Offensichtlich war an diesem Abend keine Musik angesagt. Mir war klar, dass es nicht so ein Abend war. Es war eine andere Art von Abend.

Ich überlegte, worüber sich die beiden wohl unterhielten. Dachte eine Weile nach, ob dieser Trick mit dem Glas an der Wand wohl funktionierte, den die Detektive im Kino ab und zu benutzten. Ob das wirklich klappte. Ob er auch durch einen Fußboden klappen könnte.

Neben Edmunds Bett stand ein halb volles Glas. Es gehörte zu seiner Kriegführung gegen die Mandelentzündung, viel zu trinken, also hätte ich den Hörtest machen können. Wenn ich wirklich hätte wissen wollen, worüber Henry und Ewa da unten sprachen, wären keine größeren Anstrengungen notwendig gewesen. Fens-

163

ter auf und raus mit dem Apfelsaftrest, mehr nicht. Und dann runter auf den Boden, das Glas auf die Bretter und das Ohr drangelegt. So einfach war das.

Ich tat es nicht. Vielleicht war ich einfach zu müde. Vielleicht hatte ich auch das Gefühl, dass es nicht besonders gentlemanlike gewesen wäre.

Verdammt noch mal, wenigstens ein Gentleman wollte ich bleiben.

Das war gar kein dummes Lebensmotto, hatten Edmund und ich beschlossen. Natürlich konnte man darüber diskutieren, wie gentlemanlike es gewesen war, in den Rabatten zu stehen und Henry und Ewa an dem bewussten Abend zu beobachten, aber auch ein Gentleman hatte seine schlechten Tage. Wie die Sonne ihre Flecken hatte.

So sinnierte ich, während ich in meinem sicheren Bett lag. Die Stimmen von unten erreichten mich nur als ein entferntes Murmeln, und als ich endlich einschlief, träumte ich sofort Henrys dunkle Stimme fort. Ich hörte nur noch Ewa, und dann war ich es, mit dem sie sprach. Sie saß neben mir im Bett oder eher schräg hinter mir, und massierte wieder meine verspannten Muskeln. Die Schultern und anderes. Wenn ich nie wieder aus diesem Traum erwacht wäre, wäre das auch nicht so schlimm gewesen.

* * *

Am nächsten Morgen lag ein Zettel auf dem Küchentisch.

Muss einiges erledigen. Komme heute Nacht erst nach zwölf Uhr zurück. Fleischklöße und Pfirsiche sind in der Speisekammer. Henry

Es war ungewöhnlich für meinen Bruder, eine Nachricht darüber zu hinterlassen, was er vorhatte, und ich nahm an, dass Ewa Kaludis dahinter steckte.

Zwar war Henry sonst nie länger als sechs, acht Stunden von Genezareth weg, und diesmal sollten es der ganze Tag und der Abend sein, aber dennoch sah es ihm nicht ähnlich, so etwas aufzuschreiben. Nicht meinem Bruder, oh nein.

Ich schaute nach, ob wirklich zwei Dosen auf dem Regal in der Speisekammer standen. Dem war so. Eine mit Mor Elnas Elchklößen in Sahnesoße. Eine mit Pfirsichhälften in Sirup. Das klang gar nicht schlecht, dachte ich, auch wenn ich das mit dem Sirup nicht so recht verstand. Vorausgesetzt, Edmunds heutiger Appetit blieb, wie er gewesen war, konnte ich – immerhin das – zumindest davon ausgehen, dass ich mir reichlich den Bauch voll schlagen würde. Nur schade, dass es kein Achtel Sahne zu den Pfirsichen gab, dachte ich noch, aber allein zu Laxmans zu radeln oder zu rudern, nur wegen eines lächerlichen Sahneklackses, das erschien mir dann doch etwas übertrieben. Und es war schon gar nicht in Betracht zu ziehen angesichts der Gewitterwolken, die sich zusammenzogen.

Es wurde ein reichlich schlaffer Tag. Zumindest anfangs. Edmund war auf dem Weg der Besserung, wie er behauptete, aber nur ein kleines bisschen. Es würde seiner Ansicht nach wohl noch einen oder zwei Tage dauern, bis er die Mandelentzündung los war.

Schlafen, lesen und trinken also. Absolut keine Ausflüge. Nicht zu Laxmans und nirgends sonst hin. Es war gar nicht daran zu denken, er hatte nicht einmal Lust, aus dem Bett zu kriechen. Er kränkelte, wie sie in Västerbotten sagten.

Ich stellte zwei Flaschen Apfelsaft auf den Tisch, wünschte ihm gute Besserung und ging nach draußen, wo ich mich in einen der Liegestühle setzte, mit Darkin und einem neuen Agatha Christie. Der letzte war nicht schlecht gewesen, der neue hieß *Der Tod auf dem Nil*, und Edmund hatte ihn als ungewöhnlich gute Geschichte empfohlen.

* * *

Ungefähr so verbrachte ich den letzten Tag vor dem SCHRECKLICHEN.

Im Liegestuhl mit Oberst Darkin und Agatha Christie. Edmund kam ein paar Mal heraus, aber wenn die Sonne schien, fand er es zu warm, und wenn die Sonne sich hinter einer Wolke versteckte, fror er. Er klagte darüber, dass die Leserei auch keinen rechten Spaß machte, weil er die ganze Zeit die Seiten vergaß, die er gerade gelesen hatte und dauernd am Einnicken war. Ich schlug ihm vor, er sollte *Die Reise zum Mittelpunkt der Erde* noch einmal durchgehen, aber er meinte, dass er im Augenblick nicht in der Laune für Jules Verne war. Eher für Quentin und Queen, und Krimis las man ja nun nicht so gern noch einmal.

166

Abgesehen von ganz bestimmten natürlich.

Mittags machte ich die Elchklöße für mich warm. Anders konnte man das kaum ausdrücken. Denn ich aß neun, Edmund einen. Die Pfirsichhälften wurden etwas gleichmäßiger verteilt, vier zu zwei, aber im Großen und Ganzen war ich ganz zufrieden mit der Mahlzeit.

Obwohl ich sowohl das Kochen als auch das Abwaschen übernehmen musste. Ich war mit Letzterem gerade fertig, als wir unseren ersten Besuch an diesem Nachmittag bekamen. Gladys Lundin schlurfte räuspernd und hustend über den Platz und fragte, ob wir nicht vielleicht einen Schluck Schnaps für sie übrig hätten.

Normale Leute, solche wie Bennys Mutter oder Frau Lundmark zwei Treppen höher in der Idrottsgatan, klopften immer mal an die Tür und baten um eine Tasse Zucker oder Mehl für die Pfannkuchen oder die Rhabarberspeise, aber die Lundins waren keine gewöhnlichen Leute. Weit entfernt. Soweit ich wusste, war Gladys so etwas wie eine Art Stammmutter für die ganze Sippschaft; sie war sicher schon einiges über siebzig und wog sicher einiges über hundert Kilo. Sie bewegte sich mit Hilfe zweier kräftiger Eichenstöcke voran, und in ihrem Mundwinkel hing immer eine brennende Zigarette. Aber nichts davon hinderte sie daran, dorthin zu kommen, wohin sie wollte, und um Schnaps zu betteln, wenn die Not es erforderte. Ich erklärte ihr, dass wir zufällig keinen Schnaps auf Lager hatten, und da bat sie stattdessen um ein Kilo Kartoffeln.

Das konnte ich ihr ja nun schlecht verweigern, da wir noch eine halbe Kiepe voll hatten. Wegen der Stöcke und der Zigarette dauerte es eine Weile, bis die Transportfrage geklärt war, aber schließlich hängte ich ihr einen Beutel mit einer Schnur um den Hals. Sie wankte davon, ohne sich zu bedanken, und ich überlegte eine Weile, ob sie wohl aus den Kartoffeln Schnaps brennen wollte, sobald sie mit ihnen daheim war. Ich hatte nur unklare Vorstellungen davon, wie so ein Prozess überhaupt vonstatten ging, aber mit ein wenig gutem Willen konnte sie vielleicht für den Abend ein Glas gewinnen. Schon damals dachte ich, dass es doch ein sonderbares Zusammentreffen war, dass sie so kurz nacheinander auftauchten, Gladys Lundin und der nächste Besucher, aber wie ich es auch drehte und wendete, ich konnte mir keinen rechten Reim darauf machen.

Jedenfalls hatte ich noch keine zwanzig Minuten wieder in meinem Liegestuhl verbracht, nachdem ich Gladys abgefertigt hatte, da hörte ich schon wieder ein Husten hinter mir. Aber deutlich kräftiger und ganz offensichtlich unglückverheißend.

Ich kam auf die Füße, und dann stand ich Auge in Auge mit Bertil Albertsson. Kanonen-Berra. Mit dem Mann, der so harte Handbälle schoss, dass die Torwarte daran starben. Mit dem Mann, der seine gestreifte Jacke mit einem nonchalanten Zeigefinger Atle Eriksson gereicht hatte, bevor er im Lackapark den Zweikampf mit dem rotwangigen Mulle begonnen hatte.

Mit dem Mann, dessen Verlobte Ewa Kaludis hieß.

Oberst Darkin fiel mir ins Gras, aber ich schaffte es nicht, ihn wieder aufzuheben. Ich versuchte zu schlucken, es gelang mich nicht recht, und ich überlegte kurz, ob Edmund mich vielleicht mit seiner Mandelentzündung angesteckt haben könnte. Berra stand breitbeinig drei Meter von mir entfernt, ungefähr in der gleichen Pose wie im Lackapark. Er trug ein kurzärmliges weißes Hemd, und seine braun gebrannten, behaarten Arme strotzten vor Muskeln und Sehnen. Sein grob gezeichnetes Gesicht war unergründlich. Er hatte eine Augenbraue um ein paar Zentimeter hochgezogen und sah mich an, als wäre ich etwas, das man im Rinnstein zertritt.

»Hallo«, sagte ich.

Er antwortete nicht. Die eine Augenbraue blieb weiterhin unter dem Haaransatz hängen, aber seine Kiefer bewegten sich leicht. Irgendwie mahlend. Ich wusste nicht, was ich hätte sagen sollen, deshalb versuchte ich, genauso zurückzustarren. Aber irgendwie wollte es nicht gelingen.

»Wo ist dein Bruder?«, fragte er schließlich. Ohne dabei die Lippen zu bewegen.

»Wer?«, fragte ich zurück.

Ich weiß nicht, warum ich so eine absolut bescheuerte Frage stellte, aber ich glaube, ich versuchte einfach Zeit zu gewinnen. Zeit, um es zu schaffen, in Ohnmacht zu fallen, oder Zeit für irgendeinen wohlgesonnenen Gott oder eine Göttin, die mir beistehen könnte. Die nach Genezareth kommen und mich für alle Zeiten auf eine unbewohnte Insel in der Südsee entführen würde.

Aber es kam kein Gott, und ich fiel auch nicht in Ohnmacht.

»Dein Bruder«, wiederholte Berra Albertsson. »Henry. Ich habe ihm so einiges zu erzählen.«

»Ach so«, sagte ich.

»Hast du viele Brüder?«, fragte Berra.

»Nur einen«, erklärte ich.

»Na, und wo ist er nun?«

»Er ist nicht hier«, gab ich Auskunft.

»Und wann kommt er zurück?«

»Ich weiß nicht. Erst spät.«

»Spät?«

»Erst nachts. Um zwölf. Oder noch später. Er hat einen Zettel dagelassen.«

»Heute Nacht?«

»Ja.«

»Hm.« Er senkte die Augenbraue. Hustete zweimal und spuckte aufs Gras. Die Rotze landete zwanzig Zentimeter vor meinem linken Fuß. Einen halben vor Oberst Darkin.

»Dann grüß ihn von mir«, sagte er. »Und sag ihm, dass ich um ein Uhr nachts wiederkomme. Ich hab so einiges mit ihm zu bereden.«

»Vielleicht ist er dann noch gar nicht da«, versuchte ich es, »vielleicht kommt er ja noch später.«

»Dann werde ich auf ihn warten.«

Damit ging er. Ich blieb stehen und schaute ihm nach. Als er hinter dem Fliedergestrüpp verschwunden war, senkte ich meinen Blick und starrte auf den Rotzfleck, der wie gemeißelt im Gras lag und glitzerte.

Der wird nie verschwinden, dachte ich. Diese widerliche Rotze wird noch in hundert Jahren auf dem Rasen von Genezareth liegen. Es kommt, wie es kommt.

»Mit wem hast du denn geredet?«

Edmunds Kopf schob sich durchs Fenster. »Ich habe geschlafen, und da habe ich Stimmen gehört. Wer war denn da?«

* * *

Als ich Edmund von meinem Gespräch mit Berra Albertsson erzählte, wurde er bleich wie eine Leiche.

Er nahm zehnmal seine Brille ab und setzte sie gleich wieder auf, und er presste die Zähne aufeinander, dass sie knirschten, aber vor allem sah er schrecklich verängstigt aus. Entschlossen und konzentriert trotz des Fiebers, aber auch irgendwie verzweifelt. Mir kam der Gedanke, dass er wahrscheinlich immer so ausgesehen hatte, wenn er darauf gewartet hatte, dass sein richtiger Vater kommen und ihn mit dem Gürtel verprügeln würde. Er sagte fast nichts, während ich wiedergab, was Berra gesagt und was ich gesagt hatte. Ballte ab und zu die Hand zu einer Faust, öffnete sie wieder und versuchte zu schlucken, aber das war auch alles. Irgendwelche Ideen oder Vorschläge für Projekte, die wir anpacken konnten, hatte er nicht.

Nicht die Bohne.

»Gewitter«, erklärte er schließlich. »Hab ich doch gesagt. Wir haben die ganze Zeit aufs Gewitter gewartet, und jetzt ist es da.«

»Verdammte Scheiße«, sagte ich, denn ich wusste nicht, was ich sonst hätte sagen sollen, und fühlte das Bedürfnis, mich mit ein paar kräftigen Flüchen selbst aufzumuntern. »Verfluchter Kackmist.«

»Genau«, sagte Edmund.

171

Der Regen setzte gegen acht Uhr ein, und ich leistete Edmund Gesellschaft und kroch schon kurz nach neun ebenfalls ins Bett. Es wurde ein richtiges, kräftiges Gewitter mit Blitzen und Donner, das beunruhigend nahe erschien, und es wollte überhaupt nicht mehr aufhören.

»Es gibt Gewitter, die laufen irgendwie immer im Kreis herum«, kommentierte Edmund. »Ich habe mal eins erlebt, in der Gegend von Ånge, da hat es über zwölf Stunden lang ununterbrochen gedonnert und geblitzt. Da kann man es wirklich mit der Angst kriegen.«

»Was macht die Entzündung?«, fragte ich, da ich keine Lust hatte, noch mehr von Gewittern zu hören. Es war so schon schlimm genug, wie ich fand.

»Etwas besser, glaube ich«, stellte Edmund nach einigem Probeschlucken fest. »Morgen bin ich sicher wiederhergestellt.« Zehn Minuten später schlief er wie ein Stein. Ich löschte das Licht und lag eine Weile da, lauschte dem Regen, der auf das Dach fiel, und dem Grummeln. Die Blitze leuchteten durchgehend fünfzehn bis dreißig Sekunden vor dem Donner auf, also stimmte es wohl, was Edmund gesagt hatte.

Dass es uns sozusagen umkreiste. Das Gewitter.

Und dass man sich dabei ziemlich klein fühlte.

Danach muss ich eingeschlafen sein, denn kurz nach zwölf Uhr wachte ich auf. Der Regen hatte aufgehört, aber es wehte ein kräftiger Wind. Ich hörte, wie Henry unten das Tonbandgerät anstellte, und ich glaube, er sprach mit jemandem.

Edmunds Bett war leer.

II

14

Es war Lasse Schiefmaul, der die Leiche fand, und es war Lasse Schiefmaul, der es zwei Tage hintereinander auf die erste Seite des Kurren brachte. Seine Eltern hatten eine kleine Hütte in Sjölycke, und dort verbrachte auch Schiefmaul größere Teile des Sommers. Es war allgemein bekannt, dass er davon träumte, ein Radrennfahrer zu werden. So einer wie Harry Snell. Oder wie Ove Adamsson. Auf Grund seines Aussehens konnte er ja schlecht Filmschauspieler oder Trompeter werden, aber es gab natürlich nichts, was ihn daran hinderte, ein Mordskerl auf dem Rennrad zu werden.

Er gehörte schon seit mehreren Saisons zur Juniormannschaft der Stadt, und es war sicher geplant, dass er in ein oder zwei Jahren zur richtigen Mannschaft dazustoßen sollte. Ein viel versprechendes Nachwuchstalent, wie man im Sport so sagte. Schiefmaul hatte die besten Voraussetzungen, darin waren sich alle, die etwas vom Radrennsport verstanden, einig, und irgendwie kam es dabei ja nicht auf sein Gesicht an.

Ehrgeizig, wie er war, versuchte Schiefmaul, die Sommertage möglichst intensiv für sein Training zu nutzen. Jeden Morgen holte er sein Rennrad noch vor acht Uhr aus dem Schuppen in Sjölycke hervor, um sich dann an sein Pensum von fünfzig, sechzig Kilometern zu machen. Oder sogar achtzig, hundert, wenn er gut in Form war, und das heute war so ein Tag. Es gehörte eigentlich nicht zu seinen Gewohnheiten, die holprigen Kieswege durch den Wald zu nehmen. Das Risiko, ins Schleudern zu kommen oder sich einen Platten einzuhandeln, war zu groß.

Aber an diesem Morgen tat er es doch. Wahrscheinlich nur mal so zur Abwechslung, auch wenn es zu dieser Zeit noch den einen oder anderen Wettkampf auf Kies gab. Anfang der Sechziger.

Er nahm den Weg gen Osten durch den Wald, also zur Levihütte hin, und es wurde schließlich eine ungewöhnlich kurze Tour.

Kurz – und verdammt schockierend, wie er es später dem Kurren-Reporter gegenüber ausdrückte. Nach nur wenigen Kilometern Strampeln kommt er also auf dem kurvigen Weg an dem Parkplatz vorbei, den wir uns mit den Lundins teilen. In voller Fahrt. Tief über den Lenker gebeugt. Er registriert, dass zwei Fahrzeuge da stehen. Ein schwarzer VW und ein roter Volvo PV 1800.

Und letzeres Auto lässt ihn so auf die Bremse steigen, dass er fast mit den Ohren im Schotter landet.

Oder vielmehr das, was neben dem Wagen liegt.

Die linke Vordertür steht offen, und direkt daneben auf dem Boden liegt ein Mensch auf dem Bauch. Es ist ein Mann mit dünnen, schwarzen Schuhen, einer hellen

176

Terylenhose und einem weißen, kurzärmligen Hemd. Dieser Anblick bietet sich Schiefmaul, nachdem er das Fahrrad gedreht hat und die kleine Steigung hinaufgefahren ist. Auf dem Fahrersitz sieht er eine gestreifte Jacke. Der Mann liegt zwar auf dem Bauch, aber irgendwie verdreht und mit ausgestreckten Armen. Gerade Letzteres, das betont Schiefmaul gegenüber den Reportern und Fotografen mehrere Male, machte ihm klar, was da passiert war.

Es war ihm klar, dass da etwas nicht stimmte. Ein lebendiger Mann liegt nicht so da. Das sieht man sofort, jedenfalls wenn man Augen im Kopf hat, und die hat Schiefmaul zu dieser frühen Morgenstunde. Die Uhr zeigt erst kurz nach sechs, und er schiebt sein Rennrad unter größtmöglicher Vorsicht und mit äußerster Sorgfalt zu dem Unerhörten.

Sieht, was er doch schon weiß.

Sieht, dass im Kopf des Kerls, der da liegt, ein großes Loch klafft, und dass es voll Blut ist, die Haare auch, das Hemd und der Boden um ihn herum.

Er kann nicht erkennen, wer es ist, denn er traut sich natürlich nicht, den Körper zu berühren und ihn umzudrehen. Das soll man schließlich auch nicht tun. Es ist Sache der Polizei, tote Körper umzudrehen, nicht die Sache von Lasse Schiefmaul.

Nein, es ist nicht Schiefmaul, der den Mann auf dem Parkplatz identifiziert, sondern wir sind es. Henry und Edmund und ich, denn wir sind es, zu denen Schiefmaul laut schreiend gerannt kommt.

Und wir sind es, die mit ihm zum Parkplatz zurück-

177

rennen, und wir sind es, die sich im Halbkreis um Bertil
»Berra« Albertsson herumstellen und kein Wort heraus-
bringen.

Keiner von uns. Wir wissen alle drei, dass es Kanonen-Berra ist, der da liegt, aber keiner von uns gibt dazu
auch nur den geringsten Kommentar ab. Nicht einen
Ton.

Lasse Schiefmaul auch nicht. Eine halbe Minute lang
stehen vier Menschen dort und starren einen fünften an,
der nicht mehr ein Mensch ist, und das ist die längste
halbe Minute unseres Lebens.

Danach gucken wir auf die Uhr und sehen, dass es
fünf vor halb sieben ist. Es ist der Morgen des 10. Juli,
und das SCHRECKLICHE ist Tatsache.

*　*　*

Als Lasse Schiefmaul uns verließ, um von den Lundins
aus die Polizei anzurufen, gab es etwas, das ich regeln
musste, obwohl mein Kopf sich wie ein verlorenes Ei an-
fühlte. Es gelang mir, Augenkontakt mit Henry, meinem
Bruder, aufzunehmen, und ich formulierte mit den Lippen das Wort »Ewa?« und warf einen schnellen Blick
nach Genezareth. Ich weiß nicht, warum ich das Gefühl
hatte, dass Ewa da rausgehalten werden sollte, aber ich
hatte es nun einmal. Es war, als sollte es irgendwie eine
Sache nur zwischen meinem Bruder und mir bleiben.
Das, was jetzt geschehen war.

Ich glaube, Henry begriff meine unausgesprochene
Frage, aber er antwortete nicht. Schüttelte nur leicht
den Kopf und zündete sich eine Lucky Strike an.

Ich seufzte und legte Edmund einen Arm um die Schulter. Er stand zitternd in der Morgenkühle, aber anscheinend war es so gekommen, wie er es vorhergesehen hatte.

Die Mandelentzündung war seit der letzten Nacht vorüber.

15

Der erste Polizeiwagen kam bereits, als wir noch auf dem Parkplatz standen. Schiefmaul leistete uns inzwischen wieder Gesellschaft – sowie Gladys Lundin und ein ungefähr dreißig Jahre jüngeres Frauenzimmer, das eine Kopie von ihr zu sein schien. Etwas kleiner und etwas blasser, sie hatte auch noch keine Krücken, aber sie paffte tapfer eine nach der anderen, und ihre Brüste waren auf dem besten Weg, bis unter den Nabel zu reichen.

»So was kann passieren«, war Gladys' erster Kommentar, »nur ein Glück, dass unsere Kerle nicht zu Hause sind, sonst würden die Bullen bestimmt gleich angerannt kommen und sie einbuchten.«

Ansonsten wollte zu diesem Zeitpunkt niemand sonst einen Kommentar abgeben. Kanonen-Berra lag da, wo er schon die ganze Zeit gelegen hatte, auf dem Kies, aber niemand schien sonderlich Lust zu haben, ihn sich genauer anzuschauen. Es schien, als stünden wir in einem armseligen, beschützenden Halbkreis um ihn herum, mit dem Rücken zu dem SCHRECKLICHEN, und als der schwarzweiße Amazon mit drei uniformierten Polizisten und einem in Zivil auftauchte, durften wir unsere Namen angeben und dann nach Hause trotten, um abzuwarten.

»Verdammte Scheiße«, sagte Edmund, als wir wieder in unserem Zimmer waren. »Mehr sage ich nicht. Nur: verdammte Scheiße.«

Ich spürte, wie mir jetzt richtig übel wurde, überlegte eine Weile, ob ich in den Wald gehen und mir den Finger in den Hals stecken sollte, aber mit der Zeit zogen sich die Übelkeitsanfälle wieder zurück. Ich machte die Augen zu und hoffte, es würde mir gelingen, ein oder zwei Stunden zu schlafen, aber das war natürlich nicht drin. Unten aus dem Erdgeschoss hörte ich, wie Henry irgendwas auf der Facit schrieb, ich fand es etwas sonderbar, dass er ausgerechnet jetzt anfing zu schreiben, und ganz richtig brach das Hacken auch schon nach wenigen Minuten ab.

»Du, Erik«, sagte Edmund.

»Ja?«, fragte ich.

»Lass uns lieber gar nicht drüber reden. Irgendwie schaffe ich das nicht.«

»All right«, stimmte ich zu. »Vielleicht sollten wir sowieso erstmal drüber schlafen.«

»Er ist tot«, sagte Edmund dann aber doch. »Geht das in deinen Kopf rein, dass der Scheißkerl tot ist?«

»Ja«, sagte ich. »Berra Albertsson ist tot.«

* * *

Der von der Kripo kam gegen neun und hieß Lindström. Er trug einen hellen Anzug mit Fliege, und wenn er nicht streng nach hinten gekämmte schwarze Haare gehabt hätte, hätte er an Ture Sventon erinnert, den berühmten Detektiv.

Er grüßte uns alle drei der Reihe nach, gab uns die Hand und nannte seinen Namen, Kriminalkommissar Verner Lindström, dreimal. Er roch leicht nach Rasierwasser, und er sprach äußerst langsam und bedächtig – als würde er sich deutlich Mühe geben, alle unnötigen und unbedeutenden Worte zu streichen, bevor er sagte, was er eigentlich wollte. Ich fand, das gab einem Vertrauen und das Gefühl, dass er nicht mit uns spielte.

Er fing natürlich mit Henry an. Die beiden verbarrikadierten sich in der Küche, und während Edmund und ich ums Haus strichen, konnten wir sehen, wie sie sich drinnen am Tisch mit der karierten Wachsdecke gegenübersaßen, fast wie zwei Schachspieler.

Da wir nicht so recht wussten, was wir machen sollten, gingen wir zum Parkplatz, um mal nachzugucken.

Inzwischen waren noch vier Wagen auf dem Platz erschienen, man hatte mit Bändern und schwarzgelben Schildern abgesperrt, auf denen stand, dass hier eine Tatortuntersuchung vor sich ging und dass der Zugang für Unbefugte verboten war. Edmund erklärte einem hochnäsigen Polizisten, dass wir es gewesen waren, die die Leiche gefunden hatten – jedenfalls fast, wenn man Lasse Schiefmaul außer Acht ließ –, aber das nützte nichts. Wir hatten dort nichts zu suchen. Zumindest konnte ich sehen, dass Berra Albertssons Leichnam abtransportiert worden war und dass man dort, wo er gelegen hatte, seine Umrisse mit weißer Kreide aufgemalt hatte.

Ich sah auch mehrere Typen in grünen Overalls in und um den grünen Volvo kriechen. Sie trugen dünne Fingerhandschuhe, hatten Pinsel und Vergrößerungsgläser dabei. Gerade das erschien mir so unwirklich, dass ich gezwungen war, mir in den Arm zu kneifen, um mir selbst zu beweisen, dass ich nicht alles nur träumte. Edmund bemerkte, was ich da tat, und schüttelte nur finster den Kopf. »Das nützt nichts«, stellte er fest. »Stell dich darauf ein, dass du wach bist.«

Es gab noch ein paar andere Leute, die um die Absperrung herumschlichen, aber nicht sehr viele. Ich sah Schiefmaul und seinen Vater, das alte Paar Levi und einige aus dem Sjölyckegebiet. Sowie ein paar Journalisten und einen Fotografen.

Aber, wie gesagt, nicht besonders viele. Ich dachte, dass die Welt noch gar nicht wusste, dass die Handballlegende Berra Albertsson tot war. Noch konnte man sich fast einbilden, dass gar nichts passiert war.

Aber nicht mehr lange. Und dann fiel mir ein, dass Henrys Killer sich ja innerhalb der Absperrung und der Schilder der Polizei befand, und aus irgendeinem Grund begann ich so zu frieren, dass ich zitterte. Doch, ja, zweifellos war ich wach, war es immer gewesen.

Als wir wieder nach Genezareth zurückkamen, war das Verhör mit Henry beendet. Jetzt waren Edmund und ich an der Reihe, uns dem Kommissar Lindström gegenüber an den Küchentisch zu setzen. Bevor wir hineingingen, fiel mir ein, dass Berra und ich vor weniger als vierundzwanzig Stunden draußen auf dem Gras gestanden und geredet hatten.

183

»Ich will nur schnell was nachgucken«, sagte ich zu Edmund und ließ ihn kurz allein.

Es war, wie ich es mir gedacht hatte: Es gab keine Spur mehr von Berras Spucke.

* * *

»Wie ihr ja wisst, ist ein großes Unglück geschehen«, begann der Kommissar. »Und es ist wichtig, dass alle so genaue Angaben wie möglich machen, damit wir der Sache hier auf den Grund kommen. Also keine Vermutungen. Keine Lügen. Ist das klar?«

Edmund und ich nickten.

»Dann bitte eure Namen.«

Wir nannten sie.

»Und ihr wohnt den Sommer über hier?«

»Ja«, sagte ich.

»Zusammen mit Henry Wassman, deinem Bruder?«

»Ja.«

»Wann seid ihr gestern Abend ins Bett gegangen?«

Edmund erklärte, dass er schon gegen halb neun ins Bett gegangen sei, da er eine Mandelentzündung gehabt hätte. Ich sagte, dass ich so ungefähr eine halbe Stunde später im Bett war.

Kommissar Lindström hatte kein Aufnahmegerät, aber er schrieb alles, was wir sagten, auf. Sehr gewissenhaft mit einem blauen Kugelschreiber, auf einen Block, der direkt vor ihm auf dem Tisch lag. Er hatte irgendwie den einen Arm in einem beschützenden Bogen um den Block gelegt, sodass es unmöglich war, etwas vom Text zu lesen. Es war zu sehen, dass er nicht das erste Mal je-

184

manden verhörte, und mein Respekt ihm gegenüber nahm zu.

»Und wann seid ihr ungefähr eingeschlafen?«

»Sofort«, erklärte Edmund

Ich zögerte etwas. »Ich denke, so gegen zehn.«

»Ist einer von euch in der Nacht aufgewacht?«

Edmund runzelte kurz die Stirn, und ich ließ ihn zuerst antworten. »Ich war einmal draußen zum Pinkeln.«

»Wann?«

»Keine Ahnung«, sagte Edmund. »Nicht den leisesten Schimmer.«

»Und dir ist dabei nichts Besonderes aufgefallen?«

»Nein«, sagte Edmund. »Nichts.«

»Hat es geregnet?«

Edmund dachte nach. »Nein«, antwortete er dann. »Geregnet hat es nicht.«

Kommissar Lindström machte sich Notizen.

»Und du?«, sagte er dann und wandte sich mir zu. »Warst du irgendwann einmal wach?«

»Nein«, sagte ich. »Ich glaube nicht.«

»Überhaupt nicht?«

»Nein.«

»War dein Bruder gestern Abend zu Hause?«

»Nein.«

»Wann ist er nach Hause gekommen?«

»Ich weiß nicht. Jedenfalls nicht, solange ich wach war.«

Er wandte sich wieder Edmund zu.

»Hast du bemerkt, ob Henry zu Hause war, als du draußen warst und Wasser gelassen hast?«

185

»Keine Ahnung«, sagte Edmund.

»Du hast nicht gesehen, ob Licht an war?«

»Ich glaube, es war aus. Aber warum fragen Sie nicht Henry selbst, wann er nach Hause gekommen ist?«

Lindström reagierte nicht auf Edmunds Frage. Stattdessen fixierte er mich.

»Gibt es sonst noch etwas, das wir wissen sollten?«

»Nein.«

Er schrieb ein paar Worte auf den Block.

»Erzählt mir, was heute Morgen passiert ist«, sagte er.

Edmund und ich berichteten abwechselnd, wie wir von Lasse Schiefmauls Schrei, der unten von der Wiese heraufkam, aufgewacht waren. Wie wir zusammen mit ihm und Henry zum Parkplatz gelaufen waren und gesehen hatten, was passiert war. Wie wir dort gewartet hatten, während Schiefmaul von den Lundins aus die Polizei angerufen hatte.

»Wisst ihr, wer da auf dem Parkplatz lag?«, fragte Lindström.

Edmund und ich sahen einander an.

»Ja«, sagte ich. »Das war Berra Albertsson.«

Lindström nickte. »Und wusstet ihr das gleich? Als ihr ihn gesehen habt?«

»Ja.«

»Wieso habt ihr ihn gleich erkannt?«

»Wir haben ihn schon vorher mal gesehen«, erklärte Edmund.

»Wo?«, fragte Lindström.

»Überall mal«, meinte Edmund. »Zum Beispiel im Lackapark.«

186

»Und er war ja auch in der Zeitung«, fügte ich hinzu.
»Im Kurren.«

Lindström rückte seine Fliege gerade und machte sich
Notizen. Er lehnte sich zurück und dachte ein paar Sekunden nach.

»Er war nicht hier und hat euch besucht?«

»Berra Albertsson?«, fragte Edmund. »Nein, der war
nicht hier.«

»Nie«, bestätigte ich. »Jedenfalls nicht, als ich hier
war.«

»Weißt du, ob dein Bruder ihn kannte?«

»Nein«, sagte ich. »Aber das tat er bestimmt nicht.«

»Habt ihr ihn hier in der Gegend schon mal gesehen?
Im Sjölycke-Gebiet oder überhaupt in der Nähe vom
Möckeln?«

Wir überlegten eine Weile.

»Nein«, sagte Edmund.

»Nein«, sagte ich.

Lindström holte aus seiner Innentasche ein Röhrchen
Bronzol heraus und schüttelte zwei Pastillen heraus. Er
wog sie ein paar Sekunden lang in der Hand, bevor er sie
mit einer genau abgemessenen Bewegung in den Mund
warf. »Seid ihr euch dessen ganz sicher? Dass ihr Bertil
Albertsson hier in der Gegend nie gesehen habt?«

»Absolut sicher«, sagte Edmund.

»Nur im Lackapark«, bestätigte ich.

»Und ihr habt letzte Nacht nichts Ungewöhnliches gehört?«

Wir schüttelten die Köpfe. Kommissar Lindström
kaute nachdenklich seine Bronzolpastillen.

»Dann stimmt das wohl«, sagte er, und damit war das Verhör beendet.

* * *

Unsere Väter hatten den Zwölf-Uhr-Bus genommen und waren von Åsbro aus mit Laxmans gelbem Taxi gefahren.

»Ihr könnt nicht hier bleiben«, sagte mein Vater.

»Unter keinen Umständen«, sagte Edmunds Vater.

»Immer mit der Ruhe«, sagte Henry.

Edmunds Vater holte ein Taschentuch heraus, das so groß war wie ein Zelt, und wischte sich damit das Gesicht und den Nacken ab.

»Ruhe?«, schnaubte er. »Wie in Dreiteufelsnamen sollen wir das bitte schön mit der Ruhe nehmen? Schließlich ist nur hundert Meter von hier ein Mord geschehen. Bist du verrückt geworden?«

Er starrte Henry mit aufgerissenen Augen an.

»Ist er verrückt geworden?«, wandte er sich an meinen Vater, als Henry keine Antwort gab.

»Ihr kommt mit zurück in die Stadt«, erklärte mein Vater. »Anders geht es nicht. Es ist unglaublich, so etwas ist hier noch nie vorgekommen.«

Henry zündete sich eine Lucky Strike an und stand vom Küchentisch auf.

»Macht mit den Jungs, was ihr für richtig haltet«, erklärte er. »Ich bleibe jedenfalls hier.«

»Ihr wollt doch nach Hause, Jungs?«, fragte Edmunds Papa nun in einem etwas sanfteren Ton. »Ihr wollt doch sicher so schnell wie möglich in die Stadt zurück?«

188

Ich sah Edmund an. Edmund sah mich an.

»Nie im Leben«, sagte Edmund.

»Unglaublich«, wiederholte mein Vater. »Mir fehlen die Worte.«

»Da läuft ein Mörder frei herum«, sagte Herr Wester.

* * *

Sie blieben den ganzen Tag und sogar über Nacht, und am nächsten Tag fuhren Edmund und ich mit ihnen in die Stadt zurück. Aber nur gegen das Versprechen, am darauf folgenden Tag wieder zurück nach Genezareth zu dürfen, sollten bis dahin keine neuen Gewalttaten im Gebiet um den Möckelnsee entdeckt worden sein. Edmund fuhr zu sich nach Hause, und ich fuhr mit meinem Vater ins Krankenhaus und saß eine Stunde lang bei meiner Mutter am Bett. Ihre Haare waren gewaschen worden, und sie hatte eine neue Dauerwelle, aber ansonsten sah sie ungefähr so aus wie vorher. Vielleicht noch ein bisschen blasser. Wir redeten die ganze Zeit über den Mord an Berra Albertsson, die Zeitungen hatten seitenlang darüber berichtet – oder, genauer gesagt, mein Vater und meine Mutter redeten darüber, während ich stumm dabeisaß, nickte und so tat, als wäre ich in allem ihrer Meinung. Das Ergebnis der letzten medizinischen Tests war immer noch nicht klar, eigentlich gab es also nicht viel, worüber man sich sonst hätte unterhalten können. Es war, wie es war.

Als wir das Krankenhaus verlassen wollten, nahm meine Mutter meine Hand und hielt sie eine Weile fest. Sie sah mich mit einer Art tiefem Ernst im Blick an, und ich erwartete, dass sie jetzt wieder so ein merkwürdiges Sprichwort von sich geben würde.

Aber das tat sie nicht. »Pass auf dich auf, mein Junge«, sagte sie nur. »Pass auf dich auf und pass auch auf Edmund auf.«

Wir fuhren mit dem Achterbus heim. Dann schlief ich eine Nacht in der Idrottsgatan, und am nächsten Tag, einem Samstag, kam Henry und holte Edmund und mich ab, und gemeinsam fuhren wir zurück nach Genezareth.

16

Obwohl wir doch dem Zentrum der Geschehnisse so nahe waren, erfuhren wir erst aus dem Kurren und der Ländstidning über die Fortschritte der Polizei hinsichtlich der Aufklärung des Mordes. Polizeidirektor Elmestrand erklärte bereits am ersten Tag, dass man davon ausging, den Täter bereits in nächster Zukunft zu fassen, und dass man nicht beabsichtige, die Reichspolizei einzuschalten. Er hätte volles Vertrauen in Kommissar Lindström und seine Männer, so behauptete er, erhoffe sich aber dennoch Hinweise von Kommissar Zufall und der Allgemeinheit. Es war natürlich wichtig, dass alle mithalfen, das blutige Drama, das unseren Ort und die gesamte schwedische Sportwelt erschüttert hatte, aufzuklären.

Der schwedische Handball hatte einen Schuss ins Zwerchfell bekommen, wie ein Schreiber namens Bejman es in der Ländstidning ausdrückte.

Auf die Frage, wen die Polizei denn als Täter verdächtigte, hatte man auch am Samstag noch keine Antwort. Man verfolge verschiedene Spuren, hieß es, aber es sei noch zu früh, um den Verdacht in eine bestimmte Richtung zu lenken.

Vielleicht war es die Tat eines Wahnsinnigen. Vielleicht steckte ein ganz anderes Motiv dahinter.

Aus den Informationen, die die Zeitungen auflisteten, ging hervor, dass Bertil »Berra« Albertsson seinen Mörder irgendwann zwischen Mitternacht und zwei Uhr früh, in der Nacht von Mittwoch auf Donnerstag, getroffen hatte. Wahrscheinlich hatte der Betreffende genau in dem Moment zugeschlagen, als Albertsson auf dem kleinen Parkplatz aus seinem Auto steigen wollte – wo er auch aufgefunden wurde, neben dem schmalen Kiesweg, der zwischen dem Ferienhausgebiet Sjölycke und dem Badegebiet Fläskhällen am See Möckeln durch den Wald verlief. Was Albertsson an so einem Ort zu dieser Nachtzeit wollte, lag im Dunkeln. Auch Befragungen und Verhöre von Leuten, die den Ermordeten kannten, wie zum Beispiel seiner Verlobten Ewa Kaludis, hatten kein Licht in diese Frage bringen können.

Der Mord selbst war mit einem so genannten stumpfen Gegenstand verübt worden, wahrscheinlich mit einem kräftigen Hammer oder einem kleineren Vorschlaghammer. Ein einziger Schlag hatte genügt. Er hatte Albertssons Kopf von oben und aus nächster Nähe getroffen, war durch den Scheitelknochen gedrungen und noch ein gutes Stück ins Gehirn eingedrungen. Der Tod musste unmittelbar eingetreten sein.

»Mitten in die Fresse«, sagte Edmund und legte den Kurren hin. »Wollen wir schwimmen gehen?«

Gleich von Anfang an hatten wir eine Art Überein-

192

kunft geschlossen, Edmund und ich. Eine stillschweigende Übereinkunft, die besagte, dass wir nicht über den Mord sprachen. Nicht mehr jedenfalls, als unbedingt notwendig war. Natürlich dachten wir beide darüber nach, schließlich war es ein Geschehen, das alles andere überschattete. Das SCHRECKLICHE schlich sich in jeden Winkel und jede Ecke unserer Gedanken, die ganze Zeit. Auch noch darüber zu sprechen, das wäre ganz einfach zu viel gewesen.

Viel zu viel. Das war uns klar gewesen, ohne dass wir darüber ein Wort hatten verlieren müssen. Es gab eigentlich eine ganze Menge, was uns in dieser Art und Weise klar war, Edmund und mir. Stillschweigende Übereinkünfte ohne Worte. Wenn ich daran dachte, erschien es mir gleichzeitig ganz natürlich und auch ein wenig merkwürdig. Wir hatten ja erst seit ein paar Monaten Kontakt miteinander, und dennoch war es, als würden wir uns schon seit ewigen Zeiten kennen. Fast, als wären wir Zwillinge. Ich weiß, dass ich das einmal dachte.

Doch was Ewa Kaludis betraf, so lief es ganz anders. Sie mussten wir ab und zu auf die Tagesordnung setzen, das fühlten wir beide ganz deutlich.

»Ich möchte wissen«, sagte Edmund. »Ich möchte wissen, wie sie der Polizei ihr Veilchen erklärt hat.«

»Ihr ging's bestimmt schon mal besser«, überlegte ich.

»Vielleicht fühlt sie sich ja einsam«, meinte Edmund. »Ohne Henry und so. Denn du glaubst doch auch nicht, dass sie sich jetzt sehen?«

»Ich glaube in dieser Beziehung gar nichts«, erwiderte ich.

193

Aber der Gedanke, sie aufzusuchen, war bereits in meinem Hinterkopf aufgetaucht. In Edmunds offensichtlich auch.

* * *

Am Sonntag kam Kommissar Lindström wieder. Er blieb höchstens eine Stunde, aber er sprach mit uns allen dreien.

Mit einem nach dem anderen, und diesmal nahm er sich Edmund und mich einzeln vor.

»Es geht um ein paar Details«, erklärte er mir, als ich an der Reihe war.

»Details?«, fragte ich.

»Details«, wiederholte Lindström. »Vielleicht sind sie nur von untergeordneter Bedeutung, aber es ist immer so, dass man über die Details zum Ganzen kommt.«

»Die Sonne bringt es an den Tag«, sagte ich.

Er runzelte einen Moment lang die Stirn. Dann schlug er ein Blatt seines Notizblocks um und knipste ein paar Mal mit seinem Kugelschreiber.

»Habt ihr hier viel Werkzeug?«

»Werkzeug?«

»Säge, Axt, Hammer und so.«

»Nun ja«, sagte ich. »Ein bisschen. Aber nicht besonders viel.«

»Wir sind vor allem an einem größeren Hammer oder einem kleineren Vorschlaghammer interessiert.«

»Ach so.«

»Weißt du, ob es so etwas hier gibt?«

Ich dachte nach. »Es gibt einen Hammer in der Werkzeugschublade«, sagte ich. »Aber der ist nicht besonders groß.«

»Ist es der hier?«

Er hob einen Hammer hoch, den er unter dem Tisch verborgen gehabt hatte. Ich guckte ihn mir schnell an.

»Ja.«

»Sicher?«

Ich sah ihn mir genauer an. »Ja, das ist er. Wir haben ihn gebraucht, als wir den Steg gebaut haben, ich erkenne ihn wieder.«

»Das ist gut«, meinte Lindström. »Das stimmt mit dem überein, was dein Freund gesagt hat.«

Ich erwiderte nichts darauf.

»Es gibt nicht noch einen etwas größeren?«

»Doch«, sagte ich. »Ich glaube, es gibt einen kleinen Vorschlaghammer oder so, hinten im Schuppen.«

»Wirklich?«, fragte Lindström. »Wollen wir mal rausgehen und nachgucken?«

Ich folgte ihm zu dem baufälligen Schuppen neben dem Plumpsklo. Schob den Türriegel auf und schaute in dem Gerümpel nach.

»Ich weiß nicht genau, wo er ist.«

Eine ganze Weile suchte ich darin herum.

»Kannst du ihn nicht finden?«, wunderte Lindström sich. Er hatte sein Bronzolröhrchen herausgeholt und wippte auf Fersen und Hacken.

»Anscheinend nicht.«

»Das macht nichts. Ich glaube auch nicht, dass er hier ist. Dein Bruder konnte ihn auch nicht finden. Und du hast keine Ahnung, wohin er verschwunden sein mag?«

195

Ich kletterte aus dem Schuppen und bürstete mir den Staub ab.

»Nein«, antwortete ich. »Wirklich nicht.«

»Kannst du dich dran erinnern, wann du ihn zuletzt gesehen hast?«

Ich zuckte mit den Schultern. »Keine Ahnung. Vielleicht vor ein paar Wochen.«

»Den habt ihr nicht gebraucht, als ihr den Steg gebaut habt?«

»Nein.«

Wir gingen zurück zum Küchentisch.

»Das zweite Detail«, sagte Lindström, nachdem er etwas auf seinen Block geschrieben hatte. »Das zweite Detail betrifft ein gewisses Fräulein Ewa Kaludis.«

»Ja?«

»Kennst du sie?«

»Wir hatten sie als Vertretung in der Schule«, erklärte ich. »Im Mai und im Juni. Aber nur in ein paar Fächern, unsere Lehrerin hatte sich das Bein gebrochen.«

Lindström nickte.

»War sie eine gute Lehrerin?«

»Oh ja. Das war sie auf jeden Fall.«

»Weißt du, dass sie mit Bertil Albertsson zusammen war?«

»Ja.«

»Hast du sie im Sommer noch mal gesehen?«

»Nein«, sagte ich. »Doch, ja sicher. Einmal im Lackapark.«

»Im Lackapark?«

»Ja.«

196

»Nur dort?«

»Ja.«

»Und sonst nicht noch irgendwo anders, zufällig?«

»Nein.«

»Bist du dir da ganz sicher?«

Ich dachte nach.

»Jedenfalls nicht, soweit ich mich erinnern kann«, sagte ich.

Lindström saß ein paar Sekunden lang wortlos da, ohne sich Notizen zu machen. Dann stand er auf.

»Ich glaube, ich werde noch mal wiederkommen«, sagte er. »Und wenn du diesen Vorschlaghammer findest, dann ruf mich auf jeden Fall an.«

»Das werde ich tun«, versprach ich.

Wir gaben uns die Hand, und dann ging er fort.

* * *

Einmal, als wir in die vierte Klasse gingen, pinkelte Balthazar Lindblom in die Hose. Das geschah während des Religionsunterrichts bei einem Vertretungslehrer, der Stengård hieß, der aber von allen nur Stenhård genannt wurde, weil er steinhart war. Irgendwie eisern, es hatte gar keinen Zweck, irgendetwas auszuhecken oder sich ihm in irgendwas zu widersetzen.

Der Vorfall ereignete sich, als noch gut zehn Minuten Unterricht anstanden, und da wir alle still in unseren Büchern arbeiteten, konnten wir auch alle hören, wie es unter Balthazars Bank plätscherte. Stenhård auch.

»Was ist los?«, brüllte er. »Was machst du da, du Idiot?«

Balthazar pinkelte fertig, bevor er antwortete. Die Pfütze auf dem Boden schwoll zu einem richtigen kleinen See an, und wir, die ihm am nächsten saßen, bekamen die Erlaubnis, unsere Füße hochzuheben.

»Aber der Herr Lehrer hat es doch gesagt«, erklärte Balthazar.

»Was?«, fragte Stenhård. »Was willst du damit sagen?«

»Der Herr Lehrer hat doch gesagt, dass wir zusehen müssen, unsere Toilettenbesuche auf die Pause zu begrenzen. Dass es gar keinen Sinn hat, während des Unterrichts zu fragen, ob man austreten darf.«

Das war wahrscheinlich das einzige Mal während seiner gesamten Lehrertätigkeit, dass Stenhård eine Stunde zehn Minuten vor dem Klingelzeichen abbrach.

Und Balthazar Lindblom ist der Einzige, von dem ich weiß, dass es ihm gelang, eine Art Held zu werden – wenn auch nur kurzfristig –, indem er sich in die Hose pisste.

Aber später war es nicht das Pinkeln an sich, sondern Stenhårds Kommentar, der sich bei mir im Kopf festsetzte.

Was er sagte, als er uns auf den Schulhof hinausschickte.

»Korrekt. Du hast absolut korrekt gehandelt, mein Junge.«

Stenhård fiel mir ein, als Kriminalkommissar Lindström Genezareth am Sonntagnachmittag verließ. Nicht, weil die beiden sich irgendwie besonders ähnlich gewesen wären, weder im Wesen noch äußerlich, aber sie hatten doch etwas gemeinsam. Etwas Eisernes, dachte ich. Etwas, an dem zu rütteln oder dem sich zu widersetzen, vollkommen sinnlos war.

Ich wusste nicht, ob das gut oder schlecht war.

* * *

Um ganz ehrlich zu sein: Es war wohl das erste Mal in diesem Sommer, dass Britt Laxman überhaupt Notiz von uns nahm. Von Edmund und mir. Also, an dem Montagvormittag, als wir unter der klingelnden Glocke das Geschäft in Åsbro betraten.

Das erste und einzige Mal, genau genommen.

»Ja, hallo«, sagte sie. Zeigte alle ihre sechzehn Vorderzähne und kümmerte sich kein Stück mehr um die grauhaarige Frau, die am Tresen stand und über irgendetwas klagte. »Hallo, Erik und Edmund. Wie geht es euch denn so?«

Sie wusste zumindest unsere Namen. Ich sah Edmund an. Schaute mich dann im Laden um. Es waren ungewöhnlich viele Leute dort versammelt. Und ich begriff, dass Britt Laxman nicht die Einzige war, die wusste, wer wir waren. Mir war auch klar, dass die meisten nicht nur zum Einkaufen gekommen waren. Dieses plötzliche Schweigen und die Mundfaulheit der Leute hingen irgendwie mit Edmunds und meinem Auftauchen zusammen, das war so sonnenklar wie nur irgendwas. Einerseits war das natürlich sehr schmeichelhaft, aber gleichzeitig auch etwas bedrohlich, und ich glaube, dass Edmund das in dem Moment auch so empfand.

Drei Sekunden, länger dauerte es nicht, aber die genügten. Wir sahen einander an und verstanden. Dann räusperte sich der alte Major Casselmiolke und nahm die Diskussion wieder auf, die er mit Moppe Nilsson in der Fleischabteilung geführt hatte.

»Spuren!«, donnerte er mit seiner durchdringenden Militärstimme. »Es muss doch Spuren geben! Anhaltspunkte, verflucht noch mal! Die nur drauf warten, analysiert zu werden! Wir leben im Zeitalter der Wissenschaft, vergiss das nicht!«

»Da bin ich ganz anderer Ansicht«, widersprach Moppe gemächlich, während er mit seinen Wurstfingern zwischen den Würsten herumfummelte. »Ich denke, der Täter kann Gott für den Regen danken.«

»Den Regen?«, wiederholte Casselmiolke. »Gott?«

Als hätte er nie von derartigen Erscheinungen gehört.

»Der Regen kam zwischen vier und fünf Uhr morgens«, erklärte Moppe. »Der hat jegliche Anhaltspunkte weggespült. Stand im Aftonbladet vom Samstag.«

»Aftonbladet?«, sagte Casselmiolke. »Das habe ich nie in die Hände gekriegt. Habt ihr noch ein Exemplar?«

»Tut mir Leid«, rief Britt Laxman quer durchs Geschäft. »Die sind uns vor einer halben Stunde ausgegangen.«

Dann wandte sie sich wieder uns zu, mit einem neuen Lächeln und aufgerissenen Augen. »Was möchtet ihr?«, fragte sie. »Wie geht es euch?«

Wir spulten unsere Liste so schnell wir konnten herunter, aber als wir fertig waren, wollte sie uns immer noch nicht gehen lassen.

»Was meint ihr?«, flüsterte sie – damit es zumindest

nicht alle Ohren im Geschäft mitbekamen. »Wer hat das wohl getan?«

Edmund warf mir einen Blick zu.

»Ein Wahnsinniger«, sagte er schließlich. »Irgendein Verrückter, der aus dem Irrenhaus entflohen ist. Das ist doch wohl klar wie Kloßbrühe, oder?«

* * *

Auf dieser Schiene fuhren wir auch später weiter. Auf der Wahnsinnigenspur. Wenn die Leute uns fragten, was wir meinten – das kam immer mal wieder vor, die Götter sind unsere Zeugen, schließlich hatten wir die Leiche gesehen, wir wohnten ja gleich daneben, bestimmt hatten wir nachts was gehört, und so weiter –, ja, da vertraten wir immer die Ein-Verrückter-Theorie. Ein Wahnsinniger. Ein entflohener Geisteskranker. Dass es ein absolut geisteskranker Mensch gewesen sein musste, der den Mord an Bertil »Berra« Albertsson begangen hatte. Natürlich. Alles andere war doch undenkbar.

Auch hier wussten wir sofort – bereits als wir wieder auf der Treppe vor Laxmans Laden standen und ohne dass wir die Sache hätten diskutieren müssen –, dass das genau die richtige Antwort auf alle Fragen war.

Ein Wahnsinniger.

Wer denn sonst?

17

In den folgenden Nächten träumte ich wieder von Ewa Kaludis. Manchmal hatte sie ein blaues Auge, manchmal nicht. Ich hatte das Gefühl, dass auch Edmund in seinem Bett lag und von ihr träumte, und als ich ihn schließlich direkt danach fragte, gab er es ohne Umschweife zu.

»Na klar«, sagte er. »Sie hat sich irgendwie in mir festgebissen. Britt Laxman erscheint daneben fast etwas abgenutzt.«

»Britt Laxman?«, fragte ich. »Du willst doch damit nicht sagen, dass du normalerweise von ihr träumst?«

»Nun ja«, sagte Edmund. »Nicht direkt träumen, es war eher so eine Art Fantasie.«

Schon bald waren wir in eine Diskussion darüber verwickelt, inwieweit es für zwei Menschen möglich sein kann, den gleichen Traum zu träumen. Ob es tatsächlich sein könnte, dass Edmund und ich in unseren Betten lagen und genau die gleichen Bilder von Ewa Kaludis vor uns sahen. Als säßen wir in einem Kinosaal und glotzten den gleichen Film an.

Ich war der Meinung, dass es eigentlich nichts gab, was direkt dagegen sprach. Dass es sich um eine Art Rationierung in der Traumfabrik handeln konnte und dass es ganz einfach nicht genügend Träume gab, die für alle Menschen jede Nacht gereicht hätten.

Aber Edmund war nicht meiner Meinung.

»So geizig kann es in der Traumwelt nicht zugehen«, behauptete er. »Das ist nur in unserer Scheißwelt so, dass man knausern und geizen muss. Warum sollte man denn nicht einen Traum für sich allein haben?«

Ein eigener Traum für jeden Menschen?

Ich hoffte, Edmund möge Recht haben. Es klang gerecht und demokratisch – wie Brylle immer sagte, wenn wir ihn in Gemeinschaftskunde hatten –, aber wie es um die Albträume bestellt war, darüber diskutierten wir nie.

* * *

Nach dem Mord hielt sich Henry, mein Bruder, etwas häufiger in Genezareth auf als vorher, aber er war kaum gesprächiger. Er schrieb auch nicht viel. Meistens lag er auf seinem Bett und las das, was er bereits geschrieben hatte, glaube ich. Machte ab und zu mit dem Killer kürzere Touren, und ein paar Mal nahm er das Boot und ruderte auch auf den See hinaus. Aber er blieb selten länger als eine Stunde weg. Am Dienstagmorgen erklärte er uns, dass er unbedingt nach Örebro müsste und dass er ziemlich lange wegbleiben würde. Er fuhr kurz nach zwölf los, und Edmund und ich beschlossen, dem Flipperautomaten in Fläskhällen noch einmal eine Chance zu geben. Wir saßen gerade im Boot, als ein Typ hinter der Hausecke auftauchte.

Er sah aus, als wäre er so in den Dreißigern. Aber mit ziemlich schütterem Haar. Er trug ein weißes Perlonhemd und eine Sonnenbrille, und er wedelte mit beiden Armen, damit wir begriffen, dass er mit uns reden wollte.

Wir schauten einander an und kletterten dann wieder an Land.

»Lundberg«, sagte er, als wir bei ihm angekommen waren.

»Rogga Lundberg. Ich suche Henry Wassman.«

Ich sagte ihm meinen Namen und erklärte, dass Henry nicht zu Hause war. Und dass er wohl eine ganze Weile wegbleiben würde.

»Aha«, sagte Rogga Lundberg. »Dann bist du also sein kleiner Bruder, oder?«

Ich mochte ihn nicht. Vom ersten Augenblick an hatte ich das Gefühl, dass etwas faul mit ihm war und dass wir zusehen sollten, ihn so schnell wie möglich wieder loszuwerden. Vielleicht war es die Sonnenbrille, die seinen üblen Charakter offenbarte. Obwohl es ein bedeckter Tag war, machte er keinerlei Anstalten, sie abzunehmen.

Wie auch immer, ich gab zu, Henrys Bruder zu sein.

»Vielleicht könnten wir uns ein wenig zusammensetzen und miteinander reden«, schlug Rogga Lundberg vor. »Ich kenne Henry, und da wäre es doch prima, auch seinen Bruder mal kennen zu lernen. Wie heißt dein Kumpel?«

»Edmund«, sagte Edmund.

Widerwillig setzten wir uns um den Gartentisch. Rogga steckte sich eine Zigarette an.

»Ich habe 'ne Weile mit Henry zusammengearbeitet«, erklärte er dann. »Beim Kurren. Ich bin auch Freelancer.«

Das Wort Freelancer verlor sofort etwas von seinem Glanz.

»Hier ist ja so einiges passiert.« Er zeigte bedeutungsvoll auf den Wald und den Parkplatz. Edmund und ich verzogen keine Miene. »Schließlich kommt es nicht jeden Tag vor, dass hier in unserer Gegend ein Mord passiert. Ja, ich schreibe nämlich darüber, wisst ihr. Des einen Tod, des anderen Brot. Ihr lest doch sicher den Kurren?«

»Wir wissen nichts davon«, sagte ich.

»Wir wohnen nur zufällig in der Nähe«, erklärte Edmund.

»Wirklich?«, sagte Rogga Lundberg und lächelte kurz. »Na, aber ich denke, zumindest Henry weiß so einiges.«

»Was willst du damit sagen?«, fragte ich.

Er antwortete nicht sofort. Zunächst faltete er die Hände im Nacken und lehnte sich auf dem Stuhl zurück, als würde er sich hinter seiner riesigen Sonnenbrille sonnen. Obwohl es doch bedeckt war. Er zog zweimal an seiner Zigarette und ließ sie dann in einem Mundwinkel hängen.

»Was hattet ihr gesagt, wann er zurück sein wollte?«

»Spät«, antwortete ich und erinnerte mich plötzlich an das Gespräch mit Berra Albertsson vor fast einer Wo-

205

che. Es war ähnlich wie dieses jetzt verlaufen, und das erzeugte in mir ein schauerliches Gefühl. Ich spürte, wie sich mir die Nackenhaare sträubten. »Kommt vielleicht erst heute Nacht zurück.«

»Ist er oft nachts unterwegs, dein Bruder?«

Ich antwortete nicht. Edmund nahm seine Brille ab und rieb sich die Nasenwurzel. Ich wusste, dass das ein Zeichen von Nervosität war.

»Nun hört mal zu«, sagte Rogga Lundberg, und jetzt klang er plötzlich reichlich ernst. »Ihr könnt ebenso gut gleich erfahren, was die Polizei denkt. Und Henry sollte es auf jeden Fall wissen. Deshalb wollte ich nämlich mit ihm reden.«

»Ja?«, sagte ich nur.

Er schnipste die Zigarettenkippe über die Schulter nach hinten. »Das ist doch nicht besonders schwierig«, fuhr er fort. »Und zwei so kluge Jungsköpfe wie ihr habt doch bestimmt kein Problem zu kapieren, wie der Laden hier läuft. Zumindest nicht, wenn ihr mal richtig drüber nachdenkt.«

Wir antworteten nicht.

»Berra Albertsson wurde da hinten auf dem Parkplatz gefunden, oder? In der Nacht von Mittwoch auf Donnerstag letzter Woche, ja?«

Ich nickte widerstrebend.

»Jemand hat ihn niedergeschlagen, als er gerade aus seinem Auto steigen wollte. Also muss die Polizei doch daraus schließen, dass er hier parken wollte. Könnt ihr mir erklären, warum er das wollte?«

»Ihr braucht nicht zu antworten«, redete Rogga Lund-

206

berg weiter, obwohl weder Edmund noch ich irgendwelche Anstalten dazu gemacht hatten. »Es liegt auf der Hand. Es gibt nur einen einzigen vernünftigen Grund, da hinten zu parken. Entweder wollte er die Lundins besuchen, oder er wollte euch besuchen … Entweder oder, etwas anderes gibt es nicht. Habt ihr dazu etwas zu sagen?«

»Vielleicht musste er mal pinkeln und hat deshalb angehalten«, sagte Edmund.

»Und dann wollte es der Zufall, dass ein Verrückter da stand«, sagte ich.

Rogga Lundberg kümmerte sich gar nicht um unsere Einwände.

»Die Polizei ist von Anfang an von dieser Theorie ausgegangen, das kann ich euch sagen. Dass Kanonen-Berra die Absicht hatte, hierher zu kommen – oder zu den Lundins da hinten …« Er nickte vage in Richtung der Lundins. »Und dass es jemanden gab, der ihn daran hindern wollte, dorthin zu kommen. Oder hierher. Und der das dann auch tat … Hrrm?«

Das Fragezeichen nach dem Hrrm war sehr deutlich zu hören, dennoch sahen wir uns nicht bemüßigt zu antworten. Ich nicht, und Edmund auch nicht.

»Die Polizei hat sich natürlich zuerst die Lundins angeguckt, schließlich sind sie in derartigen Zusammenhängen nicht ganz unbekannt. Aber leider ist man da nicht weitergekommen. Es spricht nicht besonders viel dafür, dass sie in die Sache verwickelt sein könnten.«

»Wie … wie k … kannst du das denn überhaupt wis-

207

sen?«, fragte Edmund. »Du ... d ... du redest hier 'ne ganze Menge Scheiße, hab ich den Eindruck.«

Es war das erste Mal, dass ich Edmund stottern hörte. Rogga Lundberg kam aus dem Konzept, aber nur für kurze Zeit. Dann schnaubte er verächtlich und zog eine neue Zigarette heraus.

»Darüber will ich ja gerade mit Henry reden«, erklärte er dann. »Nur schade, dass er nicht zu Hause ist. Es wäre wirklich besser für ihn, wenn wir bald mal miteinander reden könnten.«

Krebs-Treblinka-Liebe-Bumsen-Tod, dachte ich seit langer Zeit zum ersten Mal wieder.

»Es wäre gut, wenn ihr ihm das sagen würdet. Erzählt ihm, dass ich hier war und auch, was ich gesagt habe. Außerdem könnt ihr ihm gern ausrichten, dass ich einiges über seine Frauengeschichten weiß. Besonders über eine. Er wird schon wissen, was gemeint ist.«

Er stand auf und zündete sich die Zigarette an. Blieb eine Weile stehen und betrachtete uns durch seine dunklen Brillengläser. Dann zuckte er mit den Schultern und ging.

Wir blieben lange sitzen und versuchten, ihn zu vergessen. Aber es klappte nicht.

* * *

Wahrscheinlich war es das Gespräch mit Rogga Lundberg, das uns dazu brachte, das Problem Ewa Kaludis schon am Mittwoch anzugehen.

Henry schlief noch, als wir aufstanden. Wir hatten nicht gehört, wann er nachts gekommen war, und als wir verschwanden, legte ich ihm nur einen Zettel auf den Küchentisch, auf dem stand, dass ein Kollege von ihm hier gewesen war und ihn hatte sprechen wollen. Mehr wollte ich lieber nicht schreiben. Ich dachte, es wäre sicher geschickter, ihm alles zu erzählen, wenn wir abends wieder zurück waren.

Es war ein heißer, aber ziemlich stürmischer Tag. Wir fuhren bereits am frühen Vormittag los, aber Edmund hatte ungefähr auf halber Strecke zwischen Sjölycke und Åsbro einen Platten. Deshalb waren wir gezwungen, in den Ort zu gehen und eine Stunde vor Laxmans Laden mit Wassereimer, Flickzeug und Gummikleber zu verbringen. Britt Laxman war zufällig nicht da, was Edmund und mir ziemlich gleich war, und schließlich konnten wir befriedigt feststellen, dass der Schlauch wieder die Luft hielt.

Wegen des Gegenwinds erreichten wir die Stadt erst gegen zwei Uhr. Wir hatten von Laxmans aus meinen Vater angerufen – er hatte die zweite seiner drei Urlaubswochen und war noch nicht ins Krankenhaus gefahren – und hatten ihm gesagt, dass wir mal in der Idrottsgatan vorbeischauen wollten. Als wir ankamen, hatte er gerade angefangen, Frikadellen mit Zwiebeln zu braten.

Seine Kochkünste waren nicht besonders, wie immer, aber wir ließen es uns trotzdem schmecken, und er sah ziemlich zufrieden aus, als wir aufgegessen hatten.

»Das ist gut so, Jungs. Esst, bis ihr platzt, man weiß schließlich nie, wann man das nächste Mal was kriegt.«

»Da ist was Wahres dran«, sagte Edmund.

209

»Hat es sich da draußen inzwischen etwas beruhigt?«, fragte mein Vater.

Wir nickten. Ich dachte, dass er uns sicher auf der Stelle einsperren würde, wenn wir ihm nur andeutungsweise von Henry und Ewa Kaludis oder von Rogga Lundberg erzählt hätten. Er würde uns verbieten, jemals wieder einen Fuß nach Genezareth zu setzen. Ich spürte, dass ich mich etwas schämte, ihn so hinters Licht zu führen und hoffte, dass es später irgendwann einmal möglich sein würde, ihm das Ganze irgendwie zu erklären.

Irgendwie, nun ja, ich wusste nur nicht, wie.

»Nur gut, dass ihr zu zweit seid, Jungs«, sagte mein Vater.

»Geteiltes Leid ist halbes Leid«, sagte Edmund.

Als Nachspeise aßen wir Rhabarberkompott. Mein Vater wollte wissen, ob ich nicht mit zu meiner Mutter wollte, aber ich erklärte ihm, dass wir beide, Edmund und ich, noch etwas zu erledigen hatten. Damit gab er sich zufrieden, und wir verließen alle drei gemeinsam die Idrottsgatan.

Mein Vater, um den Bus nach Örebro zu nehmen, wir, um der hinterbliebenen Verlobten des ermordeten Handballstars einen Besuch abzustatten.

* * *

Aber erst zögerten wir noch zwei Stunden lang.

Die erste verbrachten wir in der Zementröhre, wo wir vier Ritz rauchten, die wir im Bahnhofskiosk gekauft hatten, als wir durch Hallsberg gekommen waren.

Die zweite saßen wir auf einer Bank im Brandstations-
park, fünfzig Meter entfernt von dem gelben Klinkerhaus in der Hambergsgatan.

Denn es war nicht so einfach, herauszufinden, worüber wir uns eigentlich mit Ewa Kaludis unterhalten
wollten. Je mehr wir uns dem Augenblick näherten, in
dem wir Auge in Auge mit ihr stehen sollten, umso käl-
tere Füße bekamen wir. Wir wollten es uns gegenseitig
zwar nicht so recht eingestehen, aber ich sah es Edmund
an, dass er mindestens genauso nervös war, sie zu treffen, wie ich.

Denn schließlich war es ja möglich, dass Ewa Kaludis
eine Menge auf dem Herzen hatte. Dass sie Dinge wusste, von denen zwei vierzehnjährige Bewunderer besser
nichts wussten.

Andererseits konnte es natürlich auch sein, dass sie
unsere Hilfe brauchte – deshalb hatten wir ja diese gent-
lemanmäßige Hilfsaktion in Angriff genommen. Wenn
man alles in Betracht zog, gab es keinen Hinweis dafür,
dass sie und Henry, mein Bruder, in der Woche, die seit
dem Mord vergangen war, irgendwelchen Kontakt miteinander gehabt hatten – zu dem Schluss kamen wir zumindest, nachdem wir die Sache von vorn, von hinten
und von allen Seiten betrachtet hatten.

Irgendwelche unumstößlichen Schlussfolgerungen
wollte jedoch keiner von uns beiden daraus ziehen.

Es gab noch eine dritte Möglichkeit, und vielleicht
war gerade sie es, die uns endlich den Mut gab, loszugehen:

Es bestand eine ziemlich große Chance, dass sie an so

einem Tag gar nicht zu Hause war, und dann könnten wir mit unerschüttertem Selbstbewusstsein unverrichteter Dinge wieder zurück nach Genezareth fahren.

Als die Uhr der Emmanuelskirche halb sechs schlug, holte Edmund jedenfalls tief Luft.

»Scheiße auch«, sagte er. »Jetzt klingeln wir einfach.«

Das taten wir.

18

Erik und Edmund«, rief Ewa Kaludis aus. »Wie schön, dass ihr kommt. Das ist ja … nein, ich weiß gar nicht, was ich sagen soll.«

Wir konnten es gar nicht so recht glauben, dass wir uns wirklich in Ewa Kaludis' Wohnung befanden. Dass sie in diesem frisch geputzten Klinkerhaus wohnte. Sie und Kanonen-Berra – nun ja, Kanonen-Berra wohnte ja nun nicht mehr hier, aber seine Anwesenheit war immer noch deutlich zu spüren. An mehreren Wänden hingen eingerahmte Urkunden von ihm, und auf dem großen Bücherregal im Wohnzimmer standen die meisten Bretter voll mit Pokalen und Abzeichen, die davon kündeten, welch ganz besonderer Sportler er gewesen war. Über dem Fernseher hing das Protzigste: ein riesiges Foto, auf dem Berra Albertsson Ingemar Johanssons Hand schüttelte. Beide trugen Krawatten, und beide lachten freundlich und weltgewandt in die Kamera, sodass man deutlich sehen konnte, dass es sich hier verflucht noch mal nicht um irgendwelche Fuzzis handelte, die da ihre rechten Pranken schüttelten. Mir wurde fast übel, als ich das Bild ansah, jedenfalls flimmerte es unter meiner Schädeldecke.

Übrigens war sofort zu spüren, dass Ewa sich freute, dass wir gekommen waren. Als hätte sie schon auf uns gewartet. Als wir fertig damit waren, die Pokale anzuglotzen, führte sie uns durch das Haus hindurch in einen Hinterhof, wo ein Tisch mit Sonnenschirm und vier Stühle standen. Sie sagte, wir sollten uns hinsetzen und fragte, ob wir Saft und Kekse wollten.

Das wollten wir gern, und so verschwand sie wieder im Haus.

»Was für eine Hütte«, sagte Edmund.

»Mm«, stimmte ich zu.

»Hast du Ingemar gesehen?«

Ich nickte. Dann saßen wir eine Weile stumm da und hielten uns an den sonnenerwärmten Stuhllehnen aus duftendem, dunkelbraunem Holz fest und versuchten, uns dem Milieu anzupassen. Das war nicht so einfach. Bei keinem meiner Klassenkameraden, die ich zu Hause besucht hatte, hatte es auch nur annähernd so ausgesehen wie hier, das war schon mal klar, und das Kribbeln im Körper verstärkte sich bei Edmund und mir immer mehr, während wir so wartend dasaßen und uns schrecklich klein fühlten. Vorsichtig spähte ich durch die Verandatür hinein. Fand, dass es merkwürdig da drinnen aussah. Ein großer Raum, fast ganz ohne Möbel. Irgendwie zu nichts zu gebrauchen. Ein Tisch aus Glas. Ein Baum in einem riesigen Tontopf. Ein merkwürdiges Bild mit Dreiecken und Kreisen in rot und blau. Sehr merkwürdig, wirklich.

Und neu. Alles sah aus, als wäre es erst vor ein paar Wochen aus der Möbelfabrik geholt worden. Ich schielte zu Edmund hinüber und sah, dass er ungefähr das Gleiche dachte wie ich. Das hier war irgendwie fremd. Berra und Ewa Kaludis schienen von einer anderen Sorte zu sein, und ich fühlte, dass mich das etwas verzagt machte. Als wäre der Abstand zwischen mir selbst und Ewa dadurch plötzlich unüberwindlich geworden.

Als wenn er jemals überwindlich gewesen wäre.

Ich wusste nicht so recht, was ich eigentlich wollte, meine Gedanken irrten hin und her, und ich biss mir in die Wange und beschloss, dass das doch eigentlich verdammt egoistisch war, hier zu sitzen und derart gemeine Überlegungen anzustellen. In der Lage, in der sie nun mal war.

Ewa kam mit einem Tablett, auf dem Kanne, Gläser und ein kleiner Teller mit aufgeschnittenem Kuchen standen, zurück.

»Wie schön, dass ihr gekommen seid«, wiederholte sie und setzte sich uns gegenüber. »Ich war schon ganz unruhig ... ich weiß gar nicht ... was ich machen soll.«

Sie hatte immer noch Spuren von dem Faustschlag im Gesicht. Ums Auge herum war es gelb und ein bisschen blau, und die Unterlippe war noch angeschwollen und hatte Wundschorf.

»Nun ja, wir haben gedacht ...«, fing Edmund an. »Wir haben gedacht, wir gucken mal rein. Wenn wir schon in der Stadt sind.«

»Um zu hören, wie es dir geht«, fügte ich hinzu.

Ewa goss uns Orangensaft ein.

215

»Das ist ... ich verstehe gar nicht ...«, sagte sie.

Ich überlegte, was sie wohl nicht verstand, aber ich sagte nichts.

»Unser aufrichtiges Beileid«, sagte Edmund.

Ewa sah ihn etwas verwundert an, als würde sie nicht richtig begreifen, was er da gesagt hatte. »Beileid?«, fragte sie. »Ach so, ja, ich verstehe.«

Ich streckte den Arm aus und nahm ein Stück Kuchen. Überlegte, ob sie den wohl selbst gebacken hatte. Und ob sie es wohl vor oder nach dem Mord gemacht hatte. Er schmeckte ziemlich frisch, aber ich nahm an, dass sie eine Kühltruhe hatten, dann konnte er von werweißwann sein.

»Hast du Henry in letzter Zeit gesehen?«, fragte ich.

Sie schüttelte den Kopf. »Nicht seit ... nein, seitdem nicht.«

»Nein?«, fragte Edmund. »Nun ja, ist ja vielleicht besser so.«

Ewa gab einen tiefen Seufzer von sich, und erst jetzt bemerkte ich, wie unruhig sie war. Als ich mich endlich traute, sie etwas genauer anzusehen, bemerkte ich auch, dass sie um die Augen herum ziemlich rot war, abgesehen von dem Gelben und dem Blauen, und ich nahm an, dass sie wohl viel geweint hatte. Und zwar vor kurzer Zeit, wie anzunehmen war.

»Weiß Henry davon?«, fragte sie. »Weiß Henry, dass ihr hier seid?«

»Nein«, antworteten Edmund und ich wie aus einem Munde.

»Hm«, sagte Ewa Kaludis, und ich konnte nicht sagen,

ob sie es nun gut oder schlecht fand, dass es nicht Henry war, der uns geschickt hatte.

Vielleicht hatte sie gehofft, dass wir eine Botschaft von ihm dabeihatten, vielleicht auch nicht. Es verging eine Weile, in der wir den Kuchen aßen und Saft tranken.

»Bei uns lief es nicht so gut«, sagte sie dann plötzlich. »Ich meine, zwischen Berra und mir. Das habt ihr ja auch gemerkt.«

»Nun ja«, sagte Edmund.

Ich sagte gar nichts. Band mir stattdessen die Schnürsenkel, die aufgegangen waren.

»Es wäre so nicht weitergegangen, aber deshalb hätte es ja nicht so ein Ende nehmen müssen. Mir tut nur Henry Leid, ich bin an allem schuld. Wenn ich nur geahnt hätte ... wenn ich mir auch nur in meinen wüstesten Fantasien hätte vorstellen können ...«

»Es ist so wenig, was wir wissen«, sagte ich.

»Der Mensch denkt, Gott lenkt«, sagte Edmund.

»Ich begreife nicht, dass ich Bertil nie gesehen habe, wie er wirklich war, bis es zu spät war«, fuhr Ewa fort. »Dass ich nicht sofort gemerkt habe, dass alles ein Irrtum war. Erst als ich deinen Bruder kennen gelernt habe, wurde mir klar, wie falsch alles gelaufen ist. Mein Gott, wenn man doch bestimmte Sachen ungeschehen machen könnte.« Sie machte eine kurze Pause und strich sich mit den Fingern über ihre geschwollene Lippe. »Und trotzdem habe ich ihn früher mal geliebt. Wenn man nur ein einziges Mal die Uhr zurückdrehen könnte.«

217

Ich begriff, dass sie eher mit sich selbst als mit Edmund und mir sprach. Ihre Worte waren nicht für vierzehnjährige Jungs bestimmt, das war zu hören, und gleichzeitig, während ich so dachte, dachte ich auch, dass es mir eigentlich doch ein wenig um Berra Albertsson Leid tat.

Abgesehen davon, dass er tot war, meine ich.

Denn es konnte ja kaum besonders witzig sein, zunächst von einer Frau wie Ewa Kaludis geliebt zu werden, und dann eines Morgens aufzuwachen und feststellen zu müssen, dass man nicht mehr existierte.

Obwohl mir dieser Gedanke nur ganz flüchtig durch den Kopf sauste, ahnte ich doch, dass es sich hierbei um einen der schwergewichtigsten Gedanken handelte, den ich in letzter Zeit gehabt hatte.

Um eine dieser Fragen, von denen man weiß, dass sie wieder auftauchen werden.

Ob es besser ist, zunächst geliebt und dann nicht mehr geliebt zu werden, oder ob man es vorziehen sollte, dem Ganzen nicht ausgesetzt zu sein.

Eine Zwickmühle, ich glaube, so nennt man das.

»Ich renne hier herum und weiß einfach nicht mehr aus noch ein«, sagte Ewa Kaludis. »Entschuldigt, dass ich so rede, ich bin nicht ganz bei mir selbst.«

»Wir verstehen schon«, sagte Edmund. »Manchmal steckt man richtig tief in der Scheiße, und dann weiß man nicht, wie man wieder rauskommen soll.«

Ewa antwortete nicht. Ich räusperte mich und fasste Mut.

»Warst du in der Nacht da draußen?«, fragte ich.

218

Sie holte tief Luft und sah mich an.

»Ich meine, in Genezareth?«, ergänzte ich.

Sie sah nun Edmund eine Weile an, bevor sie antwortete.

»Ja«, sagte sie. »Ich war da.«

»Weiß die Polizei das?«, fragte ich.

Sie lehnte sich auf ihrem Stuhl zurück und faltete die Hände um die Knie. »Nein«, sagte sie. »Die Polizei weiß nichts von Henry und mir.«

»Gut«, sagte Edmund.

»Glaube ich jedenfalls«, fügte Ewa hinzu. »Aber ihr müsst ihn von mir grüßen, ja? Tut ihr das? Grüßt ihr Henry?«

»Natürlich«, sagte ich. »Und was sollen wir ihm sagen?«

Sie überlegte eine Weile. »Sagt ihm«, erklärte sie dann. »Sagt ihm, dass alles gut werden wird und dass er sich um mich keine Sorgen zu machen braucht.«

Ich fand nicht gerade, dass das mit dem Eindruck, den sie auf mich machte, übereinstimmte, aber ich merkte es mir trotzdem.

Wort für Wort, ihre Botschaft an Henry, meinen Bruder.

Es wird alles gut werden. Du brauchst dir keine Sorgen um Ewa Kaludis zu machen.

* * *

Als wir uns verabschieden wollten, umarmte sie uns beide. Ihre nackten Arme und Schultern waren ganz heiß von der Sonne, und ich traute mich, ihre Umarmung richtig fest zu erwidern. Ich sog dabei den Geruch ihrer Haut ein, meine Nasenlöcher waren weit geöffnet, und in meinem Kopf breitete sich eine Wolke von Ewa Kaludis aus.

Das war ein fantastisches Gefühl. Die Wolke schwebte da drinnen umher und füllte mich derart aus, dass das SCHRECKLICHE und Krebs-Treblinka und alles andere Unangenehme mehrere Stunden lang auf Abstand gehalten wurde. Erst als wir bei Laxmans vorbeistrampelten, verschwand die Wolke wieder, und sofort spürte ich stattdessen eine Art kalter Leere im Bauch.

Wie eine Faust aus Eis.

Vielleicht, dachte ich, vielleicht wäre es doch besser gewesen, Ewa Kaludis nicht mit den Nasenflügeln einzusaugen.

Vielleicht wäre es das Ruhigste, wenn man sein ganzes Leben lang auf dem Plumpsklo säße und drauf scheißen würde, sich irgendwelchen Dingen auszusetzen. Mir wurde auch klar, dass Edmunds Theorie über die Seele, die im Körper herumwanderte, gar nicht so verrückt war. Man konnte sie problemlos finden, musste nur sehr hellhörig sein und richtig in sich hineinhorchen.

Gerade jetzt, genau auf diesem holprigen Kiesweg voller Schlaglöcher zwischen Åsbro und Sjölycke, da saß sie mitten in meinem Herzen.

Es schien überhaupt so zu sein, dachte ich, dass sie sich ganz einfach da aufhielt, wo es im Augenblick am meisten wehtat. Man konnte sich natürlich fragen, warum.

* * *

220

Henry war noch nicht wieder zurück, als wir nach Genezareth kamen, was ich gar nicht so schlecht fand. Ich
wusste, dass ich ein ernsthaftes Gespräch mit ihm führen musste, sowohl über das, was Rogga Lundberg gesagt hatte, als auch über unseren Besuch bei Ewa, aber
im Augenblick – in dieser tödlichen Leere nach der
Duftwolke – fühlte ich mich so verzagt, dass ich es kaum
durchgestanden hätte.

Edmund war nicht sehr viel munterer. Wir mümmel-
ten ein paar erbärmliche Würstchen mit Brot, aber ohne
Senf, weil der uns ausgegangen war, sprangen einmal
schnell vom Badesteg und gingen dann ins Bett.

»Kein schönes Gefühl, Erik«, sagte Edmund, nachdem wir das Licht ausgemacht hatten. »Denk nur, wie
schnell so ein Spitzensommer schief laufen kann. So
verdammt schnell.«

»Lass uns über die Sache schlafen«, sagte ich.

19

Wir nehmen das Boot«, sagte Henry, mein Bruder, und das taten wir auch.

Henry ruderte, und ich saß auf der Ruderbank. Es war wieder mal ein sonniger Tag mit ziemlich viel Wind – wir schnitten die Wellen auf unserem Kurs auf die Möwenscheißinsel. Ab und zu verpasste Henry einen Ruderschlag, und mir wurde klar, dass ich eigentlich viel besser rudern konnte als er. Außerdem war er mit Rauchen beschäftigt, während er ruderte, was den Schwierigkeitsgrad natürlich erhöhte. Als wir ein paar hundert Meter von der Insel entfernt waren, zog er die Ruderblätter aus dem Wasser und sein kurzärmliges Hemd aus.

»Wir müssen mal miteinander reden«, sagte er.

»Ja«, stimmte ich zu. »Das müssen wir.«

»Ich hatte keine Ahnung, dass das hier so laufen würde.«

»Ich auch nicht.«

Er steckte zwei Lucky Strike an und reichte mir eine.

»Wie gesagt, keine Ahnung.« Ich nickte.

»Was wollte Rogga Lundberg hier?«

Ich erzählte ihm von dem Gespräch mit Rogga Lundberg, und während ich berichtete, fuhr sich Henry mehrere Male über seine Bartstoppeln und blickte jedes Mal finsterer drein. Als ich nichts mehr zu sagen hatte, blieb er eine halbe Minute lang stumm sitzen und starrte auf Fläskhällen, wohin wir langsam getrieben wurden.

»Würdest du sagen, dass er drohend aufgetreten ist?«, fragte er.

Ich überlegte. »Ja«, antwortete ich. »Ich denke schon. Ich glaube, er wollte dich irgendwie ausnutzen.«

»Gut«, sagte Henry. »Gut, Bruderherz. Du verstehst die Kunst, die Menschen zu lesen. Nicht schlecht für dein Alter, die meisten lernen es nie. Rogga Lundberg ist ein Stinkstiefel. Und das ist er immer gewesen.«

»Wie Berra Albertsson?«

Henry lachte laut auf. »Nicht ganz. Eine andere Sorte. Es gibt viele Sorten von Stinkstiefeln, es kommt immer drauf an, mit welcher Sorte man es gerade zu tun hat.«

Ich nickte. Henry saß wieder still da. Ich beugte mich über den Bootsrand und fing eine Welle mit der Hand. Spülte mir mein Gesicht damit. Henry tat das Gleiche. Das war natürlich nicht viel, aber mit einem Mal fühlte ich mich ihm irgendwie ebenbürtiger als je zuvor. Ich räusperte mich und schaute weg. Mir war klar, dass ich rot wurde.

Henry trommelte mit den Fingern auf seinem Knie. »Gibt's sonst noch was?«, fragte er.

»Wir waren gestern bei Ewa.«

Eine Sekunde lang sah er ganz verwundert aus.

»Ja?«

»Wir sollen grüßen.«

Er hob fragend eine Augenbraue.

»Wir sollen dir ausrichten, dass alles gut werden wird und dass du dir ihretwegen keine Sorgen machen sollst.«

Henry nickte und versank wieder für eine Weile in Gedanken. Dann räusperte er sich und spuckte ins Wasser.

»Das ist gut«, sagte er. »Das war prima, dass ihr sie besucht habt.«

Ich überlegte, ob ich ihm auch erzählen sollte, dass sie sehr beunruhigt erschien, beschloss dann aber, es zu lassen. Es hatte keinen Zweck, die Sache unnötig kompliziert zu machen. Jeder Tag bringt neue Probleme.

»Tja, damit ist die Sache wohl entschieden«, erklärte Henry nach einer weiteren Pause.

»Was meinst du damit?«, fragte ich.

»Rogga Lundberg«, sagte Henry. »Wenn Rogga weiß, dass Ewa und ich was miteinander hatten, dann kann ich ebenso gut gleich zur Polizei gehen, bevor die Wind davon kriegen.«

»Ich hatte schon überlegt, ob ich dir das vorschlagen soll«, sagte ich, denn das hatte ich wirklich.

»Es hat keinen Sinn, sein Schicksal in die Hände so eines Arschlochs zu legen. Denk daran, Brüderchen. Wenn du zur Wahrheit stehen musst, dann musst du es. Da gibt es kein Hin und Her, da muss man durch. Weißt du, wo ich gestern war?«

Ich schüttelte den Kopf. »Nein.«

»Bei der Polizei.« Er lachte wieder sein kurzes, lautes

224

Lachen. »Ich habe den ganzen Nachmittag im Polizeirevier von Örebro bei Kommissar Lindström und zwei anderen Kriminalern gesessen. Sie waren sich nicht so
recht einig darüber, ob sie mich jetzt gehen lassen sollten oder nicht, aber zum Schluss entschied Lindström,
dass ich gehen durfte. Aber ich habe Reiseverbot.«

»Reiseverbot? Was ist das denn?«

Henry zuckte mit den Schultern. »Ich darf nirgends
sonst hin, muss mich hier in der Gegend aufhalten ...
nun ja, jetzt kann ich auch ebenso gut mit denen über
Ewa reden.«

Ich dachte nach.

»Wenn sie es nicht schon von anderer Seite wissen«,
sagte ich.

»Genau«, bestätigte Henry und spritzte sich eine neue
Hand voll Wasser ins Gesicht. »Bevor der eine oder andere Stinkstiefel versucht, sich ein paar Groschen zu
verdienen. Ich möchte wissen, ob das Arschloch auch
bei Ewa war.«

»Sie hat nichts davon gesagt«, erklärte ich.

»Nein«, sagte Henry. »Dann lass uns hoffen, dass er
noch nicht so weit gekommen ist.«

Er nahm die Ruderblätter wieder auf. Ein paar Möwen kamen angeflogen und schrien uns etwas zu. Henry
antwortete ihnen mit einem Fluch, dann sah er mich
eine ganze Weile ernst an, bevor er anfing zu rudern.

»Mir gefällt es nicht, über das hier zu reden«, sagte er.
»Und ich weiß, dass es dir auch nicht gefällt. Aber wir
waren nun mal dazu gezwungen. Was meinst du, wissen
wir jetzt, was wir voneinander zu halten haben?«

»Ich denke schon«, antwortete ich.

* * *

Bevor Henry wegfuhr, gab er Edmund und mir noch siebzig Kronen zum Einkaufen. Die Essensvorräte waren zu diesem Zeitpunkt bis auf den letzten Käserest aufgebraucht, es war also eine gründliche Vorratsauffrischung vonnöten. Außerdem war es ja nicht sicher, dass es meinem Bruder erlaubt werden würde, vom Polizeirevier wieder zurück nach Genezareth zu fahren – wenn sie schon am Tag zuvor gezögert hatten, dann würde er sicher jetzt nicht viel besser dastehen, wenn er zugab, mit der Verlobten des Mordopfers Umgang gehabt zu haben.

Das war die reinste Perry-Mason-Geschichte, darin waren Edmund und ich uns vollkommen einig, nachdem ich ihm von dem Gespräch zwischen meinem Bruder und mir berichtet hatte.

Es fehlte nur einer, Perry natürlich.

* * *

An dem Tag nahmen wir die Räder. Wir kauften uns jeder eine Wurst bei Laxmans, und auf dem Rückweg erzählte Edmund mir mehr über seinen richtigen Vater.

Und wie der immer geweint hatte.

»Geweint?«, fragte ich nach. »Wieso geweint?«

»Wenn er geschlagen hat«, erklärte Edmund. »Oder hinterher. Wenn er wieder klar war. Jedenfalls manchmal.«

»Warum hat er denn geweint?«

»Weiß ich nicht«, antwortete Edmund. »Das habe ich nie kapiert. Er konnte da auf seinem Bett sitzen, heulen und erklären, dass es ihm mehr wehtäte als mir und dass ich das verstehen würde, wenn ich älter wäre.«

»Was solltest du verstehen?«

Edmund zuckte mit den Schultern, dass er fast ins Schleudern kam und aufpassen musste, nicht über den Lenker zu fliegen. Er bekam das Fahrrad wieder unter Kontrolle und fluchte.

»Verflucht, ich weiß es nicht. Warum er gezwungen war, auf mich loszugehen, nehme ich an. Als ob es einen Grund dafür gäbe, dass er das getan hat, und dass ich eben noch zu klein war, um das zu verstehen ... dass er mich irgendwie gegen seinen Willen schlug. Als würde ihn irgendwas dazu zwingen, und als könnte er gar nichts dafür ...«

Wir strampelten schweigend eine Weile nebeneinander her.

»Das klingt aber verdammt merkwürdig«, sagte ich. »Erst schlagen und dann heulen, weil man geprügelt hat.«

»Er war krank«, sagte Edmund. »Anders ist das nicht zu erklären. Krank im Kopf mit Würmern, die in seinem Kopf herumkrochen und ihm das Gehirn aufgefressen haben, oder so ähnlich.«

»Oh Scheiße«, sagte ich. »Das klingt ja vollkommen bescheuert.«

Obwohl ganz tief in mir – ganz hinten in einer noch nicht entwickelten Windung meines vierzehnjährigen Gehirns – eine Ahnung aufstieg, dass es solche Menschen gab.

227

Die über das weinten, was sie machten, und über die, denen sie es antaten.

Mir gefiel das nicht. Das war ein Wissen, das ganz und gar dem widersprach, von dem Henry geredet hatte.

Wenn du die Wahrheit sagen musst, dann musst du es eben tun.

Nein, ich hatte keine Lust, an solche Leute wie Edmunds Vater zu denken. Wie gesagt, das hatte ich schon vor langer Zeit beschlossen. Krebs-Treblinka-Liebe-Bumsen-Tod.

No further questions.

20

Mein Bruder Henry kam am Donnerstag, dem 17. Juli, wegen Mordverdachts in Sachen Bertil »Berra« Albertsson in Untersuchungshaft, und am Freitag stand es schon in den Zeitungen. Es war genau der Freitag, an dem Edmund und ich einen erneuten Besuch von Kriminalkommissar Verner Lindström bekamen. Er erschien schon gegen neun Uhr morgens, und er hatte ein Exemplar der Länstidning dabei, in der er uns zunächst über die Entwicklung des Falls lesen ließ, bevor er sich daranmachte, uns zu verhören.

Henry wurde nicht mit Namen genannt, er wurde abwechselnd als »der Verdächtige« oder »der Verhaftete« bezeichnet, und es wurde mit keinem Wort erwähnt, dass er freiwillig zur Polizei gekommen war.

Und nichts darüber, was den Verdacht überhaupt auf ihn gelenkt hatte. Der Verdächtige hatte einen gewissen Kontakt mit dem Opfer gehabt, hieß es nur. Die Verhaftung war das Ergebnis emsiger und erfolgreicher Untersuchungsarbeiten, aber ein Geständnis gab es von dem jungen Mann noch nicht, wie Kommissar Lind-

229

ström bei einer kurzen Pressekonferenz am Donnerstagabend mitgeteilt hatte.

Viel mehr stand nicht drin.

»Es sind falsche Angaben im Laufe der Untersuchungen gemacht worden«, erklärte Lindström, nachdem wir zu Ende gelesen hatten. »Von euch beiden, zum Beispiel. Diesmal möchte ich die Wahrheit hören, meine Herren. Die ganze Wahrheit.«

Er klang deutlich schroffer als beim letzten Mal. Wie Sandpapier oder Ähnliches. Edmund faltete die Zeitung zusammen und schob sie zurück über den Tisch.

»And nothing but the truth«, sagte er.

»Du kannst so lange draußen warten«, sagte Lindström. »Aber bleibe in der Nähe. Und bleibe in Zukunft besser beim Schwedisch.«

Edmund wurde ein bißchen rot im Gesicht und ließ uns allein in der Küche zurück.

Lindström holte sein Bronzolröhrchen hervor, öffnete es aber nicht. Er legte es nur vor sich auf den Tisch und rollte es mit Hilfe von Zeige- und Mittelfinger der rechten Hand hin und her. Diesmal war offensichtlich kein Notizblock notwendig, ich wusste nicht so recht, wie ich das zu deuten hatte.

Und ich wusste auch nicht, wie ich das Schweigen deuten sollte, das er aus seinen behaarten Nasenlöchern herauszupusten schien, während er mich aus weniger als einem Meter Abstand betrachtete. Er machte den Eindruck einer kalten Quarzlampe.

Ich starrte abwechselnd auf das Bronzolröhrchen und meine eigenen Hände, die sich im Schoß wanden.

»Du und dein Bruder«, fing er schließlich an.

»Ja?«, fragte ich.

»Wie läuft es mit euch?«

»Gut«, sagte ich.

»Er ist viel älter als du.«

Das fasste ich nicht als Frage auf und antwortete deshalb nicht.

»Wie viel älter?«

»Ungefähr acht Jahre.«

»Würdest du sagen, dass du ihn gut kennst?«

»Doch, ja«, sagte ich.

»Dass du weißt, was er so tut und treibt?«

»Doch, ja.«

»Was macht er denn?«

»Er ist Journalist«, erklärte ich. »Er arbeitet als Freelancer. Aber den Sommer hat er sich frei genommen, um ein Buch zu schreiben.«

»Ein Buch?«

»Ja.«

»Was für ein Buch?«

»Einen Roman«, erklärte ich weiter. »Über das Leben.«

»Über das Leben?«

»Ja.«

Lindström klopfte mit dem Röhrchen auf den Tisch, aber er öffnete es immer noch nicht.

»Und wie steht es bei ihm mit Frauen?«

Ich zuckte mit den Achseln und schaute uninteressiert drein.

»Gut, nehme ich an.«

231

»Wer ist Emmy Kaskel?«

»Emmy? Seine frühere Freundin.«

»Jetzt ist sie es nicht mehr?«

»Nein.«

»Und wer ist im Augenblick seine Freundin?«

Ich schaute auf seine blaugepunktete Fliege. Überlegte, ob er sie wohl von seiner Frau als Weihnachtsgeschenk bekommen hatte. Überlegte, ob er wohl überhaupt eine Frau hatte.

»Niemand, glaube ich.«

»Wirklich?«

Ich antwortete nicht.

»Und wie steht es mit Ewa Kaludis?«

»Die hatten wir im Frühling als Vertretung an der Schule«, sagte ich.

»Ich weiß, dass ihr sie in der Schule hattet«, sagte Lindström. »Das habt ihr mir schon letztes Mal erzählt. Jetzt will ich wissen, in welchem Verhältnis sie zu Henry, deinem Bruder, stand.«

»Ich glaube, die beiden kannten sich«, sagte ich.

»Aha«, meinte Lindström. »Du glaubst also, dass die beiden sich kannten. Und wie kommt es dann, dass du mir das nicht letztes Mal erzählt hast?«

»Sie haben nicht danach gefragt«, erwiderte ich.

Er machte eine Pause und atmete wieder Schweigen aus. Er betrachtete die Finger seiner linken Hand, als wolle er überprüfen, ob er auch keinen Schmutz unter den Fingernägeln hatte.

»Was sagtest du, wie alt du bist?«

»Das habe ich gar nicht gesagt.«

»Dann tue es jetzt.«

»Vierzehn.«

»Vierzehn Jahre? Erst vierzehn Jahre, und du meinst, du müsstest deinen Bruder beschützen, der doch zweiundzwanzig ist?«

»Ich versuche nicht, meinen Bruder zu beschützen. Ich verstehe gar nicht, was Sie damit meinen.«

Lindström verzog leicht spöttisch den Mund. »Du verstehst sehr gut, was ich meine«, sagte er. »Du hast die ganze Zeit gewusst, dass Henry ein Verhältnis mit Ewa Kaludis hatte, und du glaubst, du könntest ihm helfen, indem du das verschweigst.«

»Das stimmt doch gar nicht«, widersprach ich.

Lindström kümmerte sich nicht um meinen Einwand. Er war auf Touren gekommen, jetzt wurde es langsam zu einem richtigen Kreuzverhör. »Du glaubst, es würde Henry etwas nützen, wenn du nicht erzählst, was du weißt«, erklärte er. »Aber das ist vollkommen falsch, da bist du auf dem falschen Dampfer, genau wie dein Kumpel. Henry hat alles erzählt, es würde ihm nur schaden, wenn sein kleiner Bruder weiter versucht, zu bluffen.«

»Ich habe doch gesagt, dass sie sich kennen.«

Er öffnete das Röhrchen und warf sich zwei Pastillen in den Mund. »Wie oft war sie hier?«

Ich zuckte wieder mit den Achseln. »Ein paar Mal. Dreimal vielleicht.«

»Und zu welcher Tageszeit?«

»Weiß ich nicht mehr. Ich glaube, abends.«

»Auch nachts?«

»Kann sein.«

»Jetzt im Juli?«

Ich dachte nach. »Ja, ist schon möglich.«

Er lehnte sich zurück und schaute aus dem Fenster. Plötzlich wirkte er etwas müde. Mir kam der Gedanke, dass er vielleicht in letzter Zeit nicht besonders viel geschlafen hatte. Um ihn herum war ja so einiges los. Er kaute eine Weile auf den Pastillen herum, bevor er weitersprach.

»Ewa Kaludis hat also Anfang Juli zwei oder mehrere Nächte hier im Haus zusammen mit deinem Bruder Henry verbracht. Sind wir uns darin einig?«

Ich nickte unsicher.

»Du wusstest, dass Ewa Kaludis mit Bertil Albertsson verlobt war?«

»Ja.«

»Fandest du es dann nicht etwas merkwürdig, dass sie die Nächte hier bei deinem Bruder verbracht hat, statt bei ihrem Verlobten zu sein?«

»Ich habe nicht so viel darüber nachgedacht.«

Er begutachtete die Nägel an der anderen Hand.

»Der neunte Juli«, sagte er dann. »Erzähl mir vom neunten Juli.«

»Was war das für ein Tag?«, fragte ich.

»Dienstag letzter Woche. Der Tag vor der Nacht, in der Bertil Albertsson ermordet wurde.«

Ich dachte ziemlich lange nach.

»Ich weiß nicht mehr so genau«, sagte ich dann, »ich glaube, an dem Abend war nichts Besonderes los.«

»Als wir das letzte Mal miteinander geredet haben, wusstest du es noch ganz genau.«

»Wirklich?«

Seine Faust schlug wie ein Pistolenschuss auf die Tischplatte. Ich zuckte zusammen und wäre fast rückwärts vom Stuhl gefallen. Konnte in letzter Sekunde noch die Tischplatte packen und das Gleichgewicht wiederherstellen.

»Verflucht, jetzt ist aber Schluss mit dem Gelaber«, dröhnte Lindström, jetzt mit Sandpapier Nr. 5 in der Stimme. »Wir wissen, dass Ewa Kaludis an diesem Abend bei Henry zu Besuch war, und wir wissen auch, dass du das weißt. Wenn du die Dinge nur ein kleines bisschen für deinen Bruder erleichtern willst, dann erzähle endlich, was passiert ist. Alles, was du weißt. Nur so kannst du seine Lage erleichtern.«

Ich wartete ziemlich lange, bis ich antwortete. Zählte rückwärts von zehn bis null und vermied es, ihn anzugucken.

»Sie irren sich«, sagte ich dann. »Ich habe keine Ahnung, ob Ewa Kaludis an dem Abend hier war oder nicht. Wir sind früh schlafen gegangen, Edmund und ich, und ich war in der Nacht kein einziges Mal wach.«

Kommissar Lindström stopfte das Bronzolröhrchen wieder in die Innentasche. Er knöpfte alle drei Knöpfe seiner Jacke zu und beugte sich auf den Ellbogen über den Tisch vor. Ich begegnete seinem Blick. Es vergingen fünf Sekunden. In denen ich zehn Jahre älter wurde.

»Verschwinde und hole deinen Kumpel«, sagte Lindström. Als ich schon zwei Schritte auf dem Gras gemacht hatte, änderte er seine Meinung. »Halt!«, rief er. »Ich werde ihn selbst holen.«

235

»Wie der Herr Kommissar möchte«, sagte ich und steuerte den Steg am See an.

* * *

Edmund sah ziemlich niedergeschlagen aus, als er eine halbe Stunde später herauskam und sich neben mir auf dem Steg niederließ.

»Ist er weggefahren?«, fragte ich.

Edmund nickte.

»So eine Scheiße«, erklärte er. »Die wollen deinen Bruder dafür drankriegen.«

»Er wird schon klarkommen«, entgegnete ich.

»Meinst du?«, fragte Edmund.

»Henry kommt immer klar.«

»Ich hoffe, du hast Recht«, sagte Edmund.

Wir lagen eine Weile still da. Es war ein bewölkter Morgen gewesen, jetzt kam die Sonne langsam durch, und es wurde wärmer. Der Steg schaukelte sacht hin und her, und die Wellen glucksten.

Ich überlegte kurz, was Kommissar Lindström Edmund wohl gefragt hatte und was Edmund geantwortet hatte, aber ich hatte keine Lust, darüber eine Diskussion anzufangen.

»Wollen wir zur Möwenscheißinsel?«, fragte ich stattdessen. »Das wäre doch jetzt vielleicht gar nicht so schlecht, oder?«

Edmund setzte sich auf und schob die Füße ins Wasser. »Ja«, sagte er. »Lass uns das machen. Die kommen doch bestimmt bald, um uns abzuholen, oder was meinst du?«

»Ganz bestimmt«, erklärte ich. »Das wird nicht mehr lange dauern.«

Edmund seufzte und blickte mit halb geschlossenen Augen über den See.

»Eine letzte Bootstour«, sagte er. »Das ist richtig traurig. Dabei war es so ein verdammt schöner Spitzensommer.«

»Ja«, stimmte ich zu. »Das war es.«

* * *

Als wir zurückruderten, saßen unsere Väter schon da und warteten auf uns. Sie waren bereits seit einer Stunde da, und unsere Sachen standen gepackt und reisefertig auf dem Rasen.

»Ihr kommt mit in die Stadt«, sagte mein Vater. »Jetzt reicht es hier.«

Albin Wester sagte gar nichts. Er sah aus, als hätte er alle Gefangenen verkauft und das Geld verloren. Edmund und ich zogen uns um, und zehn Minuten später verließen wir Genezareth. Diesmal hatte mein Vater einen alten Citroën von den Bergmans geliehen, die zwei Häuser weiter in der Idrottsgatan wohnen. Der war rostig und sah ziemlich mitgenommen aus, und obwohl es nur fünfundzwanzig Kilometer bis zur Stadt waren, blieb er zweimal liegen, weil der Kühler kochte.

»Wir hätten ja mit dem Rad fahren können«, meinte Edmund.

»Die Räder holen wir später«, erklärte Edmunds Vater irritiert. »Euch ist doch wohl klar, dass es im Augenblick Wichtigeres gibt?«

»Französische Autos sind nun einmal nicht für die schwedische Sommerhitze gebaut«, sagte mein Vater und verbrannte sich an der Kühlerhaube.

21

Die Wochen, nachdem Henry in Untersuchungshaft genommen worden war, verliefen sehr sonderbar. Einerseits war da das Gefühl, als würde alles Mögliche passieren und die ganze Welt auf dem Kopf stehen, und gleichzeitig verlief die Zeit ziemlich eintönig.

Fast jeden Tag fuhren mein Vater und ich mit dem Killer nach Örebro. Zuerst besuchten wir Henry im Untersuchungsgefängnis, dann meine Mutter im Krankenhaus. Allein die Tatsache, dass mein Vater den Killer fuhr statt Henry, war vielleicht das sicherste Zeichen dafür, wie sehr unser ganzes Dasein aus dem Gleichgewicht geraten war. Nun war mein Vater sowieso ein Mensch, der an viele Orte einfach nicht passte, aber hinter das Lenkrad des schwarzen Volkswagens, da passte er ganz und gar nicht. Normalerweise war er ein elender Fahrer, im Killer war er eine Katastrophe. Ich weiß, dass ich mehr als einmal dachte, dass es gleich krachen würde und dass es jetzt nur noch fehlte, dass wir auch noch in einen Autounfall verwickelt werden würden. Zu allem anderen.

Aber wir kamen jeden Tag mit heiler Haut davon. Vormittags nach Örebro und gegen Abend wieder zurück. Wenn wir Henry in der hellgelben Zelle im Keller des Polizeihauses besuchten, hatten wir alle nicht viel zu sagen, weder ich noch mein Vater oder mein Bruder. Es gab dort ein an der Wand befestigtes Bett, einen kleinen Tisch, zwei Stühle und eine Lampe. Meistens lag Henry auf dem Bett, mein Vater und ich saßen auf den Stühlen. Jeden Tag brachte mein Vater den Kurren und ein Päckchen Lucky Strike mit, und jeden Tag hatte Henry am rechten großen Zeh ein Loch im Strumpf. Mit der Zeit überlegte ich, ob er eigentlich nie die Strümpfe wechselte, aber ich wollte nicht danach fragen.

»Es ist eine Schande, dass sie ehrliche Leute so behandeln«, sagte mein Vater immer.

Oder: »Morgen um diese Zeit bist du draußen, du wirst schon sehen.«

Henry gab selten irgendwelche Kommentare von sich. Meistens fing er gleich an, im Kurren zu lesen, sobald wir uns niedergelassen hatten, wobei er hastig rauchte, als hätte er schon mehrere Tage lang keine Zigaretten gehabt. Nach dem Besuch im Gefängnis gingen wir ins Café »Tre Rosor« oder »Nya Pomona« in der Rudbecksgatan. Mein Vater trank Kaffee und aß eine Zimtschnecke, ich bestellte Limonade und Schmalzgebäck oder Limonade und einen Amerikaner.

»Ich habe mir noch etwas Extraurlaub genommen«, erklärte mein Vater mir jeden Tag wieder mit der Schnecke im Mund. »Ich habe mir gedacht, das ist besser so, bis sich alles geklärt hat.«

240

»Das war ein ziemlich harter Sommer«, antwortete ich darauf immer.

Im Krankenhaus war es wie immer, abgesehen von zwei Dingen: Meine Mutter sah bedeutend schlechter aus, und mein Vater fing oft an ihrem Bett an zu weinen.

Wenn ich merkte, dass Letzteres angesagt war, ging ich meistens auf die Toilette. Es war eine ganz schöne Toilette, ziemlich groß. Die Wände waren mit kleinen, nicht ganz quadratischen Fliesen gekachelt, und während ich mit Hose und Unterhose um die Füße gewickelt dasaß, versuchte ich immer wieder, gegen mich selbst im Kopf »Käsekästchen« zu spielen. Ohne Kreuze und Kreise aufzumalen, nur indem ich sie im Gedächtnis behielt. Das war unglaublich schwierig, besonders durch die nur fast quadratische Form, und es gelang mir nie, mich selbst zu besiegen.

»Du kommst doch zurecht, Erik?«, fragte meine Mutter mich jedes Mal, wenn wir uns von ihr verabschiedeten.

»Ja, klar«, antwortete ich dann immer.

»Man darf die Hoffnung nicht verlieren«, sagte sie darauf manchmal. »Es ist so schwer, sie wiederzufinden, wenn man sie einmal verloren hat.«

Worauf mein Vater und ich jedes Mal gemeinsam ernst nickten.

Da war was Wahres dran.

* * *

Ich glaube, es war ein Mittwoch, als jemand namens R.
L. das erste Mal im Kurren über die Berra-Albertsson-
Mordsache schrieb.

Er erwähnte Henry nicht mit Namen, aber es stand einiges über Genezareth und über Ewa Kaludis drin, und darüber, dass der der Tat Verdächtige, der jetzt in Untersuchungshaft in Örebro saß, ein ehemaliger Reporter der Zeitung war. Es stand auch drin, dass inzwischen das Motiv, das hinter der schrecklichen Tat lag, klar war, und dass es sich um ein so genanntes Eifersuchtsdrama handelte. Sowie, dass es mit größter Wahrscheinlichkeit nur eine Zeitfrage war, wann es Kommissar Lindström und seinen fähigen Leuten gelänge, den Festgenommenen dazu zu bringen, zu Kreuze zu kriechen und ein Geständnis abzulegen.

Seine schändliche Tat zu gestehen.

Als Henry Rogga Lundbergs Artikel las, lachte er mehrere Male laut auf, sodass mein Vater und ich uns Sorgen machten, wie es ihm wohl eigentlich ging.

Ob es möglich war, dass er auf Grund des schweren Drucks zusammenbrach?

Genau so wie Rogga Lundberg es vorausgesagt hatte?

»Schwerer Druck?«, fragte Henry, als mein Vater ihn besorgt nach seinem Wohlbefinden fragte. »Glaubst du, ich kümmere mich drum, was so ein Erzkretin schreibt? Was glaubt ihr denn zum Teufel, wer ich bin? Ich dachte, wir gehören zu einer Familie?«

Ich wusste nicht, was ein Erzkretin ist, aber es war ganz beruhigend, zu hören, dass Henry so auf die Frage reagierte.

Das fand mein Vater offensichtlich auch, denn an diesem Tag weinte er im Krankenhaus nicht, und auf dem Heimweg im Auto sagte er: »Was für ein Bursche, Erik. Diesen Burschen machen sie nicht so schnell fertig.«

Kurz darauf setzte er zum ersten Überholmanöver seit fünf Tagen an.

* * *

Edmund und ich, wir trafen uns in diesem Sommer nur noch ein einziges Mal. Das war, als Lasse Schiefmauls Vater mit unseren Rädern in seinem Fordtransporter am Sonntagabend auf den Markt gefahren kam. Ich fragte Edmund, ob er nicht Lust hätte, eine Weile mit in die Idrottsgatan zu kommen, aber er erklärte mir, er müsste schnell wieder nach Hause und packen. Sein Vater hatte es so arrangiert, dass er zu seinen Cousinen nach Mora fahren würde, um dort den Rest der Ferien zu verbringen.

Edmund hatte mir einmal, als wir zu den Laxmans gerudert waren, von seinen Cousinen erzählt, und mir fiel noch ein, dass er sie als zwei taubstumme Bettnässer mit Unterbiss beschrieben hatte. Inzwischen schienen sie sich ein wenig zurechtgewachsen zu haben. Edmund sagte, dass es da oben bestimmt gar nicht so schlecht war.

»Die haben Kaninchen und alles Mögliche.«

»Kaninchen?«, fragte ich ungläubig.

»Na ja, und sonst noch alles Mögliche«, sagte Edmund und wand sich.

Wir verabschiedeten uns voneinander und wünschten uns gegenseitig viel Glück.

Ungefähr eine Woche, nachdem Henry festgenommen worden war, fuhren mein Vater und ich noch einmal nach Genezareth, um alles zu holen, was noch dort war. Kleidung, Lebensmittelvorräte und so. Es regnete die ganze Zeit Bindfäden, während wir dort waren, und wir blieben keinen Moment länger, als nötig war. Als mein Vater den Schuppen mit dem Werkzeug durchsah, bemerkte er, dass der Vorschlaghammer fehlte. Er rief mich zu sich und fragte, ob wir den für irgendetwas benutzt hätten.

»Nicht dass ich wüsste«, antwortete ich. »Aber vielleicht haben wir ihn geholt, als wir den Steg gebaut haben.«

»Dann sieh dich noch einmal um, ob du ihn vielleicht irgendwo findest«, sagte mein Vater.

Ich lief ein wenig im Regen herum und suchte, dann erklärte ich ihm, dass ich ihn nicht gefunden hätte und auch keine Ahnung hätte, wo er geblieben sein könnte. Mein Vater bekam einen etwas sonderbaren Blick, aber er sagte nichts. Stand nur still da und sah mich an, als wäre ich etwas, das er noch nie zuvor gesehen hätte.

Oder ein Rebus – ja, ich weiß, dass mir genau dieser Gedanke durch den Kopf schoss, als wir damals in der Küche von Genezareth an diesem verregneten Tag standen. Ich war ein Rebus, das mein Vater seit meiner Geburt versucht hatte, zu lösen, und gerade in dem Augenblick war er der Lösung ganz nahe. Ich folgte dem Gedanken und dachte, dass vielleicht alle Menschen eigentlich ein Rebus für den anderen waren, und dass es sogar welche gab, die sich selbst ein Rätsel waren.

Kurz darauf waren wir fertig. Wir schlossen ab und eilten den Pfad mit Taschen und Kartons entlang. Beluden den Killer auf dem Parkplatz und fuhren davon. Irgendwo, ungefähr auf halber Strecke nach Hallberg, fragte mein Vater:

»Du brauchst nicht zu antworten. Du brauchst wirklich nicht zu antworten, aber glaubst du, dass er es gemacht hat?«

Ich dachte eine Weile nach. Dann sagte ich:

»Du glaubst doch wohl selbst nicht, dass dein eigener Sohn ein Mörder ist?«

* * *

Unter den Dingen, die wir aus Genezareth mitgenommen hatten, befanden sich auch Henrys Schreibmaschine und der Packen beschriebener Bögen. Abends zählte ich die Seiten, es waren fünfundachtzig. Es gab eine ganze Menge Durchstreichungen und unleserliche Einfügungen, mit dem Kugelschreiber geschrieben. Ich dachte, dass es gar kein Wunder war, wenn Brylle und die anderen in der Stavaschule sich über meine Klaue beschwerten, wo doch mein Bruder, der schließlich acht Jahre älter war als ich, eine fast unleserliche Handschrift hatte. Es war genau genommen unmöglich für mich, ein einziges Wort zu entziffern.

Bald fiel mir dann wieder die Seite ein, die noch in der Schreibmaschine gesteckt hatte und die ich vor ein paar Wochen gelesen und mir gemerkt hatte. Das da mit dem Körper, dem Kies und der Sommernacht. Ich blätterte den Stapel dreimal durch, ohne sie zu finden. Ich versuchte mich daran zu erinnern, wie es wörtlich geheißen hatte, aber in der Zwischenzeit war so vieles passiert, dass es mir entfallen war.

Ich wusste nur noch, dass ich es sehr schön gefunden hatte. Schön, überraschend und etwas erschreckend.

Am nächsten Tag brachten wir Henry die Facit und das Manuskript, da er uns darum gebeten hatte. Und ein neues Paket Schreibmaschinenpapier. Es war deutlich zu merken, dass er wünschte, wir sollten so schnell wie möglich wieder verschwinden, damit er sich hinsetzen und schreiben konnte.

Als ich darüber nachdachte, war ich überzeugt davon, dass das ein gutes Zeichen war, dass er wieder Lust hatte, in die Tasten zu hauen.

Dass es doch noch Hoffnung gab, trotz allem.

* * *

An einem Abend, einige Tage später, traf ich zufällig Ewa Kaludis. Ich war bei Törners gewesen und hatte mir einen Hot dog gekauft, da mein Vater nichts kochen mochte, und ich hätte schwören können, dass sie da stand und auf mich wartete. Genau vor Nilssons Fahrrad- & Sportgeschäft stand sie, Ecke Mossbanegatan und Östra Drottninggatan, und so weit ich sehen konnte, gab es für sie absolut keinen Grund, dort zu stehen. Zumindest keinen vernünftigen Grund.

»Hallo, Erik«, sagte sie.

»Hallo«, erwiderte ich und blieb stehen. Sie trug wieder das Swansonhemd und die schwarzen Leggins. Und das Haarband. In ihrem Gesicht war nicht mehr viel von den Verletzungen zu sehen, und ich war verblüfft, wie erschreckend schön sie war.

So schön, dass es schon wehtat, es schien fast, als wäre es mir in der Zwischenzeit gelungen, das zu vergessen.

»Wohin willst du?«, fragte sie.

»Nach Hause«, antwortete ich.

»Hast du es eilig, oder können wir uns ein wenig unterhalten? Wir können ja dabei in deine Richtung gehen.«

»Klar«, erwiderte ich. »Ich habe es nicht eilig.«

Wir gingen die Mossbanegatan entlang. Obwohl ich erst vierzehn war, war ich fast so groß wie sie, und mir kam der Gedanke, dass Leute, die uns aus einiger Entfernung sahen, denken konnten, dass wir ein Paar waren, das spazieren ging. Ein junger Mann und seine Freundin. Mir wurde ganz schwül im Kopf bei diesem Gedanken, und auch weil sie so nah neben mir ging.

Und weil wir schon eine ganze Weile gegangen waren, bevor sie etwas sagte. Fast bis zu Snukkes aus Eternit zusammengehauenem alten Haus.

»Ich traue mich nicht«, sagte sie dort.

»Was traust du dich nicht?«, fragte ich sie.

»Ich traue mich nicht, Henry im Knast zu besuchen.«

»Warum denn nicht«, fragte ich. »Das ist nicht schlimm, ich bin jeden Tag da.«

»Das ist es nicht. Ich überlege nur, was die Polizei dann denken würde.«

»Ach so«, sagte ich. »Ja, ich weiß auch nicht so recht, was die eigentlich denkt.«

247

»Ich auch nicht«, nickte Ewa. »Und ich will nicht, dass die das falsch verstehen.«

Ich überlegte, was sie wohl daran falsch verstehen könnten und ob sie das nicht schon längst taten. War nicht alles, was nur falsch zu verstehen war, bereits falsch verstanden worden? Aber ich fragte sie nicht, was sie damit meinte.

»Magst du ihm diesen Brief geben?«, fragte sie mich, als wir fast Karlessons Kiosk erreicht hatten.

Ich nahm einen zugeklebten Briefumschlag ohne Namen oder Adresse darauf entgegen. Das einzig Ungewöhnliche an ihm war, dass er hellblau war.

Danach sagten wir nicht mehr viel, aber bevor wir uns trennten, nahm ich all meinen Mut zusammen. Einen riesengroßen Mut, ich weiß gar nicht, woher ich den nahm.

Ich drehte mich zu ihr um. Stand Ewa Kaludis direkt gegenüber, mit nur wenigen Zentimetern Abstand zwischen uns. Ich streckte beide Arme aus und umfasste sie an den Oberarmen.

»Ewa«, sagte ich. »Ich scheiße drauf, dass ich erst vierzehn bin. Du bist die schönste Frau der Welt, und ich liebe dich.«

Sie schnappte nach Luft.

»Das musste ich einfach sagen«, erklärte ich. »Das war alles, vielen Dank.«

Dann küsste ich sie und ging.

* * *

Den ganzen restlichen Sommer träumte ich von Ewa Kaludis. Es waren die Bilder, wie sie mit Henry, meinem Bruder, schlief, die wieder auftauchten, und es kam vor, dass ich statt Henry dort im Bett lag. Oft war ich an zwei Stellen gleichzeitig: sowohl draußen vorm Fenster als auch unter Ewa. Unter ihr und in ihr. Wenn ich morgens aufwachte, konnte ich mich manchmal nicht mehr dran erinnern, ob ich von ihr geträumt hatte oder nicht, aber wenn ich darüber Klarheit haben wollte, brauchte ich nur aufs Laken zu gucken, ob es auf ihm neue Flecken gab. Und normalerweise gab es die.

Natürlich war es auch nicht so leicht, sie tagsüber aus meinen Gedanken zu verbannen, vor allem fantasierte ich von ihr, wenn ich mich im Krankenhaus auf der Toilette befand. Das war eine gute Alternative zu »Käsekästchen«, und manchmal begann ich bereits an sie zu denken, wenn wir im Killer auf dem Weg nach Örebro waren.

Jetzt werde ich gleich Henry, meinen Bruder, im Gefängnis besuchen. Dann fahre ich zu meiner sterbenden Mutter ins Krankenhaus und werde an Ewa Kaludis denken und wichsen.

Wenn ich so dachte, schämte ich mich.

* * *

Am 27. August war der erste Schultag in Kumlas Kommunaler Realschule, und am gleichen Tag wurde die Untersuchungshaft meines Bruders verlängert. Ich begann in einer Klasse, die 1 b hieß, bekam einen Klassenlehrer, der Gunvald hieß und lispelte, zweiunddreißig

249

neue Mitschüler und zwölf neue Lehrer. Wurde von einer Reihe bis dahin mir unbekannter Wissenschaften überrumpelt wie Physik, Chemie, Deutsch und Morgenrunde und bekam überhaupt insgesamt eine etwas neue Perspektive aufs Leben.

Als ich bereits ungefähr seit einem Monat Realschüler war, stand plötzlich Henry eines Freitags vor dem Schulzaun und wartete auf mich, als wir Unterrichtsschluss hatten. Ich kam mit einer kleinen Gruppe Klassenkameraden heraus, die ich bereits ein wenig kannte, und es wurde sofort ganz still um mich herum. Alle wussten natürlich, wer Henry war, und jetzt wurden sie abrupt daran erinnert, dass ich der Bruder des Mörders war.

Ich ging zu ihm. Er trug eine Sonnenbrille, hatte sein weißes Perlonhemd aufgeknöpft und eine Lucky Strike im Mundwinkel hängen. Er war Ricky Nelson wie aus dem Gesicht geschnitten. Oder besser Rick.

»Hallo, Henry«, sagte ich.

»Hallo, Brüderchen«, sagte Henry und zeigte sein schiefes Lächeln. »Wie geht es dir?«

»Saustark«, sagte ich. »Haben sie dich rausgelassen?«

»Jepp«, sagte Henry. »Jetzt ist es vorbei.«

Er legte mir den Arm um die Schulter. Wir gingen quer über die Straße und kletterten in den Killer. Meine neuen Klassenkameraden standen immer noch am Schulzaun und sahen aus, als wüssten sie nicht so recht, wo sie waren und in welche Richtung sie gehen sollten.

Henry startete den Killer, und wir brausten in einer Qualmwolke davon. Ich dachte an das, was er Anfang Juni gesagt hatte.

Das Leben sollte wie ein Schmetterling an einem
Sommertag sein.

* * *

Der Herbst war wie eine Brücke zu irgendetwas anderem. Irgendwie fasste ich nie so richtig Fuß in Kumlas
Kommunaler Realschule. Edmund ging auch dorthin,
aber in eine andere Klasse, und wir hatten nichts miteinander zu tun. Eigentlich hatte ich mit niemandem
dort mehr etwas zu tun. Mit keinem, den ich von früher
kannte, und mit niemandem, der neu für mich war. Benny und ich saßen natürlich noch manchmal draußen in
der Zementröhre und unterhielten uns, aber es war
nicht mehr so wie früher. Wir entfernten uns voneinander, und das ging unglaublich schnell.

Ansonsten machte ich meine Hausaufgaben und be-
nahm mich ziemlich vorbildlich, denke ich. Bekam eine
Eins minus in meiner ersten Deutscharbeit und eine
Zwei im Mathetest. Schrieb *Oberst Darkin und das geheimnisvolle Erbe* zu Ende, fing aber mit keinem neuen
Abenteuer an. Ich las Bücher, meistens englische oder
amerikanische Krimis. Begann, Radio Luxemburg zu hören. Träumte von Ewa Kaludis, traf sie aber nie wieder.

Ab und zu wurde im Kurren noch über den Mord an
Berra Albertsson und die Anstrengungen der Polizei,
den Täter zu finden, geschrieben. An einem Samstag
stand ein großer Bericht über den Fall drin mit Karten
und einem Kreuz, wo die Leiche gefunden worden war
und so, aber irgendwelche neuen Spuren oder andere
Verdachtsmomente waren nicht aufgetaucht. Dennoch

arbeitete die Polizei weiter an dem Fall, und Kommissar Lindström äußerte sich gegenüber der Zeitung optimistisch und behauptete, dass man den Mörder früher oder später schon hinter Schloss und Riegel bringen würde.

Ich weiß nicht, ob die Stammleser des Kurren ihm glaubten. Ich für meinen Teil hatte angefangen, daran zu zweifeln.

Anfang November zog Henry nach Göteborg, und am 3. Dezember starb meine Mutter. Mein Vater saß die letzten zehn Tage an ihrem Bett, ich selbst schaffte das nicht.

Die Beerdigung fand gut eine Woche später in Kumlas Kirche statt. Ich trug zum ersten Mal in meinem Leben einen Anzug. Wir waren so um die zwanzig Leute, die meine Mutter zu ihrer letzten Ruhe geleiteten. Henry, ich und mein Vater, wir saßen in der ersten Reihe in der Kirche, hinter uns saßen Verwandte, ein paar Arbeitskollegen, Bennys Mutter und Vater sowie Herr Wester.

Ich hatte die ganze Nacht geweint, und in der Kirche hatte ich keine Tränen mehr.

III

22

Im Februar des folgenden Jahres fing mein Vater bei AB Slotts an, und zu Ostern zogen wir nach Uppsala. Ich war vierzehn, fast fünfzehn, als ich die Kleinstadt meiner Kindheit verließ und in die Senf- und Gelehrtenstadt kam. Ich fing in der Oberstufe zwischen Professoren- und Arztkindern an, ließ mir die Haare wachsen, bekam Pickel und einen Plattenspieler.

Das erste Jahr wohnten wir in einer engen Zweizimmerwohnung hinter dem Bahnhof, dann zogen wir in den Glimmervägen, ins neu erschlossene Wohngebiet Eriksberg. Drei Zimmer und Küche und Felsen und Wald direkt unterhalb des Balkons, mein Vater lebte etwas auf, die Schicht in der Senffabrik war hart, aber es war dennoch ein deutlich ruhigeres Milieu als im Gefängnis. Er lernte einige neue Arbeitskollegen kennen, begann, einmal in der Woche Bridge zu spielen und nahm eine äußerst vorsichtige Freundschaft zu einer Witwe in Salabacke auf. Ich für meinen Teil verliebte mich ziemlich schnell in ein dunkelhaariges Mädchen aus dem Hauseingang nebenan, und im Sommer, als ich gerade sechzehn wurde, verlor ich meine Jungfernschaft auf einer Decke im Hågadal, während wir aus ihrem tragbaren Transistorradio *The House of the Rising Sun* hörten. Ich weiß nicht, ob sie gleichzeitig auch ihre Unschuld verlor, jedenfalls behauptete sie es.

Henry wohnte weiterhin in Göteborg. Er bekam einen festen Job bei der Göteborgs-Posten, und zwei Jahre und zwei Monate nach dem Mord an Berra Albertsson debütierte er beim Norstedts-Verlag mit seinem Roman *Koagulierte Liebe.* Der bekam im Svenska Dagbladet wie auch im Dagens Nyheter gute Rezensionen, wurde in seiner eigenen Zeitung etwas zurechtgestutzt, aber er schrieb nie wieder ein Buch. Ich las *Koagulierte Liebe* in den Weihnachtsferien des selben Jahres, und noch einmal ein paar Jahre später, aber beide Male gab die Lektüre mir nicht sonderlich viel. Als mein Vater 1976 starb, fand ich das ihm gewidmete Exemplar des Buchs unter seinen Hinterlassenschaften; es war bis zum Schluss aufgeschnitten, aber zwischen den Seiten 18 und 19 lag ein Einkaufsbon als Lesezeichen.

Meine vom Elch verletzte Tante starb wenige Wochen vor meinem Abitur im Irrenhaus von Dingle. Wir konnten Genezareth zu einem ganz guten Preis verkaufen, und als ich im Herbst anfing, theoretische Philosophie zu studieren, konnte ich in eine eigene Eineinhalbzimmerwohnung in der Geijersgatan ziehen. Zu der Zeit war meine Jungfernschaft nur noch eine sehr schwache Erinnerung. Auch wenn ich nicht so ein Rick-Nelson-Typ war wie mein Bruder, hatte ich doch ein gutes Verhältnis zum anderen Geschlecht. Studentinnen gingen bei mir ein und aus, und schließlich kam eine, die bei mir blieb.

Sie hieß Ellinor, und Anfang der Achtziger war es uns bereits gelungen, drei Kinder in die Welt zu setzen. Da war auch die Geijersgatan nur noch eine Erinnerung. Wir hatten uns in Norby zwischen Bürgern und Buchsbaumhecken ein Haus gekauft, ich arbeitete als Gymnasiallehrer für Geschichte und Philosophie, und in der Zeit, in der Ellinor nicht zu Hause blieb und unsere Kinder großzog, war sie als medizinisch-technische Assistentin bei Pharmacia in Boländerna tätig.

An einem Abend im Mai, Mitte der achtziger Jahre, hatte der Express einen zweiseitigen Artikel über nicht aufgeklärte Morde in Schweden in seiner Ausgabe, mit Betonung auf die Verbrechen, die bald oder in wenigen Jahren verjährt sein würden.

Einer dieser Fälle war der Bertil-Albertsson-Mord. Wir saßen draußen im Garten, Ellinor und ich, der Flieder fing an zu blühen, und zum ersten Mal erzählte ich ihr von den Ereignissen in Genezareth Anfang der sechziger Jahre. Als ich erst einmal angefangen hatte, merkte ich bald, welche Faszination das alles bei meiner Frau auslöste, und ich gab mir wirklich Mühe, alles, an was ich mich noch erinnerte, aus dem Sumpf des Vergessens und der Vergangenheit hervorzuholen. Wobei ich natürlich das eine oder andere Detail ausließ – auch wenn wir ansonsten ein sehr offenes und unverkrampftes Verhältnis zueinander hatten, spürte ich doch eine gewisse Scham, als ich mich daran erinnerte, wie Edmund und ich damals vor dem Fenster masturbiert hatten, während Henry und Ewa Kaludis sich drinnen liebten. Nur als Beispiel.

Als ich mit meiner Erzählung zu Ende war, fragte meine Frau:

»Und Edmund? Wie ist es Edmund ergangen?«

Ich zuckte mit den Schultern. »Keine Ahnung. Genauer gesagt, nicht die geringste.«

Meine Frau sah mich etwas verblüfft an und zeigte genau die Falte auf der Stirn, die bedeutete, dass ich sie irgendeiner tief verwurzelten männlichen Unbegreiflichkeit ausgesetzt hatte. Mal wieder.

»Meine Güte«, sagte sie. »Du willst doch wohl nicht sagen, dass ihr danach einfach den Kontakt abgebrochen habt?«

»Meine Mutter starb dann«, warf ich ein. »Und wir sind weggezogen.«

Meine Frau nahm die Zeitung hoch und las die Kurzfassung des Mordfalls noch einmal durch. Danach lehnte sie sich auf ihrem Gartenstuhl zurück und dachte eine Weile nach.

»Wir werden ihn suchen«, erklärte sie dann. »Wir werden ihn suchen und zum Essen einladen.«

»Den Teufel werden wir tun«, sagte ich.

* * *

Es war einfacher als gedacht, Edmund Wester zu finden. Ich selbst rührte keinen Finger in dieser Sache, aber irgendwann im Juni, kurz vor den Ferien, teilte Ellinor mir mit, dass sie ihn aufgetrieben hatte und dass er im August zum Krebsessen kommen würde.

»Du machst Sachen hinter meinem Rücken«, sagte ich. »Gibst du mir darin Recht?«

»Ja, natürlich, mein wilder Stier«, antwortete meine Ehefrau. »Bei dummen Männern muss man das manchmal.«

»Wo wohnt er?«, fragte ich. »Wie hast du ihn gefunden?«

»Kein Problem«, erklärte meine Frau. »Er ist Pfarrer. In der Kirchengemeinde von Ånge.«

Ich musste lachen. Also zurück im Norrland, dachte ich.

»Er klang freundlich und aufrichtig froh. Er meinte auch, es wäre an der Zeit, dass ihr euch mal wieder seht. Ihr hättet doch sicher eine Menge zu reden, hat er gesagt.«

»Wirklich?«, zweifelte ich. »Nun ja, mach dir aber nur nicht zu große Hoffnungen.«

»Er kommt im August sowieso hier vorbei«, erzählte meine Frau weiter. »Und wie auch immer, es wird auf jeden Fall interessant sein, ihn zu sehen. Ich habe noch nie jemanden kennen gelernt, der dich schon als Kind kannte.«

»Du hast meinen Vater gekannt«, widersprach ich. »Und Henry.«

Meine Frau winkte ab. »Die zählen nicht«, behauptete sie. »Dein Vater ist tot. Und deinen Bruder habe ich ganze drei Male gesehen.«

Ich musste zugeben, dass sie Recht hatte. Mein Vater war bereits seit zehn Jahren tot, und der Kontakt zu Henry war ganz abgebrochen, nachdem er Ende der

Siebziger nach Uruguay emigriert war. Die letzte Weihnachtskarte von ihm war am Gründonnerstag vor vier Jahren angekommen.

Während der ersten Ferienwoche in diesem Jahr hatte ich ziemlich viel Zeit, mich an meine Kindheit zu erinnern, und in einer warmen, duftenden Nacht träumte ich sogar zum ersten Mal seit zwanzig Jahren wieder von Ewa Kaludis. Sonderbarerweise war es kein erotischer Traum, stattdessen waren es Bilder und Eindrücke von dem Tag, an dem sie mit ihren Blessuren bei uns im Liegestuhl gesessen und meine Schultern massiert hatte.

Zumindest fand ich es sonderbar, als ich aufwachte. Und irgendwie auch ein bisschen schade, aber man kann sich seine Träume ja nicht aussuchen.

* * *

Erst ein paar Wochen vor Edmunds Besuch kam mir der Gedanke, dass er ja auch in Uppsala studiert haben musste, wenn er jetzt ein Pastorenamt bekleidete. Und da ich die Gelehrtenstadt nie für längere Zeiträume verlassen hatte, seit ich meinen Fuß in sie gesetzt hatte, bedeutete das, dass Edmund und ich uns auch in einem ein wenig erwachseneren Stadium nahe gewesen waren. Jedenfalls einige Jahre. Über diese Tatsache dachte ich eine Weile nach: ob ich nicht vielleicht sogar manchmal auf ihn gestoßen war – zum Beispiel bei Studentenfesten – und, falls dem so war, warum wir uns nicht wiedererkannt hatten. Irgendwann wollte ich diese Frage auch mit meiner Frau erörtern, aber sie meinte nur, dass im

Alter zwischen vierzehn und zwanzig ziemlich große Veränderungen vor sich gehen können, und dass es doch eher die Regel als die Ausnahme war, dass man unerkannt aneinander vorbeirannte.

Als Edmund Wester auftauchte, begriff ich, dass sie Recht hatte. Dieser vollbärtige, hünenhafte Mann, der draußen auf der Treppe stand, als ich die Tür öffnete, erinnerte ungefähr genauso viel an meinen vierzehnjährigen Freund Edmund wie eine Ente an einen Spatz erinnert. Dann rechnete ich schnell einmal hoch und kam zu dem Resultat, dass er jedes Jahr ungefähr fünf Kilo zugenommen haben musste, seit ich ihn das letzte Mal in Kumlas Kommunaler Realschule gesehen hatte, wenn seine Gewichtszunahme einer linearen Kurve entsprach. Nicht nur der Bart verbarg den Priesterkragen, sondern mehr noch das Doppelkinn. Sein abgetragener Cordanzug hatte trotzdem noch Platz für drei, vier Jahre mit gleicher Entwicklung – jedenfalls, soweit ich das beurteilen konnte.

»Erik Wassman, wie ich annehme?«, fragte er und versteckte den Blumenstrauß für meine Frau hinter seinem Rücken.

»Edmund«, sagte ich. »Du bist noch ganz der Alte.«

Es wurde ein angenehmerer Abend, als ich zu hoffen gewagt hatte. Durch unsere jeweiligen Berufsrollen hatten wir gelernt, locker und ernst daherzuplaudern, und die Krebse waren wirklich ausgezeichnet, da meine Frau sie wie üblich selbst zubereitet hatte. Unsere Kinder führten sich einigermaßen gesittet auf und verschwanden später ohne größeres Hin und Her ins Bett. Wir tranken Bier und Wein, dann Schnaps und Cognac, und Ellinors mögliche Enttäuschung darüber, dass wir beide nicht gewillt waren, über die Geschehnisse in dem Sommer in Genezareth zu sprechen, verebbte mit der Zeit.

Was nicht heißt, dass wir nicht Berra Albertsson und den Mord erwähnten, aber jedes Mal, wenn Ellinor die Rede darauf brachte, leiteten Edmund und ich bevorzugt auf andere Themen über. Ich erinnerte mich daran, wie wir die Ereignisse, während sie stattfanden, auf ähnlicher Distanz von uns gehalten hatten, und mir fiel ein, wie auffallend einfach es sein kann, die Zeit mit bestimmten Menschen zu überbrücken. Sogar ziemlich lange Zeiträume.

Wenn meine Frau nicht das Gespräch auf die Schweigepflicht eines Pfarrers und seine Gewissensnöte gebracht hätte, wäre es ein rundum gelungener Abend geworden. Leider merkte ich erst, dass Edmund die Fragen äußerst unangenehm waren, als wir schon ziemlich weit in der Diskussion waren.

Wir waren auch schon ziemlich weit mit dem Kaffee und mit dem Cognac gekommen, weshalb es vielleicht nicht so überraschend war, dass meine Aufmerksamkeit etwas zu wünschen übrig ließ.

»Ich habe das nie verstanden«, erklärte meine Frau. »Was bitte schön gibt einem Pfarrer eigentlich das Recht, über Dinge zu schweigen, die alle anderen Menschen sagen müssen? Ja, wofür sie sogar bestraft werden, wenn sie sie verschweigen!«

»So einfach ist das nun auch nicht«, sagte Edmund.

»Doch, doch, das ist absolut einfach«, widersprach

meine Frau. »Was ist das nur für ein Gott, der Mördern und Gewaltverbrechern beisteht?«

»Es gibt mehr als ein Gesetz«, erklärte Edmund. »Und mehr als einen Richter.«

»Aber basiert denn unsere Gesetzgebung nicht auf der christlichen Ethik?«, insistierte Ellinor. »Ist nicht die ganze westliche Welt auf dem Wertesystem des Christentums aufgebaut? Das würde doch bedeuten, dass diese Klausel eine Konstruktion ist, die ziemlich baufällig geworden ist.«

Edmund schwieg, zupfte an seinem Bart und schaute ziemlich finster drein. Ich suchte nach einer Möglichkeit, das Thema zu wechseln, mir fiel aber nichts ein.

»Es gibt Fälle«, sagte er, »es tauchen immer wieder Situationen auf, in denen die Menschen das Bedürfnis haben, ihr Herz zu erleichtern … wir können zwar nicht allen Leuten eine Schweigepflicht auferlegen, aber es muss welche geben, die sie haben. Es muss verschiedene Wege geben. Es muss jemanden geben, der dir zuhört, zu dem du gehen kannst und fordern, dass er dich anhört, wenn die Not am größten ist. Der deine Worte aufnimmt und in sich verschließt.«

»Das verstehe ich nicht«, sagte meine Frau.

»Es ist auch eine schwierige Frage«, nickte Edmund. »Es hat Zeiten gegeben, in denen ich auch selbst daran gezweifelt habe.«

Kurz darauf brach er auf. Wir gaben einander das Versprechen, Kontakt zu halten, aber uns dreien war bereits in dem Moment klar, dass es sich dabei in erster Linie um eine Frage der Konvention handelte.

263

Nachdem er gegangen war, blieben meine Frau und ich noch eine Weile in den Sesseln sitzen.

»Es hat mit dem Genezarethmord zu tun«, sagte sie plötzlich und schenkte uns beiden einen Fingerbreit Cognac ein.

»Wie meinst du das?«, fragte ich. »Ich will keinen Cognac mehr.«

»Die Gewissensnöte natürlich. Sein Unbehagen der Frage gegenüber. Das hängt mit dem Mord an Berra Albertsson vor zwanzig Jahren zusammen.«

»Vor dreiundzwanzig«, sagte ich. »Quatsch.«

»Das hat nichts mit seiner Priesterrolle zu tun.«

»Wie viel hast du getrunken?«, fragte ich. »Natürlich scheint er da in irgendwas hineingeraten zu sein. Jemand hat ihm ein Verbrechen gebeichtet, und er fühlt sich nicht in der Lage, zur Polizei zu gehen. Jeder Pfarrer kommt irgendwann einmal in diesen Konflikt. Es war nicht besonders höflich von dir, das Thema anzuschneiden.«

Meine Frau nippte an ihrem Cognac und dachte nach.

»All right«, sagte sie. »Es war nicht sehr nett von mir, aber trotzdem glaube ich, dass ich Recht habe. Abgesehen davon ist er sehr sympathisch.«

»Ich konnte ihn damals gut leiden«, nickte ich.

* * *

In den kommenden Wochen dachte ich immer mal wieder daran, was zwischen Edmund, meiner Frau und mir gesagt und was nicht gesagt worden war. Schließlich rief ich in Ånge an und stellte ihn direkt zur Rede.

»Du weißt, was in der besagten Nacht passiert ist, oder?«

»Was zum Kuckuck meinst du?«, entgegnete Edmund empört.

»Ich meine zum Beispiel, dass du zum Pinkeln draußen warst. Und sicher nicht nur deshalb ...«

Es entstand eine Pause. Es knackte im Hörer, und einen Augenblick lang kam mir der Gedanke, es wäre Edmunds Gedankenarbeit, die ich durch die schlechte Leitung hörte.

»Ich habe keinen Grund, das weiter mit dir zu diskutieren«, verkündete er schließlich. »Aber wenn du willst, stelle ich dir gern die gleiche Frage: Weißt du, wer Berra Albertsson ermordet hat?«

»Woher soll ich das denn wissen?«, erwiderte ich etwas irritiert. »Schließlich habe ich doch die ganze Zeit geschlafen, das weißt du doch nur zu gut.«

Dann schwiegen wir beide eine Weile, und dann legten wir auf.

* * *

Vielleicht kann man es als einen Zufall beschreiben, der aussah, als steckte eine Absicht dahinter, dass ich gerade in diesem Herbst Ewa Kaludis wiedertraf.

Im Zusammenhang mit einer Lehrmittelmesse verbrachte ich zwei Nächte in einem Hotel in Göteborg, und während ich ziemliche Probleme gehabt hatte, Edmund nach der langen Zeit wiederzuerkennen, so passierte mir das bei Ewa nicht. Im Gegenteil.

Sie stand an der Rezeption, als ich einchecken wollte,

265

und es schien, als hätte die Zeit keinerlei Spuren bei ihr hinterlassen. Die gleiche schöne Haltung. Die gleichen hohen Wangenknochen. Die gleichen mandelförmigen Augen. Das blonde Haar war jetzt rot, ein Farbton, der ihr irgendwie noch besser stand, und von dem ich mir einbildete, es wäre ihr ursprünglicher. Obwohl sie sicher schon auf die Fünfzig zuging, war sie eine Schönheit von fast verblüffender Art.

Aus meiner Perspektive zumindest.

»Mein Gott«, platzte ich heraus. »Ewa Kaludis.«

Sie schaute in die Reservierungsliste.

»Ja, da bist du ja«, sagte sie. »Ich habe deinen Namen schon gesehen.«

Seit meiner Heirat war ich Ellinor durchgehend treu gewesen, aber ich wusste innerhalb einer halben Minute, dass ich diese Treue jetzt brechen würde. Ich wusste es nicht nur, weil ich es selbst wollte, sondern weil ich sah, dass auch Ewa es wollte. Sie rief etwas ins Rezeptionsbüro und gab einem jungen blonden Mädchen den Auftrag, ihren Platz hinter dem Tresen einzunehmen. Es war deutlich zu sehen, dass sie eine Art Führungsposition in dem Hotel einnahm. Dann klappte sie eine Luke hoch und kam zu mir heraus.

»Ich werde dir dein Zimmer zeigen«, sagte sie. »Es ist schön, dich nach all den Jahren wiederzusehen.«

Wir fuhren mit dem Fahrstuhl nach oben.

»Weißt du noch, was du in dem Sommer damals als Letztes zu mir gesagt hast?«, fragte sie, als wir ins Zimmer gekommen waren.

Ich nickte.

»Und was du gemacht hast?«

Ich nickte wieder.

»Hast du immer noch etwas von dem Vierzehnjährigen in dir?«

»Darauf kannst du wetten«, antwortete ich.

* * *

Sie hatte gerade ihre Menstruation gehabt – und war außerdem etwas im Stress –, deshalb unterhielten wir uns am ersten Abend nur.

»Ich würde mich gern dafür bedanken, was ihr in dem Sommer gemacht habt«, sagte Ewa. »Ich möchte dir und Edmund danken. Wie ihr euch hinterher verhalten habt und so, dazu hatte ich irgendwie nie die Gelegenheit.«

»Ich habe dich geliebt«, erklärte ich. »Und ich glaube, Edmund hat dich auch geliebt.«

Sie lachte. »Es war Henry, der mich geliebt hat. Und ich habe Henry geliebt.«

Ich fragte, wie es hinterher zwischen meinem Bruder und ihr so gelaufen sei. Ob noch was daraus geworden war oder ob alles nach dem SCHRECKLICHEN irgendwie nur im Sand verlaufen war?

»Wir haben uns später wiedergesehen«, erzählte sie nach einer kleinen Pause. »Hier in Göteborg. Mehr als ein Jahr danach, vorher haben wir uns nicht getraut. Und dann waren wir eine Weile zusammen, hat er dir das nie erzählt?«

Ich schüttelte den Kopf. »Ich hatte fast gar keinen Kontakt mehr zu meinem Bruder. Er ist weggezogen, und dann sind wir auch weggezogen.«

»Es hat nie richtig geklappt«, fuhr sie fort. »Ich weiß auch nicht warum, aber das, was passiert ist, stand irgendwie immer zwischen uns. Das SCHRECKLICHE, wie du es nennst.«

Ich nickte. Ich verstand. Recht bedacht wäre es merkwürdig gewesen, wenn es gut gegangen wäre. Als ich vierzehn war und Kommissar Lindström gegenüber saß, hatte ich nicht so gedacht, aber jetzt erschien mir das nur logisch.

Nicht nur, dass das zwischen Henry und Ewa nichts Dauerhaftes wurde, sondern auch, dass es einen Grund dafür geben musste.

Eine Art Gerechtigkeit.

»Bist du verheiratet?«, fragte ich.

Sie schüttelte den Kopf. »War ich. Ich habe eine Tochter von vierzehn, deshalb habe ich heute Abend nicht so viel Zeit.«

»Ich erinnere mich noch an deine Hände auf meinen Schultern«, sagte ich. »Ich möchte dich morgen Nacht lieben. Es zumindest versuchen.«

Sie lachte. »Morgen habe ich Zeit«, erklärte sie. »Schon der Versuch ist ehrenwert. Sollte es nicht klappen, können wir immer noch einfach beieinander liegen.«

* * *

Es war nicht genug, beieinander zu liegen. Die Nacht vom sechsten auf den siebten Oktober liebte ich Ewa Kaludis nach mehr als zwanzig Jahren Wartezeit.

Ich liebte sie zum ersten Mal. Das war die ernsthafteste Tat in meinem Leben, und ich glaube, dass es Ewa fast ebenso ging. In dem darauf folgenden Jahr trafen wir uns mehrere Male – mit immer kürzeren Abständen –, und einen Monat, nachdem die Scheidung zwischen Ellinor und mir in Kraft trat, zog ich nach Göteborg. Es gelang mir, einen einigermaßen akzeptablen Lehrerjob im Gymnasium von Mölndal zu finden, und Anfang des Jahres 1987 wohnten wir endlich unter einem Dach.

Ich, Ewa Kaludis und ihre Tochter Karla.

»Ich habe das Gefühl, als wäre ich nach Hause gekommen«, erklärte ich Ewa in der ersten Nacht.

»Willkommen daheim«, antwortete Ewa.

Schon nach wenigen Wochen hatte ich das Gefühl, ich müsste ihr erzählen, wie Edmund und ich in jener gewissen Nacht beobachtet hatten, wie sie mit Henry geschlafen hatte. Wenn man es genau betrachtete, war ich zu der Zeit ja nur ein unreifer Vierzehnjähriger gewesen, weshalb ich auf ihr Verständnis hoffte.

Als ich mit meiner Beichte fertig war, nahm sie die Hand vor den Mund und wollte mich nicht ansehen. Zuerst wurde ich etwas unruhig, aber dann erkannte ich, dass sie lachte.

»Was ist denn mit dir los?«, fragte ich.

Sie wurde wieder ernst. Nahm die Hand herunter und holte tief Luft. »Ich habe euch gesehen«, sagte sie. »Ich wollte es eigentlich nicht zugeben, aber ich habe die ganze Zeit gewusst, dass ihr da gestanden habt.«

»Mein Gott«, stöhnte ich. »Das ist doch wohl nicht möglich.«

»Alles ist möglich«, erklärte Ewa Kaludis und lachte von neuem.

23

Verner Lindström war im Laufe der Zeit auch nicht jünger geworden.

»In zwei Monaten ist es verjährt«, erklärte er und rückte seine Fliege gerade. »Aber das ist nicht der Grund, warum ich mit dir sprechen will. Ich bin dabei, ein kleines Erinnerungsbuch zu schreiben. Im Frühling bin ich pensioniert worden, und mit irgendwas muss man sich ja beschäftigen.«

Wir saßen in Linneaus Hinterzimmer in der Linnégatan. Soweit ich verstanden hatte, war Lindström eigens für dieses Gespräch mit der Bahn nach Göteborg gekommen. Es war offensichtlich, dass es ihm nicht leicht fiel, die Tage als Pensionär verstreichen zu lassen.

Es kommt, wie es kommt, dachte ich. Einige Menschen lernen es nie, ihren wohlverdienten Ruhestand zu genießen, während andere dafür geboren zu sein scheinen.

Nach dem Essen holte Lindström sein Bronzolröhrchen heraus. Ich konnte mich nicht daran erinnern, diese Pastillen in den letzten zehn, fünfzehn Jahren irgendwo gesehen zu haben, aber vielleicht hatte er sich ja bereits Anfang der Siebziger eine Reserve für alle Zeiten angelegt.

»Tatsache ist«, sagte er und stopfte sich zwei Pastillen in den Mund. »Tatsache ist, dass ich nicht viele unaufgeklärte Fälle aufzuweisen habe. Und nur einen Mord. Den an Bertil Albertsson.«

»So kann es kommen«, sagte ich. »Nun ja, ihr habt jedenfalls euer Bestes getan.«

Er kaute und wiegte langsam den Kopf hin und her – wie ein alter Bluthund. »Das Resultat«, sagte er. »Ich scheiße auf alle Bemühungen, es ist allein das Resultat, das zählt. Jemand hat diesen verfluchten Handballspieler auf diesem verfluchten Parkplatz vor fünfundzwanzig Jahren ermordet, und in zwei Monaten ist er frei.«

»Jemand?«, wiederholte ich. »Ich dachte, ihr wärt überzeugt davon, dass es mein Bruder war. Und dass ihr es ihm nur nicht beweisen konntet.«

Verner Lindström seufzte.

»Er oder sie«, erklärte er. »Das war ja die Spur, die wir verfolgen mussten. Du musst wissen, dass wir auch, was sie betrifft, nicht an Einsatz und Energie gespart haben. Wir haben sie im Herbst eine Zeit lang Tag und Nacht verhört, aber sie hat standgehalten. Verdammt schöne Frau übrigens, möchte nur wissen, was aus ihr geworden ist.«

»Keine Ahnung«, sagte ich und zuckte mit den Schultern. »Ist bestimmt ins Ausland gegangen, sie ist der Typ dafür.«

Lindström betrachtete mich eine Weile, bevor er weitersprach. »Was mich am meisten interessiert, ist die

Frage, ob du bereit wärst, mir weitere Informationen zu geben? Jetzt, wo du deinen Bruder nicht mehr schützen musst.«

»Es ist noch zwei Monate hin«, wies ich ihn zurecht.

»Es wäre jetzt immer noch möglich, ihn festzusetzen.«

Er lächelte kurz und schüttelte das Bronzolröhrchen ein paar Mal – wahrscheinlich um zu testen, wie viel es noch enthielt. »Mein Ehrenwort«, sagte er dann und steckte es wieder in die Brusttasche. »Du glaubst doch wohl nicht, dass diese armen Pensionärshände Lust haben, etwas auszubuddeln, was die ganzen Jahre über vergraben lag?« Er hob die Handflächen in die Luft und betrachtete erst sie, dann mich mit der unschuldigsten Miene der Welt. »Wie dem auch sei«, sagte er. »Mich interessiert das einfach. Es wäre ja nicht überraschend, wenn ihr mit irgendwas hinter dem Berg gehalten habt, du und dein Kumpel. Schließlich wart ihr erst vierzehn, und in dem Alter ist es nicht immer so leicht, zu wissen, wie man sich verhalten soll.« Er machte eine kurze Pause und verbarg seine Hände unter dem Tisch, als hätten sie nicht so recht seinen Erwartungen Genüge getan. »Ja, schließlich war es ja möglich, dass in besagter Nacht noch eine andere Person in Genezareth war.«

»Eine andere Person?«, fragte ich. »Du meinst Ewa Kaludis?«

Wieder seufzte er. »Nein. Tatsache ist, dass wir nie herausbekommen haben, ob sie nun dort war oder nicht. Nicht einmal das. Sie hat es geleugnet. Henry hat es geleugnet. Das reicht. Wir konnten nie beweisen, dass sie bei ihm war. Aber wie dem auch sei, so gab es doch Anzeichen dafür, dass Henry von irgendjemandem Besuch gehabt hat.«

Ich dachte ein paar Sekunden nach. Vor allem über das Wort »Anzeichen«.

»Und wer soll das gewesen sein?«

»Ich hatte gehofft, dass du mir das sagen könntest.«

»Ich habe nicht den geringsten Schimmer«, sagte ich.

»Da wäre es bestimmt besser, mit Edmund Kontakt aufzunehmen. Schließlich war er zumindest mal wach in der Nacht.«

Lindström zog sein Taschentuch hervor und schnäuzte sich. »Ich habe bereits mit ihm gesprochen«, erklärte er etwas ungeduldig. »Schon zweimal.«

»Und hat das nichts gebracht?«

»Hrrm«, sagte Lindström. »Pfarrer gehören zu den schlimmsten, wenn es um Verhöre geht, ein Glück, dass die nicht so oft in Verbrechen verwickelt werden … Pfarrer und Zuhälter, ich weiß nicht, welche ich vorziehe.«

»Ach so«, sagte ich.

Wir saßen eine Weile schweigend da. Lindström hatte ein Ringbuch neben seinem Teller liegen, und während er umständlich sein Taschentuch zusammenlegte und einsteckte, warf er nachdenkliche Blicke darauf. Das schien ihn aber auch nicht sehr viel glücklicher zu machen – und auch nicht sehr viel gescheiter. Seine schlechte Laune war förmlich zu spüren. »Es gibt einige Faktoren, die die meisten unaufgeklärten Morde gemeinsam haben«, sagte er schließlich und klappte das Ringbuch zu.

»Wirklich?«, fragte ich. »Und welche?«

»An erster Stelle die Einfachheit«, erklärte Lindström. »Was Berra Albertsson betrifft, zum Beispiel ... alles, was der Mörder tun musste, war, zwei Schritte vorzutreten und mit dem Hammer zuzuschlagen. Oder dem Vorschlaghammer oder was auch immer. Noch ein Schlag, schon war alles klar. Dann nur noch die Mordwaffe vergraben und die ganze Geschichte vergessen ... vielleicht hoffen, dass in den Morgenstunden etwas Regen fallen würde, und das tat es ja auch.«

Er verstummte. Angelte mit seiner Gabel noch ein paar übrig gebliebene Erbsen auf und betrachtete sie eine Weile – als wäre er plötzlich darauf gekommen, dass sich in einer von ihnen Berra Albertssons Mörder versteckt halten konnte.

Man wird sicher etwas wunderlich, wenn man sein ganzes Leben lang Kriminaler war, dachte ich. Es verging eine halbe Minute.

»Woher konnte der Mörder wissen, dass Albertsson dort auftauchen würde?«, fragte ich. »Das erscheint mir etwas sonderbar, darüber habe ich schon immer nachgedacht.«

»Es gibt eine zweite Variante«, erklärte Lindström. »Berra Albertsson kann von einer Person erschlagen worden sein, die mit ihm im Auto gefahren ist. Zum Beispiel auf dem Rücksitz.«

»Und warum?«, fragte ich. »Und wer sollte das gewesen sein?«

»Gute Frage«, erwiderte Lindström. »Abgesehen davon, wer ihn umgebracht hat, ist auch die Motivfrage problematisch.«

»Wenn es nicht Henry gewesen ist.«

»Oder Ewa Kaludis«, sagte Lindström.

Ich dachte eine Weile nach. »Welches Indiz spricht dafür, dass in der fraglichen Nacht ein Unbekannter in Genezareth war?«, fragte ich.

Lindström zögerte einen Moment. »Eine Zeugenaussage.«

»Eine Zeugenaussage? Und wer verdammt noch mal hat die gemacht?«

»Das kann ich leider nicht sagen«, meinte Lindström und zuckte etwas bedauernd mit den Schultern. »Leider.«

Ich sah ihn einige Sekunden verwundert an. »Und die Spurensicherung?«, fragte ich. »Hat das nichts gebracht?«

»Wenig«, antwortete Lindström. »Der Regen hatte alle Spuren am Tatort ausgelöscht. Es war nicht einmal mehr möglich festzustellen, welches der Autos zuerst gekommen war, das deines Bruders oder Berras. Auch wenn alles darauf hindeutet, dass Henry zuerst da war.«

»Und die Waffe?«

»Haben wir nie gefunden«, stellte Lindström fest. »Nein, es ist, wie es ist. Solange niemand sich zu erkennen gibt, wird Berra Albertssons Mörder frei herumlaufen. Und in zwei Monaten ist er sowieso frei … aber es wäre natürlich ein Knüller, wenn ich in meinem Buch schreiben könnte, dass der Fall eigentlich gelöst ist. Dass ich doch noch erfahren habe, wer es getan hat. Und deshalb sitze ich hier. Hrrm.«

Wieder machte er eine Pause. Trank seinen Wein aus

und wischte sich den Mund ab. Konzentrierte sich auf seinen letzten Angriff.

»Dir ist also nichts eingefallen, was ein wenig Licht in die Geschichte bringen könnte? Etwas, das ihr mir damals verschwiegen habt oder was dir erst später eingefallen ist?«

»Nein«, sagte ich. »Ich habe fünfundzwanzig Jahre lang darüber nachgedacht, und ich weiß heute genauso wenig wie damals. Ein Wahnsinniger, der die Tat nur zufällig begangen hat, das ist mein Vorschlag. Seid ihr dieser Möglichkeit damals wirklich gründlich nachgegangen?«

Lindström antwortete nicht.

»Außerdem hätte ich mich natürlich an die Polizei gewandt, wenn ich etwas gewusst hätte«, fügte ich hinzu.

Lindström sah zu diesem Zeitpunkt schon ziemlich erschöpft aus, und ich merkte, dass von meinem Respekt, den ich ihm gegenüber Anfang der Sechziger gehabt hatte, nicht mehr viel übrig geblieben war. Und ich begriff auch, dass man vermutlich nicht besonders geeignet ist, Menschen zu bewerten, wenn man erst vierzehn Jahre alt ist, auch wenn mein Bruder mich gerade deshalb damals gelobt hatte.

»Es tut mir Leid«, sagte ich. »Es tut mir aufrichtig Leid, aber es sieht so aus, als würde deine Göteborgreise ohne Erfolg bleiben.«

»Sag das nicht«, widersprach Lindström. »Das Essen war gar nicht schlecht, und ich habe noch ein Gespräch vor mir.«

»Ach?«, wunderte ich mich. »Mit wem denn?«

276

Er rückte das Bronzolröhrchen in der Brusttasche gerade und schaute aus dem Fenster.

* * *

Ich bekam nie heraus, ob Verner Lindström wirklich noch ein zweites Interviewopfer während seiner Göteborgvisite aufgesucht hatte, aber zwei Monate später war die Bertil-Albertsson-Sache auf jeden Fall verjährt. Das war im September 1987, und erst später erfuhren Ewa und ich, dass wir uns ausgerechnet an dem Abend, als die Frist ablief, einen Hummer und eine Flasche Champagner geteilt hatten.

Als hätten wir das Datum gewusst und wären der Meinung gewesen, wir müssten es auf irgendeine Art feiern.

Der wahre Grund war natürlich gewesen, dass Karla zu ihrem Vater nach Eslöv gefahren war und wir deshalb endlich einmal die Wohnung in der Palmstedtsgatan für uns allein hatten.

24

So verging die Zeit, und die Dinge gerieten in Verges-
senheit. Ewa Kaludis und ich bekamen nie ein Kind miteinander, dazu war die Zeit zu knapp. Sie war schon 47,
als wir uns wieder trafen, und wir beschlossen beide,
dass das Risiko zu groß war. Ihre Tochter Karla wohnte
ungefähr bis 1990 bei uns, dann verließ sie uns, um irgendwas in Paris zu studieren, lernte einen dunkelge-
lockten Franzosen kennen und blieb dort. Der Kontakt
zu meinen eigenen Kindern nahm im gleichen Maße zu,
in dem Ellinors Zorn abnahm, und ein paar Herbstmo-
nate lang wohnte mein ältester Sohn Frans bei uns, als er
das erste Semester auf der Journalistenschule absolvier-
te.

Obwohl Ewas Menstruationszyklus ein paar Monate,
nachdem sie fünfzig geworden war, endete, änderte das
nicht viel an unserem Liebesleben. Soweit ich auf
Grund diskreter Gespräche mit Kollegen und anderen
beurteilen konnte, war unser Sexualleben außerordent-
lich lebendig. Und dass mehr als zehn Jahre zwischen
uns liegen, da wäre sowieso kein Mensch darauf gekom-

men. Ich selbst denke kaum einmal daran – und wenn, hat es keine Bedeutung für mich.

Es ist eben, wie es ist. Bei einigen Menschen sind die Jahre nicht zu sehen, während man sie bei anderen doppelt und dreifach zählen kann.

Die letzte Strophe der Genezarethgeschichte – oder der Geschichte des SCHRECKLICHEN, wie ich es einstmals zu nennen pflegte, wurde im Frühling und Sommer 1997 geschrieben.

Über Ellinor, meine frühere Ehefrau, erfuhr ich Anfang Mai, dass der Gemeindepfarrer Wester oben in Ånge einen Herzinfarkt erlitten hatte und im Krankenhaus in Östersund lag.

Möglicherweise lag er bereits im Sterben, und da er noch von seinem damaligen Besuch vor zwölf Jahren Ellinors Telefonnummer hatte, hatte er sie angerufen und ihr gesagt, dass er mich gern sehen würde.

Es war natürlich nicht besonders verwunderlich, dass Edmund einen Herzinfarkt hatte. Ich erinnerte mich an seinen enormen Körperumfang, und ich beschloss, bei der nächsten Gelegenheit nach Östersund zu fahren.

Die Gelegenheit bot sich bereits ein paar Tage später, es war Christi Himmelfahrt, und ich hatte vier Tage frei. Unter den drei Möglichkeiten, zu fliegen, den Zug oder das Auto zu nehmen, entschloss ich mich schließlich für Letzteres. Ich fuhr früh am Donnerstagmorgen los, und einen halben Tag später nahm ich auf einem Metallrohrstuhl neben Edmund Platz.

Er war in keiner Weise schmaler geworden seit dem letzten Mal, dass wir uns gesehen hatten. Er thronte wie

ein gestrandetes Walross unter einer gelben Decke, und
er hatte eine ansehnliche Zahl von Schläuchen in Armen
und Beinen stecken, die Nährstoffe in seine enorme
Körperfülle pumpen sollten. Seine Gesichtsfarbe ten-
dierte zu graulila wie bei einer schimmligen Pflaume,
und es war schwer zu entscheiden, ob er wohl überleben
würde oder nicht.

Wie auch immer, jedenfalls schien er sehr erleichtert
zu sein, mich zu sehen.

* * *

»Und dein Vater?«, fragte ich. »Wie ist es mit dem gelaufen? Hast du irgendwann deinen leiblichen Vater aufgesucht?«

Edmund lächelte kurz und ein wenig angestrengt.

»Doch, ja, ich habe ihn aufgesucht«, sagte er. »Er lebte
in einem Heim außerhalb von Lycksele. Er hat mich
nicht wiedererkannt. Ich glaube, er hat sich gar nicht
mehr dran erinnert, dass er überhaupt einen Sohn hatte.
Alkoholismus und fortgeschrittene Diabetes, er starb
ein paar Monate danach.«

Ich nickte. Dachte, dass dieser Ausgang doch eigentlich ganz typisch war, und sah, dass Edmund keine Lust
hatte, darüber zu reden. Weder Lust noch das Bedürfnis. Es gab anderes, das zu klären wichtiger war, bevor
es zu spät war.

Unser Gespräch brach nach einer guten halben Stunde in sich zusammen, für mehr war er einfach zu
schwach, aber als wir so weit gekommen waren, sah Edmund so unglaublich friedvoll aus, wie es nur tote oder

sehr kranke Menschen können. Eins der letzten Dinge, die er sagte, war: »Und es war doch ein Spitzensommer, Erik. Trotz des SCHRECKLICHEN war es ein Spitzensommer. Ich werde ihn nie vergessen.«

»Ich auch nicht«, beteuerte ich und strich ihm zwischen zwei Kanülen über die Haut. »Nicht, solange ich lebe.«

»Nicht, solange ich lebe«, wiederholte Edmund voller Glauben.

Dann schlief er ein. Ich blieb noch eine Weile bei ihm und betrachtete ihn, und plötzlich war ich mir ganz sicher, dass er sich nicht mehr in dem Krankenhausbett befand, sondern in dieser lauen Nacht nach dem Liebesspiel, das wir durchs Fenster gesehen hatten, auf dem Rücken in Genezareths See schwamm.

Wobei sich nicht leugnen lässt, dass ich hoffte, er könnte dort bleiben.

Ich verließ ihn mit einem Gefühl der Vollendung. Bezahlte im Hotel Zäta und fuhr wieder Richtung Süden. Während der Autofahrt durch die Wälder von Dalarna und Värmland beschloss ich, die ganze Geschichte aufzuschreiben. Sie aufzuschreiben und eine Art von Ordnung hineinzubringen. Wenn es stimmt, was ich irgendwo gelesen habe, dass jeder Mensch eine Geschichte in sich trägt, dann musste doch eigentlich der Mord an Berra Albertsson genau meine Geschichte sein.

Und genau genommen nicht nur meine.

Ich fing gleich damit an, als die Sommerferien begannen, und es war Ende Juni – in der Woche nach der Mittsommernacht –, dass ich meine Forschungsreise zurück in die Landschaft meiner Kindheit antrat. Ewa war lange unschlüssig, ob sie mitfahren sollte oder nicht, aber schließlich beschloss sie, daheim zu bleiben, weil Karla überraschend und fröhlich mitgeteilt hatte, sie würde mit ihrem Franzosen zu Besuch kommen.

Seit wir Anfang der Sechziger weggezogen waren, hatte ich keinen Fuß mehr auf diesen Boden gesetzt, und als ich an einem schönen, jasminduftenden Sommerabend in meinem Auto den Stenevägentlangrollte, war es, als würde ich mit Windeseile in einen Zeitbrunnen sinken.

Viel hatte sich verändert, aber noch mehr war gleich geblieben. Das Haus in der Idrottsgatan hatte eine neue Fassade bekommen, aber die Farbe war die gleiche, und in unserem Küchenfenster zur Straße hin standen zwei Pelargonien, genau wie immer. Ich parkte das Auto, ging zu dem kleinen Waldstück und fand die Zementröhre im Graben.

Niemand hatte sie seit fünfunddreißig Jahren bewegt. Ich musste mich etwas zusammenkrümmen, um in ihr Platz zu finden, aber es ging. Ich steckte mir eine Zigarette an, eine Lucky Strike, die ich im Bahnhofskiosk von Hallsberg gekauft hatte. So saß ich da drinnen, rauchte mit geschlossenen Augen, und es fehlte nicht viel, dass ich angefangen hätte zu heulen.

Was ist ein Leben?, dachte ich. Was zum Teufel ist ein Leben?

Ich dachte an Benny und an Bennys Mutter, an Arsch-Enok und an Balthazar Lindblom und an Edmund.

An meine Mutter und meinen Vater.

An Henry.

An diesen Tag vor tausend Jahren, als Ewa Kaludis auf dem roten Puch auf den Schulhof der Stavaschule gebraust war. Kim Novak.

An die Worte meines Vaters: Das wird ein schwerer Sommer, mein Junge. Am besten stellen wir uns gleich darauf ein.

Das trostlose Haar meiner Mutter und ihre sterbenden Augen im Krankenhaus. Was ist ein Leben?

Das Kachelmuster der Toilette. Die winzigen Narben an Edmunds Füßen, die der einzige Beweis dafür waren, dass er einmal mit zwölf Zehen ausgerüstet gewesen war.

Ewa Kaludis. Ihre warmen, starken Hände auf meinen Schultern und ihr nackter Körper.

Das Einzige, was mir noch übrig geblieben war.

Das Einzige, was ich behalten darf, dachte ich, ist Ewas schöner Körper.

Es hätte schlimmer kommen können.

* * *

Als ich aus der Stadt war, fuhr ich die Mossbanegatan nach Süden. Karlessons Kiosk lag dort, wo er immer gewesen war, aber es gab keinen Kaugummiautomaten mehr. Dafür war ein Imbiss angebaut worden, das Ganze hieß jetzt Gullans Grill, und ich machte mir nicht erst die Mühe, anzuhalten.

Der Klevabuckel hatte immer noch die gleiche Steigung wie früher, auch wenn davon im Auto weniger zu spüren war. Ich konnte immer noch genau die Stelle zeigen, an der Edmund gelegen und sich übergeben hatte nach seinem verwegenen Angriff auf den Berg, und der Weg durch den Wald nach Åsbro sah in jeder Biegung immer noch aus wie früher. Dort im Ort hatte man eine neue Tankstelle gebaut, aber ansonsten wirkte alles so, wie ich es in Erinnerung hatte. Ich hielt vor Laxmans an. Ging hinein und kaufte eine Selter und eine Abendzeitung. Die hoch gewachsene Frau an der Kasse war um die fünfzig, sie hatte Schweißflecken unter den Armen und es gab nichts, was der Annahme entgegensprach, sie könnte vielleicht Britt Laxman heißen.

Hinter dem Sjölyckeväg waren ein paar neue Ferienhäuser gebaut worden, aber als ich erneut in den Wald kam, erkannte ich wieder jede Biegung und Steigung des sich ringelnden Kiesbands. Levis Haus sah aus wie zerbombt, aber das hatte es damals schon getan. Ich erinnerte mich an meine Litanei, als ich dort vorbeifuhr. Krebs-Treblinka-Liebe-Bumsen-Tod. Mir fiel Edmunds leiblicher Vater ein, der auf der Bettkante gesessen und über sich selbst und seinen misshandelten Jungen geweint hatte, und dann überwältigten mich die Erinnerungen derart, dass ich erst wieder auf dem Parkplatz zu mir kam.

Der schien geschrumpft zu sein. Unkraut und Schilf hatten die Kanten aufgefressen, vielleicht der Lauf der Natur, aber es sah eher so aus, als würde er nicht mehr benutzt werden. Ich stieg aus dem Wagen und betrachtete die beiden Pfadanfänge: der linke zu den Lundins war fast zugewachsen, der rechte nach Genezareth sah niedergetreten und benutzt aus. Nach einer ganzen Weile Zögern ging ich zum See.

Genezareth lag da, wie es immer dagelegen hatte. Die gleiche kleine, elende Hütte, aber neu gestrichen und mit einem neuen Dach. Ein kleiner Schuppen auf dem Rasen und weiße Gartenmöbel statt unserer alten klapprigen braunen. Ein Gartengrill und eine Fernsehantenne.

Die Neunziger gegen die Sechziger, dachte ich. Neunundvierzig statt vierzehn.

Die Tür und ein Küchenfenster standen offen, woran ich erkannte, dass Leute da waren. Ich hatte keine Lust, erklären zu müssen, was ich hier wollte, deshalb blieb ich am Ende des Pfads stehen. Betrachtete alles durch fünfunddreißig Jahre dicke Brillengläser, Plumpsklo und Werkzeugschuppen waren noch da, und – Wunder über Wunder – auch der Pontonsteg. Ein uralter Stolz stieg in mir auf, und bevor mir die Tränen in die Augen stiegen, drehte ich mich auf dem Absatz um und lief den Pfad zurück zum Parkplatz.

Ich ging zum Auto und holte den Spaten aus dem Kofferraum. Suchte meinen Weg zwischen den Bäumen und fand die kleine, weiche, mit Moos ausgekleidete Mulde ohne Problem.

Ich stieß den Spaten in die Erde und drehte ein paar Soden um. Schon beim dritten Spatenstich stieß ich auf den Schaft. Ich schob das Spatenblatt darunter, und schon stand ich mit dem Vorschlaghammer in der Hand da.

Er war etwas kleiner, als ich ihn in Erinnerung hatte,

aber gleichzeitig auch weniger angegriffen vom Zahn der Zeit als alles andere, was ich an diesem Tag gesehen hatte. Genau so hatte ich ihn in Erinnerung. Vorsichtig bürstete ich Schaft und Kopf sauber. Als die Erde und alles Wurzelwerk weg waren, deutete nichts mehr darauf hin, dass er nicht die ganze Zeit, die inzwischen verflossen war, zwischen dem anderen Werkzeug im Schuppen gelegen hatte. Oder dass er überhaupt erst vor ein paar Jahren hergestellt worden sein könnte.

Das heißt, nichts außer dem braunschwarzen, eingetrockneten Schmutz auf der einen Seite des Hammerkopfs. Es ist unglaublich, wie lange bestimmte Sachen erhalten bleiben, dachte ich. Sie bleiben da und beißen sich fest.

Ich schaufelte das Loch wieder zu und deckte es mit dem Moos ab. Dann steckte ich den Vorschlaghammer in eine schwarze Plastiktüte. Warf sie im Auto auf den Boden vor dem Beifahrersitz und fuhr davon.

Zwei Stunden später sah ich die Tüte in einem schwarzen, schlammigen Waldsee in Skaratrakt versinken. Die Sonne wollte untergehen, die Mücken surrten mir um den Kopf, aber ich blieb trotzdem noch lange Zeit dort stehen und versuchte, das Loch im Auge zu behalten, wo der Vorschlaghammer durch die Wasseroberfläche gedrungen war. Als das auf Grund der einsetzenden Dunkelheit nicht mehr möglich war, zuckte ich mit den Schultern und fuhr zurück nach Göteborg.

* * *

Ein paar Tage später lagen wir eines Nachts wach, Ewa und ich, nachdem wir uns geliebt hatten. Das Fenster stand weit offen, es war eine dieser Sommernächte, von denen es in Schweden nur zwei oder drei im Jahr gibt, und aus der Nachbarwohnung hörten wir Musik und Lachen von einer Art Hoffest.

»Dieses Buch, das du schreibst«, fragte Ewa und strich mir behutsam mit der Hand über den Bauch. »Wie geht es dir dabei eigentlich?«

»Es geht«, antwortete ich. »Es kommt voran.«

Sie lag eine Weile still da.

»Ich habe immer über eine Sache nachgedacht.«

»Ja«, sagte ich. »Worüber denn?«

»Wer von euch war es eigentlich, der Berra umgebracht hat? Du oder Edmund? Es muss doch einer von euch beiden gewesen sein.«

Ich drehte mich um und bohrte mein Gesicht in ihren Busen.

»Wie wahr«, sagte ich. »Einer von uns muss es ja gewesen sein.«

Dann sagte ich ihr, wer.

»Wie?«, fragte Ewa. »Ich kann nicht hören, was du sagst. Du kannst doch nicht so direkt in meinen Körper reden.«

Ich atmete ihren Duft in tiefen Zügen ein, und sogleich breitete sich eine Wolke in meinem Kopf aus. Es ist unglaublich, wo bestimmte Wolken zu finden sind.